新　潮　文　庫

女　副　署　長

松嶋智左著

新　潮　社　版

11289

女副署長

【主要登場人物】

田添杏美（55）　副署長。警視。
花野司朗（52）　刑事課長。警部。
木幡義夫（40）　総務課総務係長。警部補。
宇喜田祥子（34）刑事課強行犯係主任。巡査部長。
比嘉時生（54）　刑事課鑑識係主任。巡査部長。
祖父江誠（26）　同　係員。巡査。
沖野充（36）　　地域課第二係主任。巡査部長。パトカー２号乗務員。
十郷守人（27）　同　係員。巡査。パトカー２号乗務員。
津々木博之（28）同　主任。巡査部長。パトカー３号乗務員。
堂ノ内敬（41）　総務課総務係留置管理主任。巡査部長。
佐伯悠馬（24）　同　留置管理員。巡査。
植草明奈（38）　泥酔保護による留置人。
対馬久臣（28）　直轄警ら隊隊長。巡査部長。
橋波洋祐（59）　署長。警視。
橋波伊智子（55）洋祐の妻。元女性警官、田添杏美の同期。
橋波真織（30）　洋祐、伊智子の娘。
鈴木吉満（44）　地域課第二係係長。警部補。被害者。

見取図制作　アトリエ・プラン

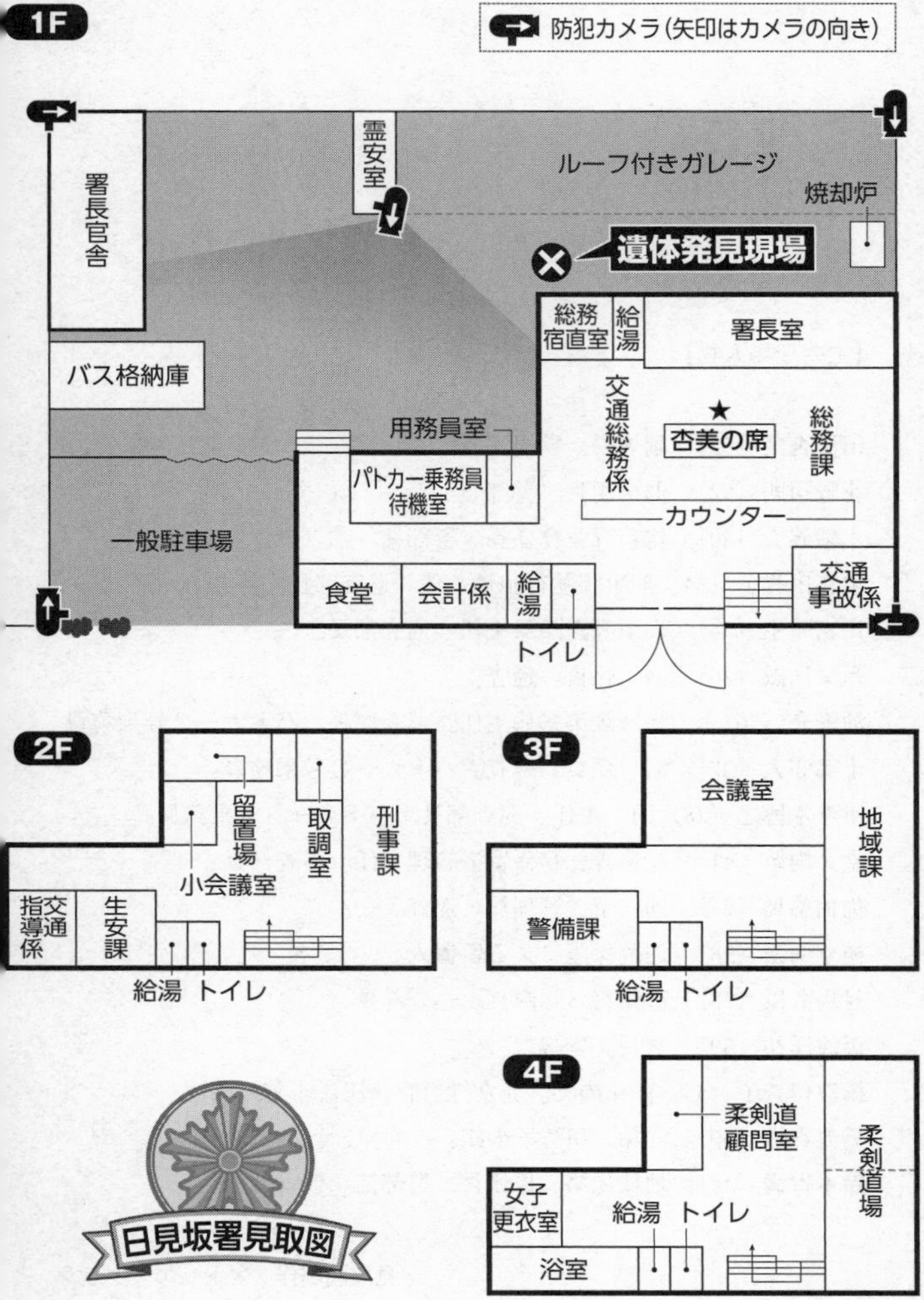

1F
防犯カメラ（矢印はカメラの向き）
署長官舎
霊安室
ルーフ付きガレージ
焼却炉
遺体発見現場
バス格納庫
総務宿直室
給湯
署長室
交通総務係
杏美の席
総務課
用務員室
パトカー乗務員待機室
カウンター
一般駐車場
食堂
会計係
給湯
トイレ
交通事故係
2F
留置場
取調室
刑事課
小会議室
指導係
交通係
生安課
給湯
トイレ
3F
会議室
地域課
警備課
給湯
トイレ
4F
柔剣道顧問室
柔剣道場
女子更衣室
給湯
トイレ
浴室
日見坂署見取図

田添杏美《たぞえあずみ》は、毎朝、空を見る。

出勤の途次、駅の改札を出たところで、バスを降りたところで、そこからあとは徒歩になるという地点で、一度は天を仰ぐことにしている。

天気、気温、湿度、風力など、気象庁の予報を聞くだけでなく、自身の五感で確かめてみる。天候は少なからず公共交通機関や道路に影響を与え、住宅地や繁華街にまた違った景色を見せる。そして人々の精神にも。

そのことが、これから始まる一日の出来事の、思いがけない遠因となることがある。もちろん、なにか予感めいたことを得ようというのではない。己の心に僅《わず》かでも備えを持っておきたいのだ。

伸ばした首を引っ込めると、前に抱えていたビジネスリュックを背負い直す。小さな段差を飛び越え、歩き出す。

駅から勤務署までは、徒歩十分程度。幅広の歩道を辿《たど》りながら、昨日のことを思い返し、今日することを数える。この距離と時間が、杏美を個人から公的人間へとシフトさせてゆく。

横断歩道を渡った角に日見坂《ひみざか》署がある。県の郊外にある小さな所轄《しょかつ》で、庁舎も古い。入口脇にはオリーブの木が植えられ、周囲に花の終わったサツキが群れている。警察署というのは大きさが違うくらいで、造りはどこも似たり寄ったりだ。愛想のない点まで共通している。それでも、初めて赴任する署の前に立つと、入学式を迎える生徒と同じくらい気分は高揚する。

数か月前、副署長として日見坂にきたときもそうだった。

正面玄関にあるガラスの扉は今日もよく磨かれている。杏美は把手《とって》に手を伸ばしかけて、ふと動きを止めた。振り返って、もう一度空を見上げたい衝動にかられる。

その背に出勤してきた署員が挨拶《あいさつ》の声をかけてきた。不思議そうに杏美を見やると、代わりに扉を開けて、どうぞ、と促す。

杏美は、ぱっと頰を弛《ゆる》めて挨拶を返すと、勢い良く扉を潜った。

1

八月三日、午後五時過ぎの時点で南西の風毎秒八メートル。降水量〇ミリメートル。気温二十九度。

見上げると空は一面、薄墨色の雲に覆《おお》われ、手を伸ばせば届きそうな近さまで迫って見えた。水分を含んだ空気は肌に張りつき、毛穴を塞《ふさ》がれたような息苦しさを感じる。

重く垂れる雲はやがて闇《やみ》のような濃さにまで深まるだろう。そうなれば風雨が空と地のあいだを狂奔し、地上を責め立ててあらゆるものをなぎ払う。

大型の台風が接近しつつあった。

日見坂署地域課第二係の十郷守人《そごうもりと》巡査は、風で転がりかけたバケツを慌《あわ》てて掴《つか》んだ。飛ばされないようスプレー缶や濡《ぬ》れた雑巾《ぞうきん》を放り入れると、掃除し終わったパトカーの側《そば》で再び空を見上げた。大きく息を吐き、よりにもよってこんな日に当直とはと、胸の内で何度目かの愚痴をこぼす。

「適当にしとけよ。どうせ汚れるんだから」

振り返ると、署の裏口からパトカー乗務の相棒である巡査部長の沖野充《おきのみつる》主任が顔を覗《のぞ》かせていた。

「天気予報では真っすぐこっちに向かっているそうですね」

十郷が言うと、沖野は三段のステップを一気に飛び降りて駐車場へと出てきた。シャツの第二ボタンまで外した気楽な格好で、空を斜めに仰ぎ見る。

「速度もまあまあ出ている。夜半には暴風圏内に入るらしいから、このまま行けば朝には通り過ぎているだろう。ＪＲ、私鉄も午前中は様子見らしい」

「夜中かぁー」

「昼でも夜でも台風は厄介だ。こいつにはせいぜい走り回ってもらおう」と沖野はパトカーのボンネットをひと撫《な》でした。

今年の夏は、台風が多い。

今日の時点で、もう十六号を数える。その多くはうまく逸《そ》れてくれたが、この十六号は直撃を免れることはできないようだ。規模も大きい。

十郷は塀際《へいぎわ》にある水道の蛇口の側にバケツを置いた。駐車場の真ん中まで出て、ひと渡り見回す。

小規模な上に古い警察署なので、地下に駐車場がない。警察署の敷地は綺麗《きれい》な長方形で、敷地面積のほぼ半分が駐車場になっている。正面玄関は横長の一辺の右寄りにあり、左端には来庁者の車を停めるオープンな駐車場の出入り口がある。

そこを通り抜けた奥に、署の駐車場があり、幅三メートルほどのアコーディオン門《もん》扉《ぴ》で仕切られている。その門扉以外、警察署は全《すべ》て高さ二メートルのコンクリート塀が囲んでいる。

警察車両駐車場の左隅には署長官舎があり、官舎前の空いたスペースに十郷はパトカーを停めて清掃していた。隣にはもう一台、事故捜査係のワゴン車が停まっている。更にその右側にはコンクリート倉庫風の霊安室があって、ルーフ付きガレージが横長の壁に沿って伸びている。パトカーが二台入庫しており、他に刑事課や生活安全課の覆面車、総務課の署長車が並んでいる。奥には地域課や交通課用の自転車やバイクがあった。

ルーフ付きのガレージの、パトカーの駐車割り当てスペースは二台分しかない。一台が入れず、官舎側のスペースに停めることになる。

天候が悪いほど仕事が増えるので気にしても仕方がないのだが、どういう訳か、パトカー乗務員ほど自分達が乗る車を綺麗にしておきたがる。

沖野もそうで、十郷が担当に就いたばかりのころはやたら車掃除を命じられた。暇ができるとワックスをかけ、乾拭《からぶ》きをする。泥が付けば署に戻り次第、ホースで洗い落とす。車内も同じで、足元のマットやダッシュボード、計器類やハンドル、シートまで乗務が終わる度に綺麗に拭《ぬぐ》わねばならなかった。

命じられるままに続けたせいか、今では十郷自身、誰に言われるまでもなく手が空けばパトカーを磨いている。小さな傷を見つければ、修正用塗料などを使って丁寧に消し去る。最近では沖野の方が、それくらいにしておけと言うことが多くなった。ルーフ付きのガレージにはもう別のパトカーが入庫している。

PC1号とPC3号だ。

1号の方は、沖野の先輩である大藪《おおやぶ》主任が乗務する車だからしようがないが、3号には二十七歳の十郷とひとつしか歳《とし》の違わない津々木《つづき》博之《ひろゆき》主任が乗っている。一期先輩であり階級も上だが、沖野主任よりは歳も期もずっと下だ。

津々木はちょっと癖のある人物で、乗務員待機室でも大概、隅にいてスマートフォンをいじっている。食事も署の食堂で気ままに食べ、気が乗れば休憩もシフトも関係なしにふらりと警らに出る。乗務の相棒である丸井巡査は、十郷のひとつ下だが中途採用のせいで期は二つ下になる。

この世界ではひとつ期が違えば、上司より気を遣う先輩になる。たとえ自分より年齢が下でも期が上なら敬語を使わねばならない。

丸井は二十六歳で念願のパトカー勤務に就けた。根っからの車好きで日がな一日車にさえ乗っていられれば幸せだと公言して憚《はばか》らない。そんな丸井が変り者の津々木とペアを組まされて気の毒に思っていたが、本人は意外と苦痛に感じていないことを最近、十郷は知った。

「まあ、なに考えてんのかわかんない人ですけどね。運転操作や業務態度のことなんかうるさく言わないから、それはそれでいいかなって」

なるほどと十郷は思う。

狭い車内に二人でずっといるのだから、窮屈には違いない。家族でも疲れるのに、まして他人で上司だ。小言を言われるのが当たり前と思っていなければやっていけない。それが嫌だというのではない。いざ逃走車両の追跡や現場急行となれば赤色灯にサイレンを鳴らし、交通法規無視で街中を走り回るのだ。弛《ゆる》んだ感覚や油断が大きな事故に繋《つな》がる。適度な緊張感は必要だ。

通常から緊急へと、人として抱えられる限界いっぱいの重圧が、シーソーのように一気に傾く。それも唐突に切り換えがやってくるから、常から普段にない感覚を養っていなければならない。

十郷は沖野と組んでもう一年が過ぎる。最初の半年は、緊張しかなかった。気心が知れ、互いの運転に信を置くようになって初めてパトカー乗務が楽しくなった。

十郷自身、運転技術にはそこそこ自信を持っている。カーレーサー並とまでは言わないが、カーレーサーにはないテクニックを持っていると自負する。それは逃げる車の動きを読むことだ。

逃走車両は必死だ。避けるべき歩行者や自転車、対向の車を見ているようで見ていない。その半分パニックを起こした状態の運転で、車がどう動き、どう逃げようとするのか、数多く追いかけていると段々わかってくる。

そして逃走犯の捕獲はもちろんだが、事故を起こさないことが肝心だ。追いかける時間が長くなれば危険度が増す。前を走る車の動き方で、これ以上深追いするとマズイなというのがわかるが、その辺の見極めは難しい。主任の沖野充は乗務して六年を超えるから、咄嗟《とっさ》の指示は的確だ。十郷が安心してハンドルを握っていられるのは、この沖野のお蔭《かげ》もある。

そんな相棒と意思の疎通《そつう》が図れない関係が続くとどうなるのだろう。十郷は自分に余裕ができると丸井のことを思いやるようになっていた。時間が合えば飲みに行くようにもなった。

話を聞くうち、丸井がそれなりにうまくやっていると知ったのだった。

「津々木さん、自分の話は全くしないし、俺が自分のこと話しても興味なさそうにしているし」

そんなだと車内で一体、どんな話をすればいいのかと心配になる。男同士が密室で話すことなど、家庭のことか職場の鬱憤《うっぷん》か女のことか、それくらいしかない。

丸井は笑う。

「なんにも」

なにも話さない。最初はシンと静まりかえった車内が苦痛だったが、自分はそれに慣れることができたと言う。

「端《はな》から喋《しゃべ》らないものと決めていたなら、それもまあいっか、って思うようになったんです。仕方ないから外を眺めて、色んな車や人間を見て、それに飽きたら家のことや彼女のこと考えて、昨夜の飲み会のことや実家の犬のこと思い出したりして。だけど、そうしているうちになんか俺、独り言が多くなったみたいで。もし十郷さんが一緒に乗務したら、きっと気持ち悪がりますよ」

「独り言かよ。彼女とドライブのときは気をつけろよ。ま、とにかく、コンビが疎《うと》ましくないならいいんだ」

丸井は巡査だから、津々木主任の指示に従っていればいい。津々木が警らに出よう、もう入庫しようと言えば、その通りにすればいい。だから他のパトカーより少し早めに戻ってくるのも津々木の指示で、ルーフ付きのガレージに入庫するのも津々木の命だから丸井に責任はない。それでも、十郷はたまには愚痴りたくなる。

「いつも早めに戻ってルーフ下に入れてるだろ。俺と沖野さんは大概最後だから、あそこに置けた例《ためし》がない。ちょっとした雨でも車に跡が付くから、たまには掃除せずに終わりたいんだけど。だいたいさ、津々木さんは沖野主任より七期も下だろ」

丸井は首を振る。

「津々木さんは時間厳守。なにもないときは、きちんと時間通りに退庁したいんですよ。知ってるでしょ」

「そうだけど」

一体、そんなに生真面目《きまじめ》に家に戻ってなにをするのだろう。聞けば、同僚と飲みに行ったりすることがほとんど、いや全くないらしい。行くとすれば課の歓送迎会と忘年会だけ。丸井も一緒に飲んだことがないと言った。

まあ、誘われても困っちゃいますけどね、と丸井は肩をすくめた。

ルーフ下にあるPC3号を眺めて、仕方がないと十郷は顔を戻した。

今日は平穏な日だったらしく、当直体制に移ろうかというこの時間帯に、全ての車が大人しくいるべき場所に納まっている。いや、ひとつ大きなのが抜けている。

駐車場を入ってすぐ左手にある大型バスの格納庫だ。

そこが空だと駐車場も広く感じる。バス格納庫の上が直轄警ら隊の待機室になっているから、二階建てを超える高さになる。そのお蔭で、来庁者用駐車場からは署長官舎はほとんど見えないようになっている。

官舎はごく普通の二階建て家屋で、署の駐車場に出るための小さな門扉がある。それ以外に出入り口はなく、門扉の横はブロック塀が続き、署員らもなかまで窺《うかが》うことはできない。二階は大概、雨戸が立ててある。家内はごく平凡な間取りらしいが築二十五年は経《た》つ。最早《もはや》、快適な住まいとは言えないだろう。代々の署長が引き継ぐ、いわゆる官品扱いだから勝手にリフォームもできないだろうし。

なかに入るのは総務課の人間くらいだが、今の署長は気さくな人で、なにかのキリがつくと、課長連中を呼んでよく宴会を催したりしているらしい。当直をしていたとき、よろよろと官舎を出て帰宅の途につく刑事課長の姿を十郷は見かけたことがある。あれは市内で連続放火事件が起きて、十日目にしてようやく犯人逮捕にこぎつけたあとだった。

沖野と共に、署の裏口を入ってすぐのパトカー乗務員待機室へと戻りかける。早めに夕食を摂《と》って当直に備えなければならない。今夜は忙しくなるだろう。

三段のステップを上がっていると、向こうのアコーディオン門扉がガラガラと開き始めたのに気づいて足を止めた。

いっぱいまで開けられると、出動服を着た若い男が後ろ向きに入りながら、誘導の声を上げた。すぐに灰色の大型バスが進入してくる。沖野と一緒になんとなく眺める。署の駐車場が狭いせいで、バスの格納庫はバックで入れるには相当難儀する位置となっている。

大型バスは一旦《いったん》、駐車場の奥まで頭を突っ込み、バックし、前に出て切り返す。歩行者を見下ろすような高い位置にいる運転者は、サイドミラーに忙《せわ》しなく視線を配り、誘導する男の声に耳をそばだてる。

オーライ――ストーップ。

さすがに運転担当だけある。たった一度の切り返しで見事に入庫した。車の両側は僅《わず》か三十センチの隙間《すきま》しかない。何度も切り返すのはみっともないし、運転のレベルも知れるから、一度の切り返しが運転担当にとっては第一の責務であり自慢だろう。

バスのなかから同じ出動服を着た隊員がばらばらと出てきて、駐車場の真ん中に集まった。二列横隊を作り、一番端が声を上げて気をつけの姿勢をとる。

うちの署の直轄警ら隊だ。

隊長以下総勢十一名、平均年齢も二十五歳と若く、署における体力重視の実働部隊。主な任務は警備や災害時の出動だが、そういった業務はそう頻繁にはないから、日常の訓練以外は他課の応援に回ることが多い。今日はどこかで訓練でもしてきたのか、今ごろ戻ってきた。

最後に隊長である対馬久臣《つしまひさおみ》がバスから降りてきて、隊列の前に立ち、敬礼を受ける。

巡査部長の対馬は、うちの所轄の直轄警ら隊隊長として二年目を迎える。確か、二十八になる筈《はず》で、警察学校入校時から柔道、剣道両方の特練生をしていた。身長が一九〇センチ近く、スポーツ刈りに切れ長の目、がたいも立派だから立っているだけで威圧感がある。一見近寄りがたい感じだが、普段は陽気で気さくな人だと聞く。

だが、それが訓練や出動となると一変するらしい。柔剣道以外にもなにかの格闘技の練達者らしいが、隊員に訊いてもにやりと笑うだけで教えてくれない。疲れた顔をした隊員が点呼の声を上げたのち、隊長の解散という号令にぱっと散らばった。それぞれが片づけなどを始める。それが終わると、格納庫の上にある待機室へと順次、戻ってゆく。

十郷は顔見知りの隊員に声をかけた。

「今日は遅かったな。渋滞？」

日焼けした顔に泥までくっ付けて首を振る。

「どうせ今夜は泊りだから、日が暮れるまで訓練してようってことになってさ」

「全員、緊急時宿泊？」

「そ」

通常の当直はだいたい各係から一名程度がする。署内は閑散とするが、深夜に起きる事案はこういった小さな郊外署ではめったにない。交通事故がせいぜいだから、交通事故捜査係だけが寝ずに仕事をする。それ以外は交代で一階の当番勤務に就くほか、自分の課で残務作業をするか、仮眠を取る。

ただ、大型台風が直撃する恐れのある今夜は特別だ。

当直員は一睡もできない。また警報が出て、管内のどこかで大規模な被害が発生するようなことになれば、非常参集がかかったりする。職務命令である非常参集がひとたびかかれば、夜であろうが休みであろうが署員はすぐに出署して、警戒に当たらねばならない。

そうそうあることではないが、全くないことでもない。ずい分前にかかった参集のときの笑い話がある。

学校を出たばかりの地域課課員が、行くべきかどうか迷って署に問い合わせの電話をかけた。その日、その課員は公休日だったのだ。

電話を受けた署員は当時の総務係長へ問い合わせた。なぜか課員は自分の所属する地域課でなく、一階受付へと入電したのだ。

総務係長がぶすっとした顔で当然だろうと言う。署員が電話でその旨《むね》を伝え、なにか訊かれたのだろう「なるはやで」と応《こた》えた。それを聞いた五十代の総務係長が、顔を真っ赤にして怒鳴った。

「なるはやじゃねえっ。すぐだ。今すぐこい、さっさとこい、這《は》ってでもこいっ。なに若者言葉で誤魔化してんだ」

と愚痴るのを、まあまあと周囲が宥《なだ》めていると、総務課長が署長室から出てきて「例の資料を持ってきて」と言い「なるはやで」と付け足した。総務の係長は憮然《ぶぜん》とし、係員は笑いを堪《こら》え、課長はきょとんとしたとか。

それから当の係長が異動になるまで、総務課のある一階では『なるはや』は禁止言葉になっていたという。

ともかく非常参集がかかる前に、署や近くの関係施設に泊まって待機する方が無難だ。いざ指示が出てからだと、自宅から行くにも行けないという事態になる。ましてや直轄隊ともなれば、災害警備は本領発揮、大いに活躍すべきところだから、最初から前泊して備えることが決まっているのだろう。帰らなくていいのならと、天候が崩れるまで訓練でもしていようという、熱心な隊長の有難い託宣だ。

これからが長い。

十郷は当直員だから仕事があるが、単に非常時に備えて前泊する連中は、署に泊まっているだけの話だからすることがない。かといって遊ぶ訳にも酒を飲む訳にもいかない。夕飯を摂って、シャワーを浴びれば横になっているくらいしかすることがない。今日はそういった連中が沢山、署に屯《たむろ》している。装備点検や車を磨こうにも、間もなく雨だからそれもできない。

また空を見上げる。

日没にはまだ間があるが、空はすっかり黒い雲に覆われている。気のせいか、さっきより空が近くなっているようだと、十郷は思った。

2

午後八時四十五分。

玄関扉が風に揺れるのを見て、田添杏美は小さく吐息を漏らした。気象庁の八時発表の予報でも、台風は当初からの予想通り、進路を変えることなく進んでいると言っていた。

通りに面した警察署の正面玄関はガラス扉が二重になっている。最初の扉は観音開きの扉、開けて入ると更に両開きの自動扉がある。今、その表側の扉が風に煽《あお》られて微妙に開いたり閉じたりしている。そのせいで、木の葉かゴミが吹き込むのか、感知して自動扉まで開閉する。

当直勤務に当たっている交通総務係の郡山《こおりやま》係長が、杏美が玄関扉を気にしているのを感じ取ったらしく、交通指導係の当直である矢畑《やばた》巡査長にドアをなんとかしろと命じた。

今は当直体制だから、一階には数人しかいない。そんななかで一番末端が、暇つぶしに郡山のところにやってきていた、三十三歳になる矢畑だった。

一階は署の窓口、受付となり、玄関を入るとカウンターだけで仕切られた広いスペースが目の前に広がる。その内側には右手に総務課、左手に交通課の係のひとつである交通総務係がある。

交通課の三つの係は、総務（規制・送致）、指導取締り、事故捜査と業務形態が違うため、それぞれ個別に部屋を与えられている。特に交通総務係は職掌に免許更新手続きも含むので、一階のカウンター内に場所を与えられている。

建物は上から見ると、長方形の右半分から小さい長方形が突き出た形をしている。正面玄関を入って右に二階への階段があり、階段の向こうには、交通事故の受理、捜査を行う事故捜査係の部屋がある。

左へ行くと奥へ伸びる廊下があり、通り側の壁に添って手前からトイレ、会計係、食堂が並ぶ。向き合うように、用務員室、パトカー乗務員待機室。そして、それらの部屋をやり過ごして突き当たりを右に曲がると裏口があって、警察署の駐車場に出ることができる。

「正面玄関のシャッターを下ろしたらどうです？」

矢畑はすぐに動く気にならないらしい。一方の郡山も、矢畑のそんな態度には馴《な》れているのか、あっさりバカかと言い捨てている。暴動のような非常事態でも起きない限り、警察署の玄関をシャッターで閉じることは許されない、市民が逃げ込む場所なのだぞと小声で戒めていた。

じゃあ、どうしようと矢畑は頭を掻《か》きながら交通総務係の島を離れて、カウンターの外に出た。

総務課と交通総務係はそれぞれ五つ六つの机で小さな島を作っている。その島の奥側頂点に郡山などの係長が座る。更にその後ろ、離れて課長席が控える。

そんな総務課長と交通課長の二つの席に挟まれるようにして、ほぼ真ん中辺りに副署長席がポツンとある。今、杏美が座っている席だ。

それらの席が散らばる一階の最奥《さいおう》に署長室がある。

杏美は郡山と矢畑のやり取りに聞こえない振りをする。そして苦笑を抑え込むと、郡山の背に視線を向けた。

副署長から声をかけられて、郡山はすぐに書類を閉じた。振り返りながら立ち上がり、副署長の席へと向かう。

田添杏美は、郡山とは八歳違いで七期上だ。確か、今年五十五歳になる。

うちの県内では初の女性副署長である。抜擢《ばってき》されただけあって頭はいいし、仕事もできる。独身で母親と同居していると聞く。短い髪に緩いパーマをあて、薄い化粧を施した容姿は歳相応で、無理に若作りをしていないのも好感が持てる。

だがいかんせん美人とは言い難い。皺《しわ》も染《し》みも自然に増えるに任せて、白髪の見え始めた髪も染める気はないようだ。女性としてそういうのはいかがなものかと思わないでもないが、それもまた時代遅れ、ヘタをすればセクハラになるのかと郡山はすぐに頭から余計な思いを弾き飛ばす。ただ、垂れた目に愛嬌《あいきょう》があり、鼻から口元がすっきりしているのが好印象を与える。

回りくどい言い方をせず、常にハイトーンボイスで歯切れがいい。

身分は警視で、署長と同じだ。署長の方が四つ上で、期も上。杏美は今年警視になったばかりで、昇任と同時に今春うちの副署長としてやってきた。

今日は台風接近ということで署に泊まるつもりらしい。忙しくなるまでゆっくりしていればいいのに、普段から体力作りに励んでいて、徹夜もどうってことないと公言しているせいか、夕食後もずっと自席でごそごそしている。

ざっくり言うと、副署長の仕事というのはいわば署長の補佐だ。

だが実際には、署長や副署長の仕事を補佐しているのは総務課で、二人は総務課員の指示の下、あれこれするだけだ。それでも、赴任したばかりの杏美にしてみれば、これまでにない役職だから、色々やってみたいこともあるのだろう。ちょっとしたことを思いついては、課同士の根回しもやりくりも考えず行動しようとする。

道が渋滞していたからと、直接交通課員に指示を出したり、外部との懇談中に、補足説明させようと防犯係の人間を呼びつけたりした。このままではいずれ、あちこちから吊《つ》るし上げを食らうことは目に見えている。そうならないよう、総務課長は釘《くぎ》を刺すタイミングを測っているところだろう。

ちらりと総務課の島を見る。席には誰もいない。

当直の係員は今休憩中だ。課長と係長は今夜の当直ではないから当然いないが、恐らく台風の接近に備えて署内か、どこか近くのホテルにでも泊っていることだろう。警報が出たならすぐ顔を出さねばならないから、今ごろ携帯電話の充電をしつつ、テレビを点《つ》けっぱなしにして、酒も飲めずに居眠りでもしているのかも知れない。

郡山は机を挟んで杏美の前に立った。目の前に青色の反則切符を差し出され、ぎょっと目を剝《む》いた。どうして副署長が切符を持っているのだ。奪うように手に取り、中身を確認する。

切符を切ったのは、交通指導係の小森谷均《こもりやひとし》。去年、警察学校を出てよその地域課に配属され、今年の春、うちの交通課にやってきた。

取締りは一時不停止。取締り日時は、一昨日の午後四時二十三分。違反者の欄を見ているとハイトーンボイスがかかった。

「違反場所がね」

違反場所欄を見て、郡山は思わず舌打ちする。うちの管内ではない。隣接する市の住所になっている。

小森谷はたった一年で異動してきた。その経歴の示すところが、結局こういうことなのだと驚きよりも納得する気持ちが先に湧《わ》く。昇任でもない限り、そんな短期間で動くことはまずない。なにかしくじったのか、その人間性に問題がありなのか、とにかく良いことでないことだけはわかる。

ため息を吐《つ》きかけると、しかもね、と付け足される。

「その現場の状況なんだけど、一時停止の停止線が道路工事で消えていたらしいわ」

「は？」

杏美は上目遣いに郡山を見て声を潜める。

「実はね、その違反者が隣の管内でまた違反したのを、たまたま捕まえた交通課員が、その切符を見せられて気づいたそうよ。確か、あそこの道は工事中だった筈と。さすがに自分の管内のことだから熟知している。それでも念のためと見に行ったら案の定、アスファルトを塗り直していたから停止線がない。全くないという訳ではなくて、一時的に白線を書き込んではいたらしいんだけど、とにかく手書きの線なのよ。これはマズイと、色々言って違反者からその切符と納付書を預かったそうよ」

田添杏美は奉職して三十三年だから、本部・所轄に拘《かかわ》らず顔見知りが多い。隣の署の交通課長とも親しく、うちうちに渡されたと言う。問題はね、と杏美は郡山の顔をじっと見つめた。

「こういう切符を切ったことも問題だけど、送致担当がどうして気づかなかったのかということよ」

確かに。郡山はクーラーの効いたなかで汗を滲《にじ》ませる。

反則、交通切符ともに処理が終わると、交通総務係の送致担当が一括して集め、確認した上で反則センターなどへ回す。いわば、交通切符の検閲官だ。一昨日のものなら、とっくに送致担当の手元にある筈だ。その担当者は言うまでもなく、郡山の直属の部下である。

副署長だけあって、田添はくどくは言わない。

「係長、あとはお願いします。台風が過ぎたら、交通指導係長とも話し合ってみて」

郡山は短く返事して頭を下げる。

席に着いたとき、矢畑がひょこひょこと戻ってきた。

ガラスの扉の下に板を嚙《か》ませたと言う。風くらいなら動かないだろうし、開けるときには内側から誰かがそれを外してやればいいと、得意気に告げた。

郡山は黙ったまま、デスクの引き出しに切符を入れた。

本部無線や音を消したテレビの気象情報が、台風が間もなく上陸すると伝えている。このままルートを変えなければ、直撃だ。一階にいる署員らから、一斉に吐息のこぼれる音がした。

田添杏美がすっくと立ち上がり、更衣室に行って雨衣を用意しておくわと歩き出した。

当直員らが呆気《あっけ》に取られた顔で、階段を上がる杏美の背を見つめる。郡山も姿が見えなくなるまで目で追い、やがて力のない息を漏らした。

矢畑が暢気《のんき》に言った。

「副署長が自ら合羽《かっぱ》着て出るんですかね。熱心だなぁ。偉いなぁ」

3

「もう——かしらねぇ」

え、なに？　と男は戸惑うような声で訊き返す。

返事がないので、独り言かと女の顔を見るが、天井を向いたままの目も表情も微動だにしない。どうでもいいことらしいと、そのまま体を離した。

離れた途端、女はよっこらしょと起き上がり、素早く黒のブラトップを身に着け、その上にシースルーの白いブラウスを頭から被《かぶ》った。黒の下着を着け、黒のミニスカートを穿《は》く。足の親指のペディキュアが剝《は》がれかけているのを気にする。

男はそれを横目で見ながら、服装を整えた。シャツのボタンを留め、ベルトを締める。靴下を履き、髪をさっと掌《てのひら》で整えると出入り口の鉄格子《てつごうし》に指をかけた。押し開けようとしたところで、後ろからズボンの尻《しり》を摘まれ、そうだったと思い出す。

振り返ると女が毛布の上で横座りのまま、手を伸ばしていた。

ポケットから財布を出し、一万円札を渡す。

女はお札を自分の膝頭《ひざがしら》に置くと、更に指を招くように振る。男が反応せずにいると、女は舌打ちし「ペン。ペン貸して」と言った。

ああ、と思いながら胸ポケットの黒のボールペンを渡すと、女は福沢諭吉の顔に名前を書き込んだ。

「意味ないだろ、そんなの書いても」

ペンを返し、万札も男に返す。「だって、あたしのだって、ちゃんと印しておかないと心配なんだもん。これ、出るとき間違いなくわたしの持ち物のなかに入れておいてよ」

「わかってるよ、この札を入れとくよ」と唇に軽い笑みを残しながら、男は外に出る。

黒の革靴を履き、鉄格子の錠を掛けた。

格子の向こうで女は手をひらひら振って「おやすみ」と言うと、そのまま薄い毛布を引っ掛けて横になった。

留置管理員である堂《どう》ノ内敬《うちたかし》巡査部長は、そっと女性留置房から離れた。

足音を忍ばせ、男性房を覗く。二つある男性房と女性房のあいだには柱があり、今夜はそのうちの女性房に近い方は空だ。奥の房にいる男の留置人は、便器とは反対側の壁に向かって寝転び、ぐっすり眠り込んでいるようだった。

三つの房に向き合う形で据えられた監視用カウンターの内側に入り、堂ノ内はデスクの上の監視カメラのスイッチを入れた。時間にすれば大したズレではない。どうせ、あの女も翌朝には解き放たれる。

カメラは留置場のなかを映すだけで、房のなかまでは撮っていない。それでも、堂ノ内が女の房に入り込む姿を残す訳にはいかないからスイッチは切っておいた。

壁の時計を見て、腕時計も確認する。あと十分もすれば交代が来るだろう。日中は二人態勢だが、当直ともなると一人で就く。

今日、酒に酔った植草明奈《あきな》がパトカーで運ばれてきたと聞いたときは、思わず胸が高鳴った。強張《こわば》りながらも笑みを浮かべていたかも知れない。

三十八歳になる明奈は薬物の前科があり、万引きや泥酔《でいすい》保護の常習で、うちの警察署では地域課、刑事課双方で有名な女だ。酒癖が悪く、飲むと暴れて他の客や店とも よく揉《も》める。留置されるのも一度や二度ではない。呼ばれて仲裁に入るパトカーや交番の警察官にしてみればいい迷惑なのだが、店からなんとかしてくれと言われれば放っておく訳にもいかない。

署に運ばれてくると今度は、薬物検査をしなくてはならない。運よく薬物反応が出なければ、酒が抜けるまで留置して翌朝、とっとと追い出す。

そういうのを何度か続けているうち、妙なことを聞いた。

堂ノ内の前任である巡査部長が、異動が決まった送別会の際、酔眼を向けて小さく漏らしたひと言だ。

あの女は金でやらせてくれるぞ——。

前任者にしてみれば、置き土産のつもりだったのかも知れないが、堂ノ内にはにわかに信じられないことだった。半信半疑のまま、植草明奈の留置に関わった。なんとなく意識しながら見ていたが、明奈は不敵な笑みを向けるだけで、思わせぶりな態度は見せない。

そして今夜と同じ当直の夜、堂ノ内は意を決して明奈の房に近づいたのだ。

二、三度、鉄格子の前を行ったり来たりした。これまでの人生で振るったことのないような勇気を出し、そっと声をかけてみた。体の震えを抑えるのが精一杯だった。明奈は酔っていながらも、すぐに堂ノ内の下心を察したのか、薄目で睨《にら》むと指を一本立てた。濃いアイシャドウを塗った目が笑った。

三十八歳の若くもなく美人でもない、薬や酒でぼろぼろになった体ではあったが、それなりに楽しめた。いや、二十七のときに一度は結婚したが、すぐに別れてそれからずっと、もう十四年も独りだった身にはまるでオアシスの泉のような感極まる味わいだった。思いがけずうまくいってほっとしたと同時に、舌なめずりしてしまうほどの興奮が体のあちこちに残った。

それから、今日を入れて三度、留置場のなかで明奈を抱いたことになる。

留置する際に簡単な調べをするから、居所や連絡先はわかっている。だが、明奈は外で会うことだけは許さなかった。どうしてもしたいのなら、箱のなかでしろと言う。

それがどれほど難しく危なっかしいことか。堂ノ内が当直で、明奈の他に女の留置人がいないときでないと駄目だし、たとえそんな機会が巡ってきたとしても、誰にも見咎《みとが》められない空白の時間など、なかなか作れない。それでも明奈は留置場内に拘《こだわ》った。その方が、興奮すると言う。

本音をいえば、堂ノ内も同じだった。そんな気持ちを見透かされているのか、女は堂ノ内が当直のときを狙《ねら》ってやってくる、ような気がしている。

こんなことを長く続けられるものでないことはわかっている。もうそろそろだ、これ以上はヤバイ、いい加減にしないと全てを失う、そう脳内のどこかが疼《うず》くように告げている。なのに女の顔を見たら、もう当直の交代時間を確かめている。わかっていながらも、抑えられない衝動のうねりに飲み込まれた。

堂ノ内は容姿にも性格にも自信がなく、離婚以来、女性関係もうまくいかないでここまできた。毎日、誰もいないアパートに帰り、適当に食事して風呂《ふろ》に入って寝る。

唯一《ゆいいつ》の趣味らしい趣味が海釣りだが、ぽつんと竿《さお》を垂れていると、余計に淋《さび》しさが増すようで最近は遠のいている。せいぜいがパチンコに行くか、あとは足りない面子《めんつ》の麻雀《マージャン》にたまに入れてもらう程度。

いい加減な人間ではない。どちらかと言えば真面目な方だが、それがこういった職業では逆にアダとなる。常に世間の視線に晒《さら》されているという緊張と、正しいことをしなくてはならないという職責で心身はくたびれ果てていた。仕事がないときくらいは羽目を外せればいいのだが、堂ノ内はそういった切り換えがうまくできない。面白味のない人間と思われてしまうと、人との付き合いは仕事上に限ったものでしかなくなる。

その上、留置管理という、犯罪者らとしか顔を合わさない、日々窓もないような部屋に籠《こも》るだけの仕事となるとなおさらだ。

天気が変わったことも夜がきたことも、外でデモが起きているかどうかもわからない。それでも署内にいる数少ない女性警官とは、たまにだが口を利《き》くこともある。女性の留置が決まるとその身体検査を手伝ってもらわないといけないからだ。

だが明奈のようなのが相手だと、見たくもない裸体を見て、悪態を吐《つ》かれ、挙句に目の前で吐瀉《としゃ》されたりする。楽しい仕事ではないから、終わればまるで堂ノ内のせいだと言わんばかりに不機嫌な顔をされる。

少しは楽しみがなければ、気が滅入《めい》ってしまう。ひたすら次の異動で別の部署に動くことだけを待っていた。そんな堂ノ内の姿を見て、前任者は気の毒に思ってくれたのかもしれない。

明奈の話を聞いたあと、同僚に探りを入れて見たが、そのことを知っているのは堂ノ内だけのようだった。

留置人は留置の際には身体検査をされ、持ち物は全て預かりになる。明奈への支払いも、解放されるときに荷物にそっと忍び込ませるようにしている。

女を抱いたせいか、興奮が長く尾を引いていたのだろう。外から同僚が戻ってきて、インターホンを鳴らしているのに気づくのが遅れた。

何度も鳴っていたせいか、男性房の男が起き上がり「鳴ってますよ」と不機嫌そうに言った。堂ノ内は慌ててドアへと駆け寄る。小窓を開け、相手を確認して鍵《かぎ》を開けた。

去年から一緒に就いている佐伯《さえき》巡査だ。まだ若いせいか、こういった留置の仕事も面白いらしく、堂ノ内とも親しげに口を利いてくる。

佐伯が入るなり「――ましたよ」と言った。

一瞬、心臓が跳ねた。「見ましたよ」と言ったのかと体が強張った。カウンターに入り、専用のドリンクボトルを置くと、更に笑いかけてくる。なにを？　と尋ねる声がかすれた。

勘のいい佐伯は堂ノ内の言葉を聴き取り「雨ですよ、雨がとうとう降ってきたんです」と応えた。

全身の力が抜けた。堂ノ内は顔色が変わったのを見られないよう、俯《うつむ》き加減に給湯棚に行き、大きなやかんから冷めた麦茶を入れた。

「そうか。酷《ひど》い降りだろうな。直撃って話だからな」

「もう凄《すご》い雨ですよ。風は少し前からきてましたけど、そこに大雨だから、酷いのなんの。今、柔道場を覗いてきたんですけど」

「柔道場？」

「非常参集がかかるのを見越して前泊している連中が寝ているんです。自主参集ってやつです。同期もいるんでちょっと話しに行ったんですよ。みんな窓から外を見て、あーあってな声でうな垂れてましたよ」

「ははは。そうだろうな。今、道場にどれくらいいた？」

「うーん、そうですねぇ。ざっと十五、六人はいたかな。さすがの道場も狭くなって、これ以上増えるなら隣の剣道場に寝るしかないなぁって言ってましたよ」

「そんなにいるのか。電車が動いているあいだにやってくるのもいるだろうから、更に増えそうだな」

「そうすよ。こういう場合は先輩後輩なしで、早いもの順で寝る場所を決めようって相談してましたよ。剣道場だと板の間だから」

「布団《ふとん》も足らないしな。運が悪いと板の上で布団もなしでごろ寝か、気の毒だな」

「本当っすよ。その点、僕ら留置管理でラッキーでした。台風であろうが竜巻であろうが関係ないですもんね。いやあ、ホントここで良かった」

佐伯は無邪気に喜ぶ。

これから楽しい未来があるのだから、一時の暗い穴倉業務でも苦にはならないのだ。自分も佐伯の年齢であれば、留置管理であれ、台風のなかの警備であれ、楽しく思えたのだろうか。まだ未来を悲観する年齢でもないのに、なぜか最近、将来に対する薄暗さしか見えてこない。この先の道を歩くべき照度が足らないと思ってしまう。鬱になりかけているのかも知れない。

植草明奈との短い愉悦のとき、あのあいだだけ堂ノ内は明るく照らされた路上に立っていた気がする。明るければ明るいほど影が濃くなるとわかっていながらも、深みにはまり込んで行きそうな予感がして、体のどこかが震えた。

「あれ? 主任、寒いっすか? 冷房の温度もっと上げますか」

いや、という声が出ない。堂ノ内は監視カメラの映像に目をやり、明奈の眠る房の辺りをこっそり見つめた。

4

午後九時五十七分。

ガラガラガラとアコーディオン門扉《もんぴ》の開かれる音がした。

そしてすぐに車のエンジン音。

田添杏美は、四階の女性用更衣室兼宿直室の引き違い窓を開け、駐車場を見下ろした。

赤色灯を点けたパトカーが一台、外に出て行くのが見える。車のルーフ部分に書かれている文字でPC2号とわかる。少しの間を置いて、伸び広がるような独特のサイレン音が鳴り出した。

サイレンは原則として路上に出てから鳴らし、走行している車に注意喚起する。その音もたちまち遠ざかった。この天候だから走っている車両は多くない。けれど風雨で視界が悪くなっているから、普段とは違う緊張のなかで走行することになる。

「なにがあったのかしら」

独り言を呟《つぶや》いたつもりだったが、更衣室でテレビのニュースを見ていた交通指導係の女性巡査が返事をした。更衣室にはもう一人、今夜の当直員である刑事課で唯一の女性主任刑事がいたが、そちらは黙って首を傾《かし》げるだけ。交通課の巡査は赴任三年目で二十代後半、女性刑事の方は確か三十半ばになる年齢だ。

Tシャツにジャージを着た巡査の方が、訊いてきましょう、と身軽く立ち上がるのを制した。どうせ一階に下りるのだから自分で訊く。

「雨風が本格的になってきたわね」

刑事課の主任はともかく、交通指導係の巡査は憂鬱そうに頷《うなず》く。

杏美は微笑《ほほえ》みかけたのを止《や》めた。

当直でもないのに、非常参集を予期して前泊している。自宅が遠いからだ。電車が止まるかも知れないのに家に戻る訳にはいかない。

災害警備は本来、警備課が主体だ。ただ、警備課は外事や公安など、なんでも秘密裡《り》に行うデリケートな業務が主で、署内における人数もしれている。災害警備の指揮指導はするが、実働はやはり外勤業務の交通課や、パトカーを含む地域課の警察官だ。台風襲来ともなれば、どこよりもこき使われることになる。

しかもうちの管内は小さな山や川があるから、土砂崩れや浸水にも警戒しなければならない。梅雨時の大雨だけで道路が水没する地域もある。通行止めにして迂回路《うかいろ》を確保し、車や通行人を誘導しなければならない。

車や人はそれぞれに用向きがあり、それぞれの重要性を抱えている。それを一緒くたにして、通るな、戻れと言うのだから、毎度ひと騒動だ。

雨が止んで空が晴れ、やれやれと思ったら、またすぐに本来の仕事に戻ることになる。交差点の立番、駐車車両の苦情対応、スピード取締り、飲酒等夜間検問。特別警戒や非常参集は頻繁に入るものでもないが、ひとたび入れば全《すべ》ての仕事を凌駕《りょうが》するほどの緊急性を帯びる。最初からこのために警察官をしているのだという意識がなければ、体を酷使することに耐え得る術《すべ》がない。

うん？

杏美は一般駐車場から花柄の傘が揺れながら近づいてくるのを見つけた。傘は二つで赤色と青色の地にそれぞれ小花が散る。ここからだと誰なのか判別できないが、慣れたようにアコーディオン門扉を開けて入ってきたところを見ると、前泊しようとやってきた署員だろうか。

だが、その人影は大型バス格納庫の前を通り過ぎる。署員なら入ってすぐ右にある裏口を目指す筈だ。

杏美は窓から身を乗り出し、声を上げた。

「伊智子《いちこ》ぉー」

風の音で聞こえないかと思ったが、赤い花柄の方の傘が不自然に揺れ、大きく傾くとなかから白い顔が上を向いた。顔に雨が当たって難儀そうに目を細めている。もうひとつの青い花柄の傘は、四角い荷物を抱えて、傘を傾けることもできないようだ。四階の窓から覗《のぞ》く杏美の姿を認めたらしく、小刻みに手を振った。そしてすぐに腕を伸ばして、一階受付の方を指差す。杏美は再び大きな声で「わかったぁ」と言った。二つの傘は、バス格納庫の隣にある署長官舎の小さな門を開け、なかに入って行った。

その姿を見送ってから窓を閉めたが、雨が吹き込み、少し濡《ぬ》れてしまった。女性巡査がさっと雑巾《ぞうきん》で畳の上を拭《ふ》く。拭きながら「署長の奥さんですか」と訊いてきた。

杏美が頷くと、刑事課の主任が「台風だからこっちに避難されてきたのでしょう」と言った。

署長はその職に就いているあいだは庁舎内の官舎に住まう。

家族も当然、一緒に入居するが、自宅に残っていても構わない。うちの署の署長、橋波洋祐《はしなみようすけ》の一家もそうしている。息子と娘がいるが、息子の方は大学生で都心に暮らす。家には妻と独身の娘の二人だけ。こういう台風のようなときは、女二人ではなにかと心細い。橋波伊智子も娘と共に署長官舎に逃げ込んできたのだろう。

橋波伊智子、旧姓天乃《あまの》伊智子は杏美と同期だ。もっとも伊智子の方は、拝命二年で橋波洋祐と結婚し、退職している。

「ちょっと行ってくるわね」

二人の女性警官に見送られ、杏美は更衣室を出た。

四階に課の部屋はない。廊下の一番隅に女性用更衣室があり、その手前にはシャワールーム兼浴室、更にトイレや給湯室があって階段となる。あとは柔剣道場と柔剣道顧問室があるだけだ。

普段のこの時間、この階を使うのは女性警察官だけだからシンと静まりかえっている。廊下の灯りも夜間は落としているから、薄暗く人気がない。だが今日に限っては違う。

電気こそ点けていないが、ざわざわとした音が廊下中に響き、おまけにクーラーが効いていないのかと思うような熱気が充満している。ふいに浴室の扉が開いて、首にタオルを巻いた男性が数人出てきた。湯気が廊下まで広がり、湿気が杏美の顔面を撫《な》でる。

「あ、お疲れ様です」

挨拶《あいさつ》が輪唱のように響き渡り、若い男性警官らが直立不動で室内の敬礼を送ってきた。杏美は小さく頷き、柔剣道場の方を見ながら「今、何名くらいいるの?」と訊《き》く。一番近くに立つ、確か生安課の巡査長だったかが応える。

「二十人は超えていると思います。まだ増えるかと思います」

「そう。誰が自主待機しているのか把握したいわね」

「はっ。それなら」と巡査長が他の警官らと顔を見合わせる。「さきほど総務係長が上がって来られて各課人員を確認するよう言われましたから、今やっているかと思います」

「あら」

杏美は総務係長の神経質そうな顔を思い浮かべ、木幡《こばた》らしいと感心する。

木幡義夫《よしお》は今春、杏美と同様、昇任してこの署にやってきた。

前任の所属は県警本部の監察で、警部補になっての異動だ。年齢はちょうど四十歳。やせぎすで短髪、顔色も悪く、眼鏡の奥の目にも表情らしいものがない。

本部の監察と聞くと大抵の警察官は妙な緊張感を持つ。極端な言い方をすれば監察は警察官を調べる部署だ。仲間である警察官を尾行し、隠された部分を暴《あば》き出すことを職務のひとつとする。そのせいで監察の人間はみな観察眼に優れ、口が堅く、情に動かされない冷徹な人間というイメージがある。

確かに木幡に関しては、それも当たっているのではと思わされるようなことがあった。

一階カウンター前で顔を合わせるくらいの、大して親しくもない交通事故捜査係の巡査長の様子が妙だと木幡が言い出したのだ。直属の上司にそれとなく匂《にお》わせるに留めたが、結局、巡査長の妻が買い物依存症に陥って、家事一切を放擲《ほうてき》し、小学生の子どもの面倒さえも満足にみられない状態になっていたことが判明した。上司はすぐに休みを取らせて、事態を収拾させたとか。そんな話を、赴任からまだ半年も経《た》っていないのに杏美は耳にしていた。

そんな木幡がうちの署にきて就いたのが、総務課の二つある係のうちのひとつ、総務係長だ。

警察署内では要《かなめ》になる部署で、署長と一心同体といっていい。業務としては署員の出退勤の捕捉から、健康管理、福利厚生、庁舎維持、更には留置場管理の責も負う。他にも外部との窓口的役割、各部署間の橋渡しの役目なども担《にな》うから、各課のなかで最も上位に位置するし、あらゆることに目配りができなければ総務の仕事は務まらない。

木幡義夫は杏美と同時期に赴任したとは思えないほど、瞬《また》く間にこの署のあらゆることに精通するようになった。余計なことは言わないが必要なことは漏らさず言う、そういった人となりが誰の目にもすぐに見て取れた。

今では杏美自身、署内のあれこれを真っ先に木幡に尋ねている。木幡の方では、そんな新米副署長をどう思っているのか。監察出らしいポーカーフェイスからはなにひとつ窺《うかが》い知ることはできない。

杏美は階段を下りて行った。

木幡が署にある人員数の把握をし始めたということは、いよいよ対策本部の設置を考えているということかも知れない。

地震のように災害が起きてからの本部設置は直ちにするべきもので、様子見するものではない。だが、台風のようにどうなるかわからない災害相手だと、本部の設置に躊躇《ためら》いが生じる。わざわざ準備しても、大したことなく通り過ぎることはままあるからだ。

踊り場にある小さな窓に、大粒の雨が風に押されてどうっと打ちつけられる。少し間があいて、またどうっと打ちつける。

これはいよいよ来るかと、杏美は暗い窓に映る自分の顔を睨んだ。

5

九時五十五分の一一〇番通報を受けてPC2号が駆けつけた先では、老女が一人、不安そうに部屋の隅で身を縮めていた。

沖野と十郷が臨場し、通報者である澤北芳《さわきたよし》がその老女であると確認した。

芳の古家は強風に煽られたせいで屋根の一部が破損し、そこから雨が漏れ、風までが吹き込んでいた。どうやら激しく揺する風音や壁の振動にたまりかねて通報したらしい。家族のいない一人暮らしで、築五十年を過ぎた家屋が悲鳴のような軋《きし》みをあげ続けている。家にいるのも怖いが、ボロくても大切な我が家だから見捨てて外に出ることもできず、進退窮《きわ》まったのだろう。

沖野らが家の周囲や屋根を点検し、やはりこのままでは不安が残ると判断した。自宅を離れたがらない芳を説得してパトカーに収容、一番近い安全な施設を本署に問い合わせた。そうして避難所になっている小学校の体育館前にＰＣ2号を着けたとき、午後十時半を過ぎようとしていた。

渡り廊下の屋根の下でパトカーを停め、沖野は体育館のなかの様子を確認するため下車した。十郷は後部座席のドアを開け、座っている芳に声をかける。

広い板張りの床に布団を敷いている避難者はまだ三組ほどだ。出入り口に近い隅に間隔を開けて固まっている。ほとんどが高齢者で、車椅子《くるまいす》の老人も一人いる。リードを付けた猫を膝に抱いて、沖野を見つめ返す老女もいる。

「ご苦労さまです」

市の職員が二人、パタパタとスリッパを鳴らして対応に出てきた。

「まだ、警戒レベル2なので、こちらも準備の段階ってとこです」

「もう少ししたら3に上がって、高齢者への避難勧告を始めるかもしれません」

沖野は頷き、救護者を連れてきたことを告げた。職員が十郷の手伝いに外に出て、もう一人が新たな敷物や布団を広げ始める。

冷たい床板と広さが蒸し暑さを緩和するようで、クーラーがなくとも過ごせそうだ。

靴を脱いでなかに入ると、横座りしていた老人の一人から声をかけられた。沖野は床に片膝をつき、顔を寄せて若干、声を張った。

「雨風は酷くなってますけど、まだそれほどの被害は出ていませんね。このまま台風も大人しく通り過ぎてくれるといいですね」

一人が喋《しゃべ》り出すと、他の人も次々と口を開き始める。自主避難はしてきたものの、思ったより人が少なくて淋しい思いをしていたのだろう。安全な場所に落ち着けた安《あん》堵《ど》感《かん》もあってか、芳が職員に連れられて入ってくるのを見つけると、新しい仲間だと歓迎する声が上がった。

芳の方も敷かれた布団の上に腰を下ろすと存外にリラックスした表情を見せたことに、沖野も胸を撫でおろす。

市の職員と今後の対応などを話したあと、沖野は再び十郷と現場へ戻る。

屋根が外れて新たな被害が出ていないか、他にも困窮している人がいないか確認しなくてはならない。

赤色灯だけ回して向かうと、やがてヘッドライトのなかに濃い緑の合羽に身を包んだ警察官二人の姿が見えた。受け持ち交番から出張ってきたらしい。十郷が外に出て声をかける。同じ係の五十年配の主任が斜めに降りかかる雨を掌で防ぎながら、泣いているような笑みを浮かべた。

「お疲れさん、通報者を救護してくれたんだね。こっちは近くの冠水した道で車が立ち往生していたのを移動させていたもんだから動けなかった」

「そうでしたか。今、澤北芳さんという方を小学校に搬送したところです。一応、他にも問題ないか確認しにきたんですけど、どうですか」

側《そば》にいた巡査が書類を風に飛ばされないよう手で抑えながら、声を張り上げる。

「巡回連絡カードで判《わか》っている範囲で、この近辺にいる独居者の確認は済みました。周囲の建物の様子を見て回っていたところです」

十郷が車の窓から顔を入れ、沖野に同じ説明をする。沖野は頷いて、窓から二人の警察官に「それじゃあ、あと頼みます」と片手を挙げた。

パトカーが動き出すと、二人の交番の警察官も軽く手を振った。

ハンドルを握りながら十郷が本署に戻りますかと訊いてくるのに、沖野はうーむ、と迷う声で応《こた》える。十郷が察して「なんかありましたか」と問うてきた。

「今、無線で行方不明者が出て、署からPC1号が臨場したと言っていた」

「行方不明――お年寄りですか」

「六十過ぎの男性らしい。ここからだと離れているが、行ってみるか」

「はい」

沖野は車載無線機を手にし、救護者の報告をした上で、行方不明者の捜索に向かうと告げた。

「なんかこのまま、夜通しって感じですね」と十郷。

「ま、台風だからな。仕方あるまい」

沖野は背筋を伸ばし、サイレンのスイッチを入れた。

6

午後十時五十分、台風被害対策本部開設。

一階カウンターの内側では、人が忙《せわ》しなく動き回っていた。扉を開け放った署長室を出たり入ったりしている。

観音開きだから、開き切ると室内がひと目で見渡せる。二十畳はないが、署内では道場を別にすれば、刑事課や地域課に次ぐ広さだ。

中央に黒の合皮のソファセットと横長のテーブル。正面奥には署長の執務机、部屋の角にはロッカーとコーヒーメーカーを置いたチェスト。グレーの絨毯《じゅうたん》敷きで壁には時計と抽象画が一枚。

総務係長の木幡が部屋の中央に立ち、当直員らに指図をしていた。ソファセットを壁際《かべぎわ》にずらし、会議用の長机とパイプ椅子をコの字型に並べる。ホワイトボードを置き、パソコン、ファックス等の機器を運ばせる。なかにはジャージ姿で首にタオルを巻いた、当直でない署員も混じっている。前泊している連中が何人か、手伝いに下りてきているのだ。更衣室にいた交通指導係の女性巡査の姿もあり、長机を拭き、事務用品をセッティングしていた。

壁際の机の上に、地域課にあるのと同じ基地局無線送受信装置が据えられた。

杏美と署長の橋波洋祐は邪魔にならないよう、準備の様子を眺めている。事件が起きたときは柔剣道場を捜査本部にするが、こういった災害対策本部のようなものは署長室を開放して使われることがある。それを嫌がる署長もいるが、橋波はむしろここでやって欲しいと言う。

「勢力弱まらんなぁ」

「そのようですね。市役所の方も本部を立ち上げているようですし」

「だろうなぁ。向こうと連携することになるが、どうだろう、田添さん」

「はい？」

「非常参集、かけるか」

「そうですねぇ」

非常参集をかけるタイミングを測るのも難しい。自主参集と違い、原則、所属長が発する強制力のあるものだから、署員も無理をしてでも出署することになる。だから、かけるにしても課長連中と相談し、本部へ伺いを立てた上で、実施の是非を決定するのが暗黙のルールになっている。風雨のなか、電車もない夜間に出勤しろと命令するのだ。どうしても慎重を期してしまう。

呼び集めるとしたら、各課単位で対応することになる。課員同士が連絡を取り合い、遠方の者は車を出せる者が順次拾い集めて署に向かい、近くに住まう者はそれこそ徒歩なり自転車なりで出署させる。

そこまでしなくても、今自主的に参集している者だけで足りるかも知れない。そう思いたいのが人情だ。

「直轄《ちょっかつ》、待機させてる?」

橋波の問いに杏美は頷いた。体力があって、それこそ警備馴《な》れした若者が十人もいるのは心強い。

やがて署員の一人が大きな管内地図を運んできた。コの字型にしたテーブルの中央に執務机を移動させ、その上に広げる。木幡がそれを眺め、徐《おもむろ》にマーカーを手に取った。

外に出ているパトカーや交番の警察官から、逐一、状況報告が入ってきている。それを聞いて、色分けしてゆくのだ。

その地図の色を見ながら「もう少し様子を見ようか」と橋波は呟いた。

「ええ。課長もまだ全員揃《そろ》ってないようですし、集まってからでいいと思います」

杏美が応えると橋波も頷き、二人揃って部屋から出た。

橋波が見ているものに気づき、杏美は笑いながら「奥様からの差し入れですよ。どうぞ」と声をかけた。副署長席の上に、箱に入った天むすが三箱も置いてある。一箱に二十個くらいはあるからかなりの数だ。

ああ、そうなのと言いながら窓の方に顔を向け、駐車場隅にある官舎の方に視線を流した。交通総務係の島の側の壁には駐車場に面した大きな窓がある。

結局、伊智子とは顔を合わせることができなかった。差し入れだけ置いて官舎に戻ったようだ。

「真織《まおり》さんと二人で少し前にこられました」

「そう。もしかしたら行くかも知れないと言ってたけど。電車、まだ動いているんだね」

橋波は夕食後、一度も官舎に戻っていないらしい。

「対策会議までには間があるようですし、一度、官舎に戻られたらどうです?」

うむ、と言い、まあそのうちに、と再び署長室へ入って行った。

橋波が目をやった窓の向こうを杏美も見つめた。

暗いなかにぼうと白く照らされる駐車場。大型バスの車庫があって、隣に署長官舎がある。いつも雨戸を閉め切っている筈《はず》の二階の部屋から明かりが漏れていた。娘の真織さんが使っているのだろう、様子見でもしていたらしく雨戸は見ている先で閉じられた。

獣の遠吠《とおぼ》えのような風が鳴る。

一拍置いて、洗車機を潜《くぐ》ったときのような大量の水が窓を濡らした。雨水は上下左右、どの方向からも襲ってくる。そして回転ブラシを当てているかのような風のなぶりが窓を揺らす。それは夜の闇《やみ》のなかで延々と繰り返され、巨大な洗車機のなかで庁舎は、じっと息を潜めて蹲《うずくま》っているしかないように思えた。

7

午前零時二十三分。

普段なら静かな時間なのだ。

一階受付だけは煌々《こうこう》と灯りが点《とも》るが、他の階はだいたい電気を落としている。各課の部屋のなかにそれぞれ宿直室を設けていて、割り当てられた当番の時間以外はみなそこで眠る。本来は、そういう時間帯なのだが、今夜だけは違う。

特に四階の柔剣道場では、大勢の人間が蠢《うごめ》いていた。

今はまだ非常参集はかけられていない。

十一時前に対策本部は開設されたが、ひとまず現在署にいる人員で警戒態勢を取ることになっている。切迫した危険性はないが、要警戒とされる地点が数か所できた。そこへ順次、出動することになっている。

日見坂署は県内でも山際にある小さな郊外署だ。広くもない管内だが、しばしば道路が冠水したりする。ついさっきも市道と生活道路の一部が水に浸《つ》かったと報告が上がり、警戒地点がまたひとつ増えた。

道場では待機していた署員らが、交代時間などを組み込んだシフト表を確認している。それに合わせて各自が動き出していた。装備点検をしながら支度を始めている者もいるし、既に警戒から戻ってきて休憩を取っている者もいる。次の出動のためにカップラーメンを啜《すす》っているのもいて、雨で濡れた頭にタオルを乗せ、シャワールームに向かおうとするのもいた。

雨風の威力は増している。

気象情報では、大型で強い勢力の台風がゆっくりした速度で北進していると伝えていた。

ふいに柔剣道場の戸が開けられた。シャワーから戻ってきたのだろうと思ってか、誰一人見返ることはない。

男が戸口に立ったまま「おい」と呼びかける。だが、台風が窓を揺らす音と十数人もいる署員の声で掻《か》き消された。再び呼び声が発せられる。今度は異様に大きく、甲高い声だ。

何人かが喋るのを止め、戸口に立つ男を振り返った。誰かが、どうしましたと尋ねる。他の署員らも目を向けた。

戸口にいたのは生活安全課防犯係の係長だ。きちんと制服を着ているのに、なぜか乱れて見える。その目が普通でなかったからかも知れない。

「おい、このなかに、か、鑑識はいないか」

畳んだ布団の上に腰かけている小柄だが筋肉質の男が、はい、と手を挙げた。その場で立ち上がり、防犯係長の側へ歩いて行く。

「鑑識道具を持って駐車場に来てくれ」

「はい？」

鑑識係は怪訝《けげん》な顔をする。あちこちに座り込んでいた署員らも、ぎょっと顔色を変えて係長を見上げた。

「たった今、うちの駐車場で男の遺体が見つかった」

風に叩《たた》きつけられた雨が割れんばかりの音を立てて窓を揺らした。

8

「もっと明かりを用意してくれ。これじゃ、なんにも見えん。早くしろ」

裏口から出ようとして足止めされた杏美は、当直責任者の古河《ふるかわ》警備課長の苛立《いらだ》った声を聞いていた。

警察署の駐車場には、壁際の角に街灯が立っている。ちょっとした作業をするのに不自由はないのだが、激しい雨の矢がその光を遮り、いつもより照度は落ちていた。交通事故捜査係の当直が、夜間の事故現場を照らす投光器を倉庫から引っ張り出してくる。邪魔にならないように、杏美は裏口の短いステップを下りて横に避け、雨のなかに立つことにした。間もなくスイッチが入れられた。

眩《まぶ》しいライトのなかで斜めに降りかかる雨が金色に光る。身長を超える高さのある大型ライトは強力なのだが、この風雨ではさすがに心もとなく揺れていた。上背のある署員が二人がかりで支える。

取り囲む背中の隙間《すきま》から、白い光を浴びて横たわる人の姿がかろうじて見えた。

呼び出された鑑識係がその傍に跪《ひざまず》き、確認し始めた。古河がまたも怒鳴る。

「早く覆《おお》いをしろっ。雨に流されるぞ」

当直担当である女性刑事と待機していた刑事課の者が数人、それぞれが写真を撮ったり、懐中電灯を照らして残留物を探し回っている。人手が足らず、生安課の人間も地面に顔をくっつけるようにして腹這《はらば》う。それ以外の課の当直担当らは、ブルーシートを広げ始めた。

だが、風が強くて小屋のように天井を組むことは元より四方を囲むことさえ難しい。

かろうじて遺体に雨がかからないようテント状に覆いを作った。

「刑事課長はまだなのか」古河が喚《わめ》くように訊いている。

「もう間もなく。栂野《とがの》にあるホテルに宿泊しておられましたが、タクシーは拾えないでしょうから、刑事課の覆面車を向かわせました」

古河は差しかけてくる傘を断り、ずぶ濡れになりながら顔を上げた。

杏美も同じように見上げ、各階の廊下にある外倒し窓を開け、署員がその隙間から顔を覗かせているのを見つけた。

今、ライトを浴びたから、仰向けになった遺体の顔がはっきりと目に入っただろう。何人かが、すぐに反応し、詰まった声で「鈴木係長」と呟くのが聞こえた。

遺体が地域課第二係の係長だということは、杏美も古河もまっ先に知らされていた。第一発見者は、留置管理員の佐伯という若い巡査だった。杏美は総務課の受け持ち部署であるから当然、顔も階級も知っていたが、古河は眉《まゆ》を寄せてどこの部署の者だと質《ただ》している。留置管理なら仕方がないかもしれない。およそ課長クラスが顔を合わすことのない部署だ。

古河を始め、刑事課員らがみな息を止めるようにして、鑑識係員の作業を見つめ続けている。その周囲を他の署員らが黙って取り囲んでいた。杏美はさらにその外側で自分より大きな背中のあいだから目を凝らす。

これほどの風雨だ、どんな証拠も流されているだろう。どうだ、と問う声に、濡れたせいで黒ずんだ色になった作業服姿の男は立ち上がるなり、目をしばたかせながら報告し始めた。

すぐに古河が「聞こえんっ」と怒鳴った。風が駐車場のルーフを揺らし、雨が窓を打ちつけるからまともな声の大きさではなにひとつ聴き取れない。仕方がないので一旦《いったん》、裏口からなかに入ることになった。刑事課の課員らもぞろぞろと食堂の前へと集まる。

遺体にはシートが掛けられ、屋根囲いを組むのを諦《あきら》めた数人が、ブルーシートを手に持ったまま、次の指示を待つことになった。

「鈴木係長はほぼ即死と思われます」鑑識係が頭から雫《しずく》を滴《したた》らせながら告げた。「心臓をひと突きで、他には目立った外傷は見当たりません。凶器はご覧になった通り、今、胸に刺さっているものでしょう。柄の長さと形状からして、恐らく刃渡り二十センチ前後の果物ナイフのようなもの。それが真っすぐ心臓を貫いています。死亡推定時刻は、まだぬくもりが残っていましたので一時間とは経っていないでしょう、死後三十分以内とも考えられます。あとは……」

僅《わず》かに言いよどんだあと憔悴《しょうすい》しきった顔を左右に振った。「申し上げるまでもなく遺体はこの雨でずぶ濡れ、まるでシャワーで流したかのようです。シャツの全面に血が滲《にじ》み、背中側に回った血も雨で流れ、今も広がり続けています」

ほとんどの遺留物は雨水に混じり、犯人の痕跡《こんせき》もなにもかもわからなくなっているということか。

古河はむうと口を歪《ゆが》め、刑事課員らは頭に手を当てながら俯く。一人が壁を蹴《け》り上げた。

「それで、つまりはどうなの？」

杏美の声に、その場にいる全員がはっと体を起こした。古河の後ろに隠れるように立っている杏美を見て、ずっと待っていたことを思い出したようだった。杏美はずぶ濡れになった顔を掌《てのひら》でひと拭《ぬぐ》いする。

古河が代表して説明した。

ナイフの刃部分が全て体内に侵入している。自力でここまで刺し入れることは難しい。壁にぶつかるようにして押し込むというのもあるが、一番近い壁にその痕跡はないし、たとえそうしてもやはりナイフの刃は埋没しきれないだろう。

真正面から勢いをつけて刺し込んだか、馬乗りになり狙《ねら》い定めて刺したか。確認した限りでは遺体に争った跡も見えない。現場の状況、遺体の鑑識報告からして出せる結論はつまり――。

杏美は背筋を伸ばすと、あとを引き取るように強い口調で言った。

「殺害された、ということですね」

頷く古河の顔を見て、杏美は息を止めた。体が寒くもないのに震えてくるのを感じる。

殺人事件が起きた。それも警察署内で。

ふらつきかけた体を壁に手を当てることで堪《こら》え、そのまま自分の足元に目をやる。雨が吹き込み、濡れた土足で大勢が出入りしたものだから床がドロドロになっている。これでは足跡ひとつ拾えない。

裏口は署員だけが使う狭い出入り口だから扉がない。

基本、警察署というのは留守になることがないから、全ての窓や戸が戸締りされる必要もない。この裏口には一応、グリルシャッターというパイプを横に渡しているだけの、店舗などによく使われるものが設置されている。誰かが廊下側にあるボタンを押して下ろさなくてはならないが、余程の緊急時くらいしか使用しない。隙間のある格子《こうし》なので、今日のように風のある悪天候だと閉めても意味がないから、結局、開けっ放しということになる。

杏美はそっと顔を外に突き出す。横殴りの雨に打たれ、髪を逆立てながら、右手奥で煌々とライトの明かりを浴びて浮かび上がるシートの膨らみを見つめた。

「こんなことが、こんなバカなことが起きるなんて」と、呟いた途端、ふいに笑いが込み上げてきそうになって慌《あわ》てて腹に力を入れた。

台風襲来の夜に、前代未聞《みもん》のとんでもないことが起きた。しかも自分が県内初の女性副署長として赴任し、半年も経っていないこの署でだ。これはなにかの間違いか、誰かの嫌がらせかと思いたくなる。

杏美は古河らに顔を戻すと、刑事課長が来たらすぐ知らせるよう指示し、ひとまず署長室へと足を向けた。

廊下を歩きながら、髪から滴り落ちる雫を手で払う。

腕時計を見る。一報を受けて、この廊下を駆け抜けてからまだ二十分ほどしか経っていないのだと気づく。

杏美が署長室に戻ると、橋波らが一斉に目を向けてきた。

古河から聞いたことを全て話し終わると、もしやと想像していたことだったろうが、喉《のど》を詰まらせたような声がいくつも上がった。沈黙よりも更に深く重い空気が部屋中を満たした。立ち尽くしていた杏美に、木幡がそっとタオルを差し出してきた。話を聞いていただろうに動揺している気配は微塵《みじん》もない。杏美は反射的に受け取る。見れば署長や課長らもタオルを握っていた。

「本部へは？」

木幡が頷き、署長が応えた。

「本官が警察署内で不審死したんだ。県警本部は、一応、捜査一課の係員を招集するようなことを言っていた。だが、あいにくのこの天候だろう、すぐに集まれるとは思えない。直接こちらに向かう係員もいるかも知れないから、そのつもりでと言われたよ。どちらにしても、すぐとはいかない。所轄でできるだけのことはしろと言われたよ」

更にそれが殺人事件だと報告すれば、大きな騒ぎとなる。間違いなく捜査本部が立ち、捜査一課のどこかの係が、いや、総出でやってくるだろう。

「できるだけのことですか」

杏美はもう少しでため息を吐《つ》きかけるのを堪える。こちらだって災害対策本部を動かし始めたところなのだ。ほとんどの人員は警備に割くことになる。再び、こんなときにと唇を噛《か》みたくなって、はっと全身を強張《こわば》らせた。

一体なにを言っている。人一人が死んだのだ。そのことをまず思うべきではないか。

杏美は自身がパニックを起こしているのを感じた。

「鈴木係長のご家族には？」

「先ほど連絡しました。こちらに向かいたいが足がないそうなので、総務の車で迎えに行かせました。たぶん、かなり時間がかかるかと思います」と木幡が応える。

「それで」

橋波がテーブルの席に着く面々を見渡した。一番訊きたくないことだろうが、署長としては訊かねばならないことを口にした。

「鈴木係長を殺害したのは、うちの誰かなのか。その可能性はあるのか」そう言うなり地域課長へと目をやった。

視線を向けられる前から課長は俯《うつむ》き、雨の雫ではないものを額から滴らせていた。

「それは鈴木が、誰かの恨みをかっていたのではというお尋ねかと思いますが、今のところそのような報告は受けておりません。ゆき過ぎた指導体罰等について……その、俗にいう苛《いじ》めの範疇《はんちゅう》に入るものですが、これまで鈴木を含め、その他の係員からあったという知らせも受けておりません。が、改めて精査したいと思います」

「そうしてくれ」

突然、表が騒がしくなった。

台風とも違う不規則な音響が玄関の方から響く。風雨の音をかき消す怒声までが聞こえてきた。

受付にいた当直員が慌てて飛び出し、観音開きのドアに開かないようはめ込んでいた楔《くさび》を取り外すと、大きな黒い影が飛びかかるように押し入ってくる。

「なんだってドアが開かないんだ、くそっ。鍵《かぎ》なんか掛けるな」

反射的にすいません、と当直員は身を縮めて謝る。

刑事課長花野司朗《しろう》は、その名に似合わぬ熊《くま》のような巨体を震わせ、顔を真っ赤にして入ってきた。その図体《ずうたい》と容姿の迫力よりも、拝命後ほとんどの年数を刑事課だけで過ごしてきた花野の、その睨《にら》みの目だけで相手は震え上がる。

「刑事課長――」

騒ぎを聞きつけた杏美が署長室から一番に飛び出す。机のあいだを縫ってカウンターまで駆け寄るが、花野はその間、ちらりと視線をくれたのみで、すぐに左の廊下へと体を向けた。

「すぐ署長し、あ、ちょっと」と言う間に、もう花野は背を向けている。副署長の呼び止める声など、雨の雫を振り払うほどにも意に介していないらしい。

そして廊下の奥から自分の部下が駆けてくるのを見つけると「報告っ」と怒鳴った。その巨体に纏《まと》わりつくように、刑事課員が矢継ぎ早に言葉を発し、そのまま一緒に裏口から駐車場へと飛び出して行った。

駐車場で濡れながら保全に努めていた署員らが、花野が向かってくるのを見てテント状にした囲いを少し開けた。花野は小さく頷《うなず》き、遺体のシートをめくらせる。そして鈴木係長を黙って見下ろした。

やがて目を上げ、ゆっくり周囲を見渡した。

遺体は屋根のない場所で激しい雨に打たれている。

ルーフのあるガレージがすぐ側にある。この時点でPC1号は出動しているから、その分のスペースがあったのに、そこに人がいたような痕跡はない。足跡を気にしたのか。被害者も犯人もずぶ濡れでこの場所に立っていたのだ。

今夜のような日は誰が濡れていてもおかしくない。怪しまれることはない。

花野は近くで待機していた鑑識係に報告をさせた。聞き終わると遺体の側に跪き、両手を合わせてしばし目を瞑《つぶ》った。そして、目を開くと取り囲む刑事らを見上げた。

花野率いる刑事課の面々が、濡れそぼった姿で立ち尽くしている。居並ぶ顔を睨むようにして見つめて言った。

「このヤマは、必ずわしらの手で始末をつける」

9

「それはつまり」

橋波が言い、花野が頷く。

「……なに?」なにそれ、と杏美も思わず呟《つぶや》く。どういうことかと尋ねかけた口を塞《ふさ》ぐように花野は声を張り上げる。

「まずはこちらを見てもらいたい」

新しく用意させたホワイトボードに近づき、そこに書かれている図へと視線を促した。そこには簡単な署の平面図が描かれている。そして花野の太い指がこことここと、となぞっていく。

「まず正面玄関だが、第一の扉は観音開きのガラス扉で、今夜はどこかの気の利《き》いたバカのお蔭《かげ》で、下にかましが挟まれて、中から外さないと開けられないようになっていた。もちろん、一階カウンター内には当直員がいたから、誰も玄関を出入りしていないのは目視でも確認されている」

そして、と敷地の左半分を指差す。

「署の裏口と駐車場のアコーディオン門扉《もんぴ》だが当然、防犯カメラで捉《とら》えている。犯行時刻を午後十一時前後から発見された午前零時過ぎまでとすると、その時間から以降、この署から出て行った人間はいない。

今、映像を確認させているが、午後十時前にPC2号が出庫し、その四十分後にもう一台パトカーが出動したあとは、この門が開けられて出入りした人間なり車がいた形跡はない。ご存知の通り、駐車場内を映すカメラ以外に、警察署を取り囲む壁の四辺を捉えるカメラが四台あって塀間際は全て捉えられている。塀を乗り越える人間の姿はなかった。つまり――」

各課長らは身じろぎもせず、花野課長を見つめている。

「被疑者は未《ま》だこの署内にいる可能性がある」

橋波と杏美は呆気《あっけ》に取られたように固まり、課長らは呻《うめ》き声を上げる。苦笑いするのもいる。

まさかと思いつつ、遺体が発見されたと同時に玄関と裏口の二つの出入り口には、各課の当直員二名ずつで、歩哨《ほしょう》を立てた。花野が来てからは、その指示で赤白カラーコーンを駐車場のアコーディオン門扉の隙間に嵌《は》め込み、飛ばないようにしつつ、門扉も容易に開かないようにした。更に駐車場内には二人増員して、カメラで捉えきれない場所をカバーさせた。

花野課長の言う通り、被疑者が署内に逃げ込んだのであれば、まだここにいる可能性は高い。

既に庁舎内、駐車場、直轄警ら隊待機室など隅々までローラー作戦で捜索することは始めていた。今のところ、これといった報告はなされていない。誰も隠れていないし、隠れていた形跡も見つかっていないということだ。加えて当直員以外で、台風のために前泊していた者らは事前に木幡係長によって把握されており、再度、照らし合わせた限りでは、この署から消えた者はいなかった。

「要は、署員の誰かだと言いたいのだろう」

地域課長が恨めしそうに言うのに、花野は鼻息を吐き、口元を歪める。

「そうとも限らん。早い段階で署に忍び込み、これまで隠れていたという可能性もある。どちらにしろ、犯行時刻からこっち、出た人間がいないとなれば、被疑者は今もこの署内にいると考えて間違いない」

杏美はすかさず手を挙げた。

「花野課長、たとえ今この署内に被疑者が潜伏しているとしても、この台風直撃の非常事態下で、そろそろ非常参集もかけようかというときに、まさか誰も出入りするなと言うのじゃないでしょうね」

ようやく花野は杏美を真正面から見つめる。

「参集は待ってもらう。被疑者がこのなかにいるとわかってて、門を大きく開けて出入りどうぞご自由に、とする訳にはいかない」

「なっ――」

杏美の丸い顔が赤くなり、立ち上がりかけるのを隣の橋波が抑える。

「今はまだ台風被害の報告は入っていない。そうだな」

署長に目を向けられ、地域課長が慌てて書類をめくり、細かに頷いた。

「はい。午後九時五十五分に屋根が損傷したという通報が一件と、十時三十四分に家人が戻らないとの通報が一件。交番とPCが対応し、屋根に被害を受けた家の住民は避難所へ搬送、行方不明の家人については捜索した結果、近所のコンビニに出かけていて大事なかったと判明しています。今のところその二件だけですが」

「うむ。だが、今はまだそんな程度でも、これから色々入ってくるだろう。台風の規模いかんでは相応の被害も出る。だから花野さん」

花野だけでなく杏美も他の課長らも固唾《かたず》を飲む。橋波は小さく肩で息を吐いた。

「参集はもう少し待つ。ただし、台風の被害が出たなら、その都度、署から出せる人員は出す。その折には、もちろん、裏の駐車場出入り口を利用してもらって、できるだけ容疑者圏外にある人物を選出する」

その判断は刑事課に任せる。そして、当然ながらそんな対応もそう長くはできないと付け足した。

「どれほど時間をいただけるでしょう」

花野も花野なりに覚悟を決めたのか、沈着な態度を見せる。橋波が隣に座る杏美に顔を向け、少しの間、二人で話し合う。

「二時間だ」と橋波は告げた。「特段の被害通報がない限り、二時間まで今いる署員は全員署内に待機させる。そして今から遅くとも一時間後には非常参集をかける。参集をかけてもすぐには集まれない。やって来た者らは随時チェックする。それも刑事課に任せる」

これでどうだろうと、橋波は他の課長らを見渡すように顔を振った。

花野を含めた課長らは、短い躊躇《ためら》いのあと小さく頷いた。なにが一番正しいのかこの場で判断できるものなどいない。台風がどうなるか、殺人犯が誰なのか、どういった対応が一番最適なのか。それを英断しなければならないのが、最高責任者である署長だ。

花野は署員への聴取を引き続き行うと言って、部屋を出て行った。

各課の長ももぞもぞと動き出し、部屋には杏美と橋波だけが残された。

「防犯カメラに第一発見者以外、なにも映っていないのが痛いな」

橋波が額の生え際を指で掻きながら思案顔をする。

「ええ。駐車場のどこにも、怪しい人影どころか、裏口から出た筈の当該係長の姿すらないというのが、なんとも妙ですね」

「一体どういう訳だろう」

杏美も黙って首を傾《かし》げるしかない。

カメラは基本、周囲の塀際を重点的に映している。外部からの侵入者を防ぐためだ。

「駐車場の内側を映しているのは五台のうち一台だけ。しかも、それは駐車場出入口付近を含めたおよそ九十度の範囲までということで、奥のルーフ付きガレージなどはカメラの背面になって、網羅できていません。係長の遺体が見つかった場所は、庁舎とルーフ付きガレージのあいだの壁際で、カメラの視界から完全に外れている場所です」

署の防犯カメラには予想以上に死角があった。杏美はそういうことを今回初めて知らされ、腹を立てるより困惑した。それではカメラの意味がないではないか。一旦は沸騰《ふっとう》しかかったが、木幡からまさか署内で犯罪が行われるなど誰も思わないから、これまで気にも留められなかったようだと言われ、杏美も渋々口を閉じる。橋波がフォローするように言う。

「一部、カメラで捉えきれないところがあったにしても、それは部分的なものだろう？　少なくとも裏口から出てきたなら、必ずカメラに映る筈じゃないか。なのに、鈴木係長の姿がひとつも捉えられていないのはどういう訳だ。係長は一体どこからあの現場に出向いたんだ。身を屈《かが》めて、カメラに入らないようにするのも無理なのだろう？　全く、おかしな話じゃないか」

「そうですね」

考えられるとすれば、裏口とは別のどこかから外に出たということになる。例えば、一階の駐車場に面した部屋の窓のどれかからこっそりと。鈴木係長が窓を開け、サッシを乗り越え、雨の降る外へと忍び出る姿を想像し、首を振った。余りのバカバカしさに口にすることもできない。

今の杏美に現状から推し測れるものはなにひとつなかった。

総務課や地域課での経験がほとんどで、一年ほど生安課に配属されたことがあるが、管理職だったので直接現場に出るようなことはなかった。だから花野のような刑事部門の人間がどんなことを考え、どのような対応や取り調べをするのか、それすらも想像できない。ましてや。

花野とは、杏美が赴任した当初からなんとなく反りが合わないと感じていた。なんとなく、というしかないような関係性だった。女の副署長だからということだけなら容易《たやす》いが、花野にはそれ以外に、杏美か杏美のような人間に反感を覚えるなにかがあるようだった。

窓の外でまた風が唸《うな》る。

署長室にある無線装置ががなり出し、交番の係員に指示する言葉が飛び交うのが聞こえた。交番だけで対応できなければ署からも応援を出さねばならない。花野はその際、どういった判断をするのだろう。

10

刑事課強行犯係主任の宇喜田祥子《うきたしょうこ》は、向かいの椅子《いす》に座る留置管理員の佐伯悠馬《ゆうま》を見つめていた。

血の付いたシャツだけ着替え、濡《ぬ》れた髪を拭うタオルを首にかけたまま、佐伯は何度も椅子の上で座り直している。

「裏のゴミ捨て場に行こうと思ったんです」

それだけを応えると、またタオルで顔を拭った。

宇喜田が黙って見返すと、やがて強張りながらも頬を弛《ゆる》め、唇に笑みを浮かべた。

女性の留置人が入ったときには、宇喜田が主に身体検査に当たる。だから当然佐伯とは顔見知りだし、佐伯にしても他の署員よりは宇喜田と口を利く頻度が多い筈だ。

宇喜田は巡査部長で、しかも刑事課の強行犯に所属するから、大概の男性は気おくれしてか、気安く喋《しゃべ》りかけてこない。宇喜田なりに気を遣い、佐伯に対してはいつも丁寧な対応をしてきたつもりだ。表情もなるだけ穏やかにするよう努めてきた。

そのせいか佐伯の方でも、数少ない女性職員との接触でもあるからか、常から愛想が良かった。

「なにをしに？」

宇喜田の普段と違う声色に佐伯の笑みが固まった。やがて上がった口角がゆっくりと戻り、まっすぐ引き結ばれてゆく。ようやく気づいたのかと、宇喜田は心の内で呆《あき》れた吐息を漏らす。

佐伯は今、顔見知りの女性刑事から、単に発見当時の状況を問われているだけではない。刑事の取り調べを受けている参考人でもあるのだ。もちろん、ここは取調室ではなく、刑事課の部屋の向かいにある小会議室ではある。だが、この部屋に入ったときから宇喜田は佐伯が警察官であるとか、気を遣うべき同僚であるとかの情味ある斟《しん》酌《しゃく》を全て排除していた。

普段の和やかさは宇喜田の全身から微塵も出ていないだろう。二つの目から感情という色彩が消え、ただ、遺体第一発見者に対応する刑事の五感だけが研ぎ澄まされてゆく。佐伯の目のなかに怯《おび》えが浮かび上がるのを見て、宇喜田はようやく口元を弛めた。

留置場では笑顔さえ見せて、刑事課の裏話など屈託なく聞かせてくれていた女性刑事が豹変《ひょうへん》したことに戸惑い、一体、普段の姿とどちらが本当の姿なのかと佐伯は混乱しているだろう。そんな混乱のときが、事情聴取においては好機でもある。

「そ、それはゴミを捨てようと」

ルーフ付きガレージの一番奥、突き当ったところに署内専用の小さな焼却炉がある。基本、警察関係の書類は部外秘だから、必要ないからといって一般のゴミと一緒に捨てる訳にはいかない。紙関係はシュレッダーにかけ、焼却炉で燃やすか特別な液で溶解させる。

「なにを捨てに行ったの」

「えっと、それは、えっとですね」

タンとボールペンの先で、机の上を弾《はじ》いた。たったそれだけで、びくっと佐伯の体が反応する。宇喜田と隣の男性刑事の二人は佐伯から片時も目を離さない。被疑者というのはこういう緊張感のなかで取り調べを受けるのかと、改めて思い知ったことだろう。佐伯の額に汗が滲み始めた。

「す、すみません。これを」と佐伯は観念したように首を垂れ、ズボンのポケットからばらばらと小さな紙片を机に広げた。宇喜田と男性刑事が同時に手に取る。

「馬券か。外れ券をゴミ焼却炉に入れようとしたのか」

男性刑事の方が呆れたように言う。署内のゴミ箱に捨てる訳にはいかない、だから直接、焼却炉に入れてしまえと思ったのだ。

「わざわざ、雨のなか？」

宇喜田は短く問う。そうすることで、もっと深いことを問われているのではと相手に憶測させるよう仕向けている。負い目のある被疑者なら余計なことまで口走ることだろう。佐伯もつい弁解がましく言い募る。

「いや、こういうの捨てるところ誰にも見られたくないし。こんな雨なら誰も近づかないじゃないですか。当直の深夜が一番いいし、しかも今日は台風だし。でも、たまたまなんです。いつもはもちろん、自宅のゴミと一緒に捨てますけど、今日はロッカーの片づけをしていて、このあいだの日曜のが出てきたから」

「ロッカーの片づけねえ。お前、どんだけはまってんだ」

「いや、そんな。軽い遊びですよ、ホントです」

競馬をするのは問題ない。ただ、そのために街金に借金をしたり、同僚らに金を借りるようなことをすると監察対象となりかねない。そのため、佐伯も必死で暇つぶしだと言う。

「ですから、日曜当直のとき、場外売り場で買ってそのまま出勤して、競馬中継聞いたあとロッカーにしまっておいたのを忘れてて」

宇喜田は汗を拭う佐伯の一挙一動を目で追いながら、遮るように言った。

「それで？　その馬券を捨てに、裏口から駐車場に出たのね、そこから順を追って話して」

佐伯はがっくりと肩を落とし、馬券をかき集めてポケットにしまうとぼそぼそと供述を始めた。

佐伯は休憩時間である午前零時過ぎ、雨のなか傘を差して裏口から駐車場に出、ルーフ付きガレージの前の道を歩いて奥に向かった。庁舎側は総務課宿直室の窓、その隣は署長室の窓になる。

宿直室はともかく、署長室は災害対策本部となっているから明かりもついて大勢の人が忙《せわ》しく動いている。

そんな窓の横をよくのこのこ通る気になったわね、と嫌味をいってみるが、佐伯は意味がわからなかったらしく、はあ、とだけ応《こた》える。どうも、留置管理は警察の動向に疎《うと》くなるきらいがある、と宇喜田は忌々《いまいま》しく思う。

ともかく、駐車場内を捉えるカメラには、佐伯の姿はちゃんと映っていた。裏口で傘を広げたあと風に煽《あお》られまいと幾分前屈みになりながら、特段、不自然な様子もなく歩いていた。その姿は裏口を離れ、庁舎の角にかかると途切れた。

佐伯は総務課宿直室の窓の下辺りになる場所に、人が雨に打たれて倒れているのを発見した、と言った。

駐車場内に街灯があるから、充分ではないにしても薄闇にぼんやり人の姿くらいは捉えられる。慌てて近づくと、男の心臓付近にナイフが突き立てられているのが見えたと言う。誰だかわからず、生死もわからなかったから傘を放り出し、声をかけながら体に取りついた。お蔭で手にもシャツにも血が付いたが、すぐに雨でずぶ濡れとなった。男の目は見開いたまま恐ろしい形相をしており、既に死亡していることは明らかだった。

カメラには風に飛ばされた佐伯の傘がまず映り、やがて戦《おのの》いた表情で後ずさりする佐伯自身も捉えられていた。こけつまろびつ裏口に戻って、一番近いパトカー乗務員待機室へ飛び込み、異常を知らせたと言う。

佐伯の話を聞き終わって、宇喜田と男性刑事は顔を見合わせる。互いに気になるような不整合な点がないことを確認し合ったのち、宇喜田は更に問うた。

「そのとき、なにか気がつかなかった？」

「え。なにかって？」

宇喜田は黙っている。佐伯は仕方なく、必死で脳内の記憶を掘り起こすように首を傾げて動きを止めた。

しばらくして疲れたように首を左右に振った。

「なにも。雨に当たったせいで、全身が血に染まっていたことと、あとは、まあ、どうして傘も差さずに係長は外に出たのかなと思ったくらいで」

宇喜田は佐伯を見ながら、現場の光景を頭に描いていた。

鈴木係長の遺体の側《そば》には傘はなかった。風に飛ばされたかと周囲を隈《くま》なく探したが、佐伯の傘は見つかっても係長のものはなかった。塀を越えて外へ飛ばされた可能性もあるが、それなら塀際《へいぎわ》のどこかのカメラに映っている筈だからと精査したが、それらしい映像はなかった。雨は午後九時過ぎには降り出していた。

今、別の刑事が鈴木係長の今日の行動を確認しているが、雨が降る前に外に出たということはないと思われる。九時から発見される午前零時過ぎまでのあいだ、当直担当が三時間以上も席を離れているなど考えられない。誰もおかしいと思わない訳がない。

地域課の係長は、当直当番として無線対応をしなくてはならない。通常は数時間置きに交代するが、今夜は台風襲来という特別な夜だ。ほとんど交代なしで張りついていたのではないだろうか。休憩を取ったとしても、多く見積もって遺体発見から遡《さかのぼ》って二時間が限度だろう。

宇喜田は椅子を鳴らして、いきなり立ち上がった。これ以上ないくらい見開いた目をした佐伯の体が、跳ねるように仰《の》け反《ぞ》った。その姿を見下ろし、宇喜田は部署に戻っていいと告げた。

11

杏美と橋波は、刑事課に頼んで署長室のパソコンで防犯カメラの映像を見せてもらっていた。

どうしても自分で確認したいと杏美が言ったのに、橋波も同調したのだ。花野課長は面倒臭そうに返事をし、刑事課の一番下《した》っ端《ぱ》を送りつけてきた。まあ、映像を見るだけなら問題ない。

駐車場の内側を映しているカメラは一台だけ。ルーフ付きガレージの一番角の屋根の上にあって斜め下向きに設置されていた。そこからほぼ九十度の視界で映り込むようになっている。映っているのは、まず駐車場の出入り口が画面の中央にあり、右に大型バス格納庫、署長官舎の門扉、左に庁舎の裏口、その横にあるパトカー乗務員待機室の窓と隣の用務員室の窓までとなる。

「あ、伊智子と真織さんですね」

「うむ」

ＰＣ２号が出動したすぐあと、駐車場の門を開けて二つの傘が入ってくるのが映った。杏美が四階の更衣室から見つけた姿だ。

「これからは正面玄関から来るように言わんといかんな」

杏美は気の毒そうに橋波を見やる。

官舎が警察署の敷地内にあるばかりに、家族は不自由な思いを強いられる。こそこそ出入りしようものなら警察官らの目がたちどころに突き刺さるし、相手が署長の家族とわかると途端にバカ丁寧な対応をされる。それでも駐車場から出入りするからその程度で済むが、玄関から入ろうものなら大勢の警官の目に晒《さら》され、側に一般人がいようが関係なく直立されて軒並み挨拶《あいさつ》される。そうまでされると全く手ぶらで受付前を横切るという訳にもいかない。

今日も、台風で特別警戒を敷いているだろう署員のために伊智子は差し入れを運んできた。元警官だけにそういうときの苦労も知っているから、一般人以上の気遣いをせねばと感じているらしい。杏美などは、そんなのいらないと気安く言ってやるが、伊智子にしてみれば署長の妻が夫の部下らに無愛想でいられる訳もないらしい。

そんな話もちらちら聞いているだけに、今回のことでまた伊智子の官舎への足が遠のくのが容易に想像できた。それはつまり橋波が単身赴任の体で、不自由で寂しい暮らしが増えることをも意味する。杏美の心配も気づかないようで、橋波は腕を組んだまま画面を睨んでいる。

伊智子と娘の真織の二人が官舎に入り、それから十分ほどして再び二人が外に出てきた。差し入れを届けるためだ。

真織が大きな箱の包みを抱え、傘を不安定に差しながら伊智子のあとをついて歩く。駐車場を横切り、裏口から庁舎に入った。

その二人が出てきたのは、およそ二十分あとだ。

一階で杏美と少し話でもしようと思ったのに、署長室がざわついているのを見て諦《あきら》めたのだろう。

伊智子と真織が官舎に戻ってから、次に佐伯が傘を差して出てくるまで誰も出入りした者はなかった。

他の塀際を映しているカメラ四台の録画も精査したが、こちらは塀の上に塀と平行して設置されているから映せる範囲もしれている。表通りと横の通りに面して各課の部屋の窓があるが、当然ながらその窓から出て塀を乗り越える者はいなかった。カメラはみな狂ったように降りかかる雨の礫《つぶて》だけを捉えていた。

「うーむ」

腕を組んだまま橋波は唸る。隣で杏美も小さく頬を膨らませた。

確かに、これは花野課長の言う通りかもしれない。杏美はパソコンを操作している刑事に尋ねる。

「映像の確認は遡っていつから見ているの」

「はい。昨日の朝からこっち全て精査しました。昨日の午前中には、業者による庁舎清掃があり、不審なことがあれば報告があった筈だということで。それ以降、このカメラでは怪しい様子は発見できませんでした。ただ」

杏美は頷く。

防犯カメラは一階受付にも一台ある。署内を映すカメラには一般人も入る。警察署を訪れる人はそう多くはない。多くはないが、免許の更新や落とし物の届け出、交通事故や事件関係の人間の数まで入れるとそこそこになる。だから侵入時に絞っての特定は難しいということだ。

ただそれも不審人物が侵入したと仮定すればの話で、侵入でなくごく普通に出勤したのであれば、庁内カメラの映像に意味はない。

「ありがとう。もう部屋に戻ってくれ」

橋波が言い、若い刑事は室内の敬礼をして、署長室を出て行った。

「署長、これはもう、ある程度覚悟しておかないといけないかもしれませんね」

事件後、外へ出た人間が怪しいし、もしそんな人間がいないのなら花野の言う通り、未だこの庁舎内に被疑者が潜伏しているという可能性を考えねばならない。人を刺殺して現場から逃げないのは、この建物内にいることで逆に姿を隠せると考えているからだ。それはつまり、犯人は本官であることを示していた。

杏美の危惧《きぐ》にも、橋波は意外とさばさばした表情で言う。

「疑いたくもないが――。ただ、覚悟ならできているつもりだよ。いや、ここに赴任したときから、それは当然のことだと思ってるさ。これでも署長だからね」

にやりと悪ぶった顔を作って見せるが、すぐに照れたように目を細めた。

「我々ができることは部下を信頼して待っていることだけだろう。そして万が一、不都合な事態が生じたときは、責任を取る。それ以外に僕にできることはないさ」と部下である杏美の手前もあってか、達観したようなことを言う。

そんな橋波とて腹のうちでは、もうひとつの諦念《ていねん》がある筈《はず》だ。どうであれ、ここが最後の職場であることに変わりはない。

一方の杏美は副署長になってまだ半年にもならない。これから部下や幹部連中と意思疎通《そつう》を図りながら、新しい職務を全うする立場にあるのだ。肩に乗る重責を改めて意識したせいか、言葉少なになった。橋波が憂《うれ》い顔を向けてきた。

「むしろ君の方が心配だよ。副署長になって赴任したばかりなのに、こんな事態になって申し訳なく思うよ。ここを足がかりにもうひとつ上に行くべき人材なのに」

「いえ、そんな」

「女性の署長が生まれるかもしれんのだ。なんとしても僕の責任だけで納まるようにするつもりだ。そのためにも一刻も早く犯人確保したいね」

「はあ」

　署員による犯罪。杏美も、もうそれ以外にないだろうと腹をくくる。

くるのは構わないが現場に立てないのがもどかしい。少なくともどんな捜査が行われているのか、どんな情報が集まっているのか、逐一、それこそ秒単位で知りたいと思う。刑事畑にいた経験のほとんどない杏美だが、それだからこそ知らないという不安が羽虫のように纏い付く。隣の橋波も杏美と似たような経歴の筈だが、そんな様子は微塵も見せない。

　しかも今は――

　二人は申し合わせたようにホワイトボードへと目を向けた。現時点で被害のあるエリア、冠水の状況などが無線で知らされ、次々と書き加えられていく。

台風は真っすぐにこちらに進路を向けている。風雨は勢力を強め、市役所では浸水が予想される地域に土嚢《どのう》などの補強作業を始めていると報告があった。交番からは今のところ緊急性のある知らせはないが、既に風雨のせいで怪我《けが》をして救急車で運ばれた人間もいる。

杏美は腕時計を確認する。参集をかけるのを早めねばならないかもしれない。じっとしていることで余計に事態が悪化する感じがする。

橋波が止めるのも聞かず、ちょっと見てきますと言い置いて署長室を出る。木幡と目が合い、口を開きかけたのを見て見ぬ振りし、カウンターを回って階段を目指した。

二階の右手にある刑事課の扉をノックもせずに押し開く。

一斉に顔がこちらを向き、課長以外の全員が直立し、お疲れ様ですと言葉を放つ。

花野は杏美を一瞥《いちべつ》すると、すぐにまた課員に向かって指示を出し始めた。

ホワイトボードには事件の詳細が時系列で書き込まれ、聴取した署員らの名前も記されている。花野から特に指示もないから、課員はみな杏美を見て見ぬ振りをして声をかけない。花野と杏美がなんとなくうまくいっていないのは、刑事課では周知のことらしい。

それならそれでと杏美はずかずかと奥に入り、勝手に机の上の資料やパソコンを覗《のぞ》く。課長以外、誰も注意できないのが、こういう縦社会の良いところであり、悪いところでもある。

「動機が見当たらないってどうよ」

思わず声が出たのは正直そう思ったからで、決して花野を煽った訳ではなかった。

だが身長一九三センチの巨体が立ち上がる。

杏美がその前に立つと、仁王立ちするグリズリーと赤ずきんちゃんくらいの差がつくが、誰も口元を弛めることはしない。

花野はわざとらしくパソコンの電源を切った。

「なんせここにいる捜査員の数が限られているんでね。聞き込みに行かせたいところだが、犯人が今もこの庁舎内にいる以上、ここを手薄にさせる訳にはいかない」

「地域課への聴取では、鈴木係長に問題行動はなかったとあったけど、プライベートではどうなの」

「………」

「個人的に親しい職員はいたでしょう。うちの地域課に限らず他の部課や余所《よそ》の署なんかにも。直接、訊《き》けなくとも電話で確認はしたのでしょう?」

「鋭意、捜査中」

杏美はむっとしながら「一般人相手の説明を聞きにきた訳じゃないわ。報告して欲しいと言っているの」

「それは確認できてからにしますよ」

「確認？　なんの」

「容疑の圏外にいると確認できれば」

「はあー？」

　ぽかんとだらしなく開いた口を思わず手で覆《おお》った。一瞬、間の抜けた顔をしたのではと不安になるが、それもお腹《なか》の底からぷつぷつと怒りが泡のように湧《わ》いて出てきて、すぐに霧消した。

「このわたしが容疑者だと？」

「もちろん、田添副署長だけではありませんよ。橋波署長も他の課長連中も容疑者と言える」

「なにを言っているのかわかっているの」

　グリズリーは大仰に肩をすくめて見せる。「もちろん」

「あのね、橋波さんや課長らが容疑者だと言うのなら、この刑事課は今、誰の指揮下にあるっていうの。まさか独立した司法部隊だとでも言うのじゃないでしょうね」

「その通り」

「花野課長っ」

花野は話が終わったかのようにさっと背を向けた。杏美は沸騰するまま吠《ほ》えたてたが、まるで一枚の大きな壁に歯を剝《む》く子犬のような気分だ。

「これが刑事課のやり方っていう訳？　だいたい刑事課だけで手の回る話じゃないでしょう」

「容疑が外れた人間を随時使わせてもらっている。ともかく現時点では、田添さんには事件に関する報告はなにひとつできかねる。以上だ」

頭からどかんどかんとなにかが噴出するのを感じる。感じるが署員の前でこれ以上醜態を晒す訳にはいかないと、なんとか隠忍自重する。ひと睨みしたあと、黙って部屋を出た。

そして廊下に出ると再び走り出し、三階に駆け上がった。

階段を上りきった正面には会議室があって、右手には地域課の部屋がある。二階の刑事課の真上に当たる位置だ。左の廊下を行けばトイレや給湯室があって、一番奥に警備課がある。

杏美はまたもノックをせずに扉を押し開き、地域課へと飛び込んだ。

当直員だけでなく、居残っていた者ら全員顔を突き合わせていたらしく、杏美を見てわらわらと立ち上がる。

地域課にある係は三つ。それぞれの係に係長が二人ずつ。鈴木係長の所属する第二係は、今日は当直勤務で、他の係はそれぞれ日勤と非番日に当たる。

ざっと見ただけでも課長以下八人がこの部屋にいる。もちろん、各交番には当直勤務の警察官が二人ずつ配置され、今も警戒中か若《も》しくは事案の処理についている。

「鈴木係長の経歴を教えて」誰に言うともなく問うた。

部屋の一番奥にいる地域課長が青い顔をしながらのっそりと席を立ち、机のパソコンを手で示した。杏美は課長席に着くとまず回転椅子の高さを調整した。そしてマウスを握り、課長が画面に出した鈴木の身上調査票をめくっていく。

鈴木吉満《よしみつ》。年齢は今年四十四歳。転勤した署はここで四つ目。地域課、交通課を経て、警部補になってうちの地域課二係にやってきた。それが三年前。

家族欄に目を通す。妻と息子が二人。子どもはまだ中学生と小学生だ。四十二歳の妻の勤務先欄が空白だから専業主婦なのだろう。鈴木係長の働きで維持してきた四人の暮らしだ。

今になって、自分の部下が凶刃《きょうじん》に倒れ、命を失ったことの重大さを感じる。人一人の生を奪っただけではない、鈴木吉満の家族の人生をも根底から揺るがしたのだ。この先、残された三人の生きる道は険しくなることはあっても、楽になることは一瞬たりともないだろう。

鈴木の妻は今、迎えの車に乗ってこちらに向かっている。嵐《あらし》のなかで知らされた凶報に、どれほどの哀《かな》しみ、いや絶望を突きつけられ、遺体の確認のできていない現実味のないこのときをどんな気持ちで揺られているのか。

胸の奥が苦しくなる気がして、杏美は大きく深呼吸する。

署長である橋波が深い苦悩を抱えつつ、冷静であろうとしていたことに今更ながら思い至る。

自分の部下が殺され、その犯人もまた自分の部下かもしれないのだ。なんと哀しく悔しく腹立たしいことか。国民の生命身体を守ることを任務とする警察官が、決してなされてはならないことであり、なしてはならないことなのだ。

信頼している部下に裏切られた――。

橋波もまた衝撃を受け、風雨になぶられながらも、絶望の底に突き落とされまいとその淵《ふち》に縋《すが》りついている一人なのだ。

杏美は再び、画面を見つめた。写真を見る限り、中肉中背、短髪で面長の顔に細い目、いく分鼻が大きく顎《あご》の尖《とが》った、どっから見ても普通の中年男性だ。雨に打たれ、駐車場に横たわった姿を垣間見《かいまみ》たが、この写真の男と同じだという実感が持てない。

鑑識係も古河課長も、遺体の形相は凄絶《せいぜつ》なものだったと言っていた。写真の鈴木はどこから見ても物静かな大人しい風貌《ふうぼう》をしている。生前の姿を思い出すことはできないが、パソコンの画面であっても、一人の人間の生の痕跡《こんせき》ははっきりと感じられる。そんな男がナイフを突き立てられた恐怖で、刑事が顔を顰《しか》めるほどの人相に変わったのだ。どれほどの絶望と戦慄《せんりつ》に襲われたことか。

「課長、鈴木係長はどんな方でした？」

「そうですねぇ」と言いながら、地域課長は側の係員に目を向ける。同じ第二係の係長は、当直も同じだから話す機会も多い。一番に応える。

「敵を作るような人ではありませんでした。係員にも特に厳しく接したということもないですし、なにか揉《も》めていたという話も聞いていません」

「酒は飲まない方なので、夜の付き合いはなかったですね。趣味は釣りと麻雀《マージャン》だとか」

杏美は課長席を取り囲むように立つ三つの係の係長と課長を順繰りに見つめる。

「釣りや麻雀の相手をしたのは？」

三人がそろりと手を挙げ、麻雀をと言い、別の一人が一度だけ海釣りに行きましたと申告する。杏美が課長は？　と目で問うと課長は首を振り「釣りも麻雀もしないので」とぼそりと呟いた。

見返すと、三人の目が揺れて組んでいる手に力が入っているのに気づく。杏美はくるりと勢い良く椅子を回転させると、手を挙げた三人の係長の前でぴたりと止めてじっと見上げる。

「握った？」

三人はぎょっとし、固まったまま俯《うつむ》く。それで答えは出たようなものだ。課長が後ろで舌打ちするのが聞こえた。

「そのことは刑事課にも？」

三人がうな垂れるように頷《うなず》く。

賭《か》け麻雀をしていたことを問題にするかは、今は考えない。余計な不安を与える前に杏美はそう口早に言い、今はともかく、それが動機となったかどうかを検証するのが先だと告げる。

三人は合わせたように首を振って話しはじめた。大した額ではないということもあったし、鈴木係長は麻雀では気前が良かった。大して上手《うま》くもないのに、必ず大きな手で上がろうとしたし、大負けしても鷹揚《おうよう》な態度を崩さず、決して機嫌が悪くなることがなかった。麻雀相手としては理想のタイプだ。特に賭け麻雀では。

杏美は再び、係長の身上調査票に目をやる。

特段の資産家でもないようだ。奥さんに財産があるのか、それにしては子どもらは二人とも普通の公立学校に通っているし、習い事も一般的なものばかりだ。性格が良く、単に気前がいいだけなのか。良い夫であり、良い父親でもあったということだろうか。

杏美はこの部屋にいる係員の様子をざっと眺め、そのなかでも一番若そうなのを見つけて声をかける。巡査長のようだが、地域総務を担当しているらしい。

「鈴木係長の私服とか持ち物で気づいたことはない？　車は持っていたかしら」

若い係員は戸惑った様子で振り返る。杏美が返事を待っているとわかると首を傾げながらも「お洒落《しゃれ》、とは違う感じでしたけど」と応えた。

私服にしろ、財布などの小物にしろ、決して量産品のようなものは持っていなかった。いつだったか、大量生産で安価に提供している店をけなし、本当にいいものを身に着けないと人物までも安く思われると、若い巡査らに説教していたのを覚えていると言う。

横から第一係の係長が言う。休みを合わせて、一緒に釣りに行った人間だ。

「車はアウディに乗ってました。すげえなぁって言ったらローンだって言ってましたけど」

ふうん、と口を引き結びながら杏美は席を立つ。

ふいに部屋の壁際にある基地局無線装置から、地域課員の叫ぶような声が飛び込んできた。山沿いの地区の側溝が限界水位を越えたという知らせだった。係長の一人が応対し、付近の状況を詳しく説明しろと言う。

暗い窓を振り返るとぴしゃりぴしゃりと掌《てのひら》で打つような音がし、すぐにざぁーとガラス一面を撫《な》でつけるような雨が襲う。台風はどんどん近づいてくる。とにかく早めに対応するに越したことはない。非常参集をかけた方がいい。遅くなればなるほど参集にも手間取る。

杏美は地域課長に礼を言い、足早に廊下へ出ようとした。ドアを開けるなり、シャツのボタンを外したままの署員が飛び込んできてぶつかりそうになった。

副署長と気づいて、丸井巡査は飛び上がった。

「どうしたの」

丸井は口を開けたまま、杏美と奥の係長や課長の顔を見比べる。杏美が更に促すと、直立した姿勢を取り「あの、今、津々木主任が刑事課へ呼ばれまして、じ、時間がかかるかもしれないと言われましたので、パトカーの出庫に差し障《さわ》りがあるのではと、どうしようかと」と言った。

「刑事課に？　津々木って？」

杏美は振り返る。

十時前と十時半過ぎにそれぞれ二台のパトカーが臨場している。既に現場での処理は終わっているが、署内がこんな状態なので、それぞれ交番で待機させている。

今、署にあるのが津々木・丸井ペアのＰＣ３号だけだった。なにかあれば即対応しなければならない。パトカーは基本二人乗務だ。丸井だけでは出庫できないから、もう一人誰か待機室で控える必要があると言いにきたのだ。

そのことよりも、幹部連中は津々木博之がどうして刑事課に引っ張られたのか、それが気がかりらしい。

第二係の係長から津々木巡査部長の人となりについて説明を受けて、杏美も確かに気になった。なったが、単に協調性がないとか、癖があるとかだけで疑うのはおかしい。誰もかれもからいい人だと言われる人物の方が余程胡散《うさん》臭い。

「まずは、交代要員をつけて。津々木のことはわたしが訊いて」と言いかけて唇を噛《か》んだ。あの花野の様子では、簡単には教えてくれないだろう。

それなら、と待機室に戻る丸井巡査に、そこまで一緒に行こうと声をかけた。丸井は困った顔をしたが、仕方ない風に杏美の後ろを歩き始めた。

明かりを落とした薄暗い廊下をゆっくり進む。

「で、その津々木主任と組んでどれくらい？」

質問はそこからスタートした。

12

署長官舎というものは、どうしてこうも使いにくいのだろうか。

橋波伊智子は、キッチンの小窓を閉めようとした拍子に頭を吊り棚の角にぶつけて蹲《うずくま》った。

署長になって赴任すると決まっても、伊智子や真織は引っ越すことはしなかった。官舎の掃除にきて、その判断は正解だったと実感した。

築年数が経《た》っているのは仕方ない。どこの署も官舎整備にかける暇もお金もないから、耐震さえ問題なければそのまま引き継いで使っている。

この官舎も外観は一戸建ての普通の二階家だが、部屋数は少なく、古い間取りで和室が多い。風呂《ふろ》の追い焚《だ》きはできても、自動で注水、沸かすことはできない。障子は黄ばみ、畳はささくれているのを誤魔化すために絨毯《じゅうたん》敷だし、エアコンは一階のリビングと二階の六畳間にしかなく、冬ともなれば台所は手足が凍るほど冷える。

引き戸も押入れの戸も建付けが悪く、二度も三度も揺すって押し引きする。窓には木の雨戸があって、雨樋《あまどい》のどこかに穴でもあいているのか大きな雨だれの音が部屋にいても聞こえる。リビングのガラス戸の向こうには猫の額どころか肉球程度の庭しかなく、夏の季節にも拘らず緑の葉をつけ忘れたような柑橘《かんきつ》系の樹《き》が一本植わっているばかりだ。

家の全ての窓の雨戸を立てたせいか、激しい風になぶられ賑《にぎ》やかな音を響かせる。テレビの音もはっきり聞こえないほどだ。閉め切っているため、家のなかが蒸し暑く、エアコンをずっとかけているが、まるで熊《くま》ン蜂《ばち》が集団で飛び交っているような音が鳴り続ける。

しばらくのあいだ、この状況と官舎についての愚痴を言い募り、赤くなった額を鏡で見てまた愚痴る。

「その上、殺人だなんて」

もう、なにがなんだかという自棄な気持ちがずっとくすぶっていて、眠ろうにも眠れない。することもないから部屋のあちこちを見回っていた。キッチンの小窓が少し開いているのを見つけ、慌《あわ》てて閉めようとしたらこのザマだ。

「お母さん、なにやってんの」

二階の六畳間で休んでいた真織が、Tシャツと短パン姿で下りてきた。若い分、どんな状況でもそれなりに睡眠を貪《むさぼ》れる筈だが、珍しく眠れないという顔を見せる。伊智子が眠る気配を見せないのを感じて自分もと起きてきたらしい。

雨戸を激しく攻め立てる音も気にはなるが、それよりも署内で殺人事件が起きたということの方が気になるのだ。

伊智子とてそれは同じだ。奉職したのは僅《わず》か二年ほどではあったが、一応は、警察官であったのだ。死体が出た、犯人が近くにいる、というようなことで恐《こわ》がったり慌てふためいたりすることはない。ないが、不安はある。

台風の夜に女二人で自宅にいるのも心もとないと、真織と一緒に官舎にやって来たのはいいが真夜中にいきなり騒ぎが起こった。官舎の塀の向こうで灯りが煌々《こうこう》と輝き出し、多くの人間の蠢《うごめ》く声がした。台風の音に負けない怒声まで響く。

窓からそっと覗き見ると、署の駐車場でなにか起きたらしい。

雨風に声は遠くなっているが、それでも時折、殺人だとか凶器はナイフだとか、そんな言葉が耳に入り、もうひっくり返らんばかりに驚いた。

すぐに夫の携帯に電話を入れると、地域課の係長が遺体で発見されたと言う。台風が向かってきている特別警戒の最中《さなか》に殺人事件など前代未聞《みもん》だし、それが橋波にどう影響するかと考えたら、もう一睡もできなくなった。

犯人が未《ま》だ署内にいるという話も驚きで、真織には一歩も外に出るなと厳命している。

「これって、お父さんの責任問題じゃないの」

娘は平気でそんなことを言う。伊智子は睨《にら》みつけるようにして娘を見、冷蔵庫から缶ビールを取り出した。

ここの署長を二年ほどやって、橋波は勇退する。最後の職場だが、このあと再雇用で別の職場を用意されている。だが、こんな不祥事を起こした署長を無傷のまま、働き続けさせることなどないだろう。

自分の指揮する署内で殺人が起きたばかりでなく、その犯人は同じ警察官かもしれないのだ。どんな署だ。どういった指導教育をしていた。所属長はどんなヤツだ、となる。

ビールをひと口飲み、いや今はなにも考えないでおこうと自らを叱咤《しった》する。警察官の妻として、一刻も早く事件が解決し、この台風による被害が小さく済むことを祈るべきなのだ。

「わたしもも-らおぅっと」

棚からグラスを出し、伊智子の缶ビールを注ぐ。それを一気に飲み干し、すっぴんの独身女はオジサンのような息を吐く。

「あなたねぇ」と言いかけて止めた。三十にもなる娘に説教しても始まらない。真織はそんな伊智子を見てにやりと笑い「ねえ、なにか差し入れ持って行かなくていいの」と妙な気を回す。

「えっ。なに言ってるの、さっき、天むす持っていったじゃない」

いつもの差し入れと違って、今回は奮発した。通常より多い人数が出勤しているだろうから煎餅《せんべい》でもと思ったが、台風のなか上も下もずぶ濡《ぬ》れになる署員の働きを思えば、乾きものでは申し訳ない気がして、近くで人気のある店に早くから注文しておいた。

勝手知ったる駐車場の門を開け、敷地に入るとすぐに声がかかった。

傘を斜めにして見上げると、四階の更衣室から杏美が手を振っていた。

前泊しているのだとわかって、それならちょっと一階で会おうと返事したのだった。

田添杏美は同期だが、警察学校の初任科時代はそれほど親しくはなかった。順調に昇級し、県内では初の女性警視にまで昇りつめたことは耳にしていた。橋波が署長を務める署に、杏美が今春、副署長として赴任してきたときは心底驚いた。しかも会ってみれば、杏美はそれだけに満足せず、更にもうひとつ上を狙《ねら》っていることも知ったのだった。

初任科生の頃はそれほど上昇志向が強い女性には思えなかった。

ただ堅苦しいほど真面目《まじめ》なところがあり、ちょっと気が強かった印象がある。永く会っていなかったが、ここの署で再会し、親交を温め直した。伊智子もそうだが、杏美とて昔とは変わらぬ部分も変わった部分もある。

伊智子は主婦になり、母になり、子どもの将来を案じながらも趣味に興じる、どこにでもいる平凡な女になった。一方、田添杏美は独身のまま警察組織で活躍し、署長以外の誰もが頭を下げる立場となった。

そこまでくるには人には言えない苦労がある。男性が圧倒的に多い職場だ。男女平等だ、機会均等だといっても人と人との関係は、そう簡単に割り切れるものではない。

女性だからということだけで特別な目で見られ、特別な扱いを受ける。そう思っている男性警官も少なくない。

そういう部分も確かにあるだろうが、均等にと言われてむしろ女性の方が気を張らねばならないのではないだろうか。昔は女性だから危険な任務に就くことはないと言われた。だが、今はそれが差別に繋《つな》がるし、表立って外す訳にはいかない。そうなれば、女性警官だって男並みに頑張らねばならない。

それを良しとする杏美のような人間なら問題ないが、伊智子のように家庭を持ってしまうと家族や夫が一番となる身には負担になる。逆にそれを支えとしていっそう働く女性は多い。だが、伊智子はそういうタイプではなかった。警察を辞めることに躊《ちゅう》躇《ちょ》はなかった。

若くして警部補になった辺りから、田添杏美は注目を浴びるようになった。

管理職になれば、人に指図されて動くだけの気楽さが消え、人を従わせられる分だけ判断の正確さ、迅速さを問われる。仕事ができてこそ、初めて人が認める幹部となれる。

厳格だ、という噂《うわさ》が聞こえてきた。些細《ささい》なミスのひとつにも目くじらを立てる、容赦がない。そういう声も裏を返せば誉《ほ》め言葉にもなるのに、女性というだけで、やっぱり女は融通がきかないなどと口さがない者は陰口を叩《たた》く。伊智子も話し半分には聞いていたが、生安課の主任をやっている同期の女性警官の一人からも似たような話を聞くに至っては、どうしたのだろうと気になった。

その同期が勤める所轄《しょかつ》の刑事課盗犯係の刑事が依願退職した。

当時、総務係長をしていたのが田添杏美で、穏便に済ませたい意向だった刑事課を無視し、直接署長に処罰すべきと談判したと言う。

同期が聞き及んだ内容はこうだった。盗犯係の刑事が被疑者を留置する際、身体検査を雑にしてしまい、あやうく大事な証拠を処分されかけたというものだ。所持していたのは薬物だったらしく、房内のトイレに流される寸前、留置管理の人間が気づいてなんとか無事押収《おうしゅう》できた。もちろん、その分、罪状も増えた訳だ。

当時は他にも被疑者がいて刑事課は忙しく、手続き書類を作成するだけでも人手が追いつかない有様だった。だが、そんな言い訳にも杏美は耳を貸さず、忙しければ手を抜いていいのかと刑事課の猛者《もさ》らを睨みつけたらしい。

その話を聞いて、伊智子はヒヤリとしたものだ。杏美のしたことは間違いではないし、言ったことも正しい。だが、叱責《しっせき》の声はどれほど大人になっても耳を痛くする。ヘタをすれば、それが小さな澱《おり》となって身体《からだ》深くこびりつくこともある。

杏美は匙加減《さじ》を誤ったとしか思えなかった。

結局、その刑事は、処分を受けるくらいなら潔《いさぎよ》く辞めようと決心したらしい。次の異動で杏美は転勤となって、同期もホッとしたと苦笑いした。

それから間もなく警部に昇進し、小さな署の生安課長となり、そこでも辣腕《らつわん》を振ったと聞く。

その杏美が副署長となってここにきた。

橋波は穏やかな性分で、杏美の負けん気の強さをいつも笑って話してくれる。概して評価は悪くない。ただ課長ら幹部連中とは、まだまだこれからのようだと言った。

官舎を訪れたなら、伊智子は杏美とできるだけ顔を合わせるようにしている。署長夫人と同期であり、親しい間柄だと知れれば周囲もそれなりに考えてくれるのではと思っている。親心ならぬ同期のよしみだ。もっとも勝手にこちらが気を揉んでいるだけで、杏美が知ったならバカバカしいと一笑に付すだろう。

そうこうしているうち、こちらも気安くお喋《しゃべ》りする相手として重宝するようになった。

「だって、台風の上に事件まで起きたんでしょ。大変じゃない。今夜は近くのコンビニだって閉まっているだろうし、みんな夜食はどうするの」

真織の声にはっと伊智子の意識が引き戻される。

娘は、ちょうどビールのツマミにと冷蔵庫を開けてチーズを取り出すところだ。行儀悪く口にくわえる姿を見て、伊智子は呆《あき》れ顔をした。

昨日今日、警察官になった人間ではないのだ。どんな事態をも覚悟をしての職務であることが、この一般会社に勤め、昇進する気もなく、親がかりの暮らしを堪能《たんのう》している娘にはわからないのだろうか。

「夜食だってなんだって、それなりに準備してあるわよ」

「用意って？」

「カップ麺《めん》だってあるし、冷蔵庫はあるから冷凍食品とか。レンジくらいはどこの課だって置いてるわよ」

「そう。でも、そんなんじゃ、お腹の足しにならないじゃない。肉体労働なんだし」

この子は肉体労働のなにを知っているというのだろう。大した大学でもないのに留年して、挙句、もっと自分に合った仕事を見つけるための準備期間にするとのたまわった長男をも含め、どうしてうちの子どもらはこんな頭だけ大きく膨らんだバランスの悪い人間になってしまったのか。いや、もしかしておかしいのは自分の方なのかと自問する。

真織がリビングに行き、雨戸を少し開けて庁舎を見やる。

「やめてよ。雨が吹き込むでしょう」

「雨より風が凄い」

「そりゃ、台風だもの」

「雷が鳴らなくて良かった」

「雷?」

二階で横になろうと電気を消した途端、古い雨戸の隙間《すきま》から稲光がしてぎくっとしたと言う。真織は雷が嫌いだ。いい年して、大きな音が轟《とどろ》くと子どものように目を瞑《つぶ》り耳を覆う。慌てて外を見たら、ただのライトの灯りだったらしい。

どうどうと風が体当たりするように吹き寄せる。家の屋根を大きな掌が摑《つか》んで、細かに揺すっている感じがする。築二十数年になるこの古い家屋はちゃんと持ちこたえてくれるだろうか。こんなことならマンションに籠《こも》っていれば良かったと浅い後悔をしながら、天井の軋《きし》む音に耳をそばだてる。

「真織、早く閉めて」

注意しても生返事しか返ってこない。なにか考えごとをしているようだ。ねえ、お母さん、と言う。

「なに？」

「地域課って、交番のお巡りさんの課よね」

「そうだけど」

「あと、刑事課、生活課？」

「生活安全課。防犯係とか少年係のあるところ」

「その二つが刑事さんのいる課？」

「刑事っていうのがなにを指して言うかによるけど、私服で捜査する人ってことならそう。まあ、犯罪者や非行少年らにしてみれば同じでしょうね」

やっと雨戸を閉める。ガラス戸に鍵《かぎ》を掛け、カーテンを閉じて真織が顔をこちらに向ける。その表情に、まだ訊き足りない様子が見えて伊智子は言葉を続ける。

「他に私服で活動する部課に警備課があるけど。どうして？」

「うーん、別に。ただ、みんなやっぱり刑事に憧《あこが》れて警察官になったんだろうなぁって思って」

「それは人によるけど。でも、まあ、制服勤務から私服勤務になればボルテージは上がるでしょうね」

「じゃあ、地域課の人なんかはやっぱり、早く課から出たいと思ってる人が多いってことよね。制服着てるお巡りさんって、扱いが低いイメージあるもんね。ほら、ドラマなんかだと現場保存のテープの側《そば》で野次馬を追っ払っているだけが仕事みたいな」

「それも大切な仕事よ。日本の交番制度は世界に誇るもので、そのお蔭《かげ》でこの治安の良さが維持できていると言ってもいいのよ。あなた、そんなことも知らないの」

簡単にネットやテレビの受け売りを信じ、自分で調べることもなく、それをひとつの知識として頭の隅に後生大事にしまっておく。その安易さが伊智子には不安でたまらない。

「それはわかってるけど」

真織はグラスのビールを飲み干すと、トイレに向かう。

その後ろ姿を見ながら、伊智子は手元の缶に視線を落とす。

真織は、もしかある特定の人間の話をしていたのだろうか。橋波がここの署長になって二年目を迎える。これまで官舎へは何度も訪れているから、なかには顔見知りになった警察官もいるだろう。

伊智子ははっと顔を上げる。

夜中に事件が起き、夫との電話で死亡したのが地域課の人間だと言ったとき、隣に立っていた真織は酷《ひど》く動揺していた。あのときは、警察署内で人が死んだことに驚いたのかと思ったが、娘の顔から血の気がひいていくのを見て、怪訝な気持ちが湧いたのを思い出す。

まるで誰か知っている人間が災難に遭ったのを聞いたかのような素振りだ。

亡《な》くなった人が鈴木という人だと告げたとき、真織は安堵《あんど》の息を吐いたのではなかったかと記憶を手繰る。

そんな不信が別の疑惑を呼び起こした。

今夜、差し入れを庁舎に持って行った際、署長室周辺がざわついていたので杏美を待つのは止めようと思った。

近くにいた署員が気を遣って、お茶でも淹《い》れますというのを断り、天むすを杏美の机の上に置いて官舎に戻ろうとした。

そのときだった。真織がちょっとトイレと言ってカウンターの外に出て、階段を上って行ったのだ。一階のトイレに行くのに人がたくさんいるカウンターの前を通ることが嫌なのかと思った。伊智子が勝手にそう思った。大した距離の差ではないし、若い子なら階段など苦にならないのだろうと。

けれど、よくよく考えればトイレなど官舎に戻って使えばいいのだ。その方が気楽だろうし、落ち着いてできる。

あのとき、どれほどして戻ってきただろう。結構、待ったような気がする。思い返すほどに、伊智子の鼓動が徐々に早まってゆく。首筋をなにか冷たいものがするりと滑り落ちた気がした。

真織は二階のどこへ行ったのか。いや、果たして行ったのは二階だったのだろうか。

13

午前零時四十分。

無線から放たれる指示報告の間隔が短くなっているな、と沖野は思う。フロントガラスのワイパーの忙《せわ》しさと相まって、いよいよ台風が本格的になってきたなという緊迫感が全身を覆ってゆく。

「沖野主任、今なんか」

睨むようにして前方を見ていた十郷が声を上げた。暗い道を照らし出すヘッドライトの灯りのなかに、赤い色彩が見えたと言う。首を傾《かし》げているところを見ると、本人にもなにかとは見極められていないらしい。沖野はすぐに停めろと言った。

水浸しの道でタイヤが滑らないよう、十郷はハンドル操作とブレーキの微調整に苦心しながらパトカーを路肩に停めた。ゆっくりバックし、窓を開けて目視すると、子ども用の小さな赤い傘が道路際《ぎわ》の街路樹に引っかかっているのを見つけた。沖野と十郷は互いに目を合わせ、合羽のフードを被《かぶ》って外に出る。

赤い傘を手に取り、周囲を見渡す。

「どっかの家から飛ばされたんですかね」という十郷に沖野は首を振った。閉じられた傘でなく、開いたままの傘であるのが気になった。「辺りを調べてみよう」

風に煽《あお》られ、雨に視界を塞《ふさ》がれながらも、歩道や道路脇《わき》の建物の周辺を探す。

「誰かいるのかー」

「おーい」

風が樹木の葉を揺さぶり、近くの店のシャッターを揺するから大概の音は掻《か》き消される。それでも聞き取れたのは、沖野自身幼い子どもを持つ父親で、普段から子どもの声を耳にしているからかもしれない。

「泣いている声がする」

「え？」

十郷は首を傾げながら沖野に従い、風上にある小さな公園へと向かう。公園を囲う大きな樹木が風に揺れて、まるで巨人が暴れているように見える。

「おい、いるぞ」

沖野が声を張ると、十郷が慌てて駆け寄ってきた。樹木の周囲に植えられた繁《しげ》みのなかで、小さな子どもがずぶ濡れになって蹲っていた。まだ四つか五つくらいか。

「なんだってこんなとこに」

沖野は子どもを抱きかかえると、十郷に付近を探せと命じた。すぐ「主任っ、こっちに」と十郷の叫ぶ声がし、沖野は跳ねるように伸びあがった。側の草むらのなかに銀色の車輪が見える。

繁みの向こうに自転車が倒れていた。そしてその先で、濃紺のレインコートを着た女性が横ざまに倒れている。

「おい、大丈夫か、しっかりしろ」

沖野が子どもを胸に抱えて近づくと、母親の姿を認めたのか、声を高くして泣き出した。

どうやら自転車を押して歩いている途中、風に煽られて倒れたのが、打ちどころが悪く気を失ったのだろう。子どももレインコートを着ている。傘は持っていたのだろうが、母親が動かず雨に打たれるばかりなのを見て、差して防ごうとしたのではないか。その傘が風で飛ばされ、道路沿いの樹に引っかかった。

「救急車を呼ぼう。子どもはパトカーで連れて行く」

「了解」

十郷がパトカーへと駆け出す。沖野は子どもを雨から守るように、いっそう強く胸に引き寄せた。

病院に搬送し終わって、沖野はパトカーのなかで一旦《いったん》息を吐いた。時計で一時五十分になるのを確認してから、車載無線機で本署に連絡を入れた。

ところが、地域課の係長から、近くの交番に入って入電しろと返された。いぶかし気な表情で沖野と十郷は互いの顔を見合わせる。

無線でなく固定電話を使えということだ。今の無線機はデジタル化のお蔭で簡単には傍受されなくなった。それでも念を押さねばならないような、相応の秘匿《ひとく》事項を伝える場合は、今も固定電話が重宝される。

十郷に言って一番近い交番に向かわせた。車を停めると二人揃《そろ》って、挨拶《あいさつ》しながらなかに駆け込んだが、勤務する交番の警察官からひと言も返事がない。妙に思いながら目を向けると、表情を固めたまま棒立ちしていた。

「なんだ、どうした?」沖野がフードを下ろしながら尋ね、十郷も言葉を足す。

「今、本署から入電しろと言われたんですけど。なんかあったんすか？」

その交番の箱長である巡査部長が、青白い顔を無理に動かそうと頬を引きつらせている。沖野が合羽のボタンにかけた指を止め、その顔を睨むように見つめた。

「なにがあった」

巡査部長が目を伏せ、殺しがあった、と呟《つぶや》く。

「どこで」と沖野が瞬《まばた》きもせず問う。

「本署だ」

14

杏美はようやく目当ての男を捕まえた。

刑事課に籠っているだろうと思っていたが、まだ若い巡査だけに色々こき使われ、その度、部屋を出たり入ったりしているらしい。誰にも見咎《みとが》められずに廊下に出てきた。

二階の刑事課の向かいに小会議室があり、その奥には留置場がある。左の廊下を行くと生活安全課と交通指導係の部屋が表通り側に並んでいる。

留置場は厚い鉄の扉で閉じられ、その扉の真ん中にはインターホンと目視確認するための小窓しかない。天井には緊急時でも煌々と点《とも》るLEDライトがある。

その灯りから外れるように身を寄せていた杏美は、出てきた若者を手招きする。

刑事課鑑識係の祖父江誠《そぶえまこと》巡査は、おっかなびっくりの顔で近づいてきた。

杏美は自分より少し背が高い程度の、ごついが小柄な男の襟首を摑むようにして、三階の会議室へと強引に連れ込んだ。

電気を点《つ》けないままドアを閉じた。暗いのは暗いが、駐車場を照らす街灯の光がぼうと浮かび上がって部屋に入ってくる。室内で普通に動くのに不自由はない。窓から覗《のぞ》くとルーフ付きガレージの屋根が見える。真下の部屋は留置場と小会議室になり、更にその下は総務課宿直室と署長室の一部に当たる。

講義型に並ぶ会議用テーブルの椅子《いす》のあいだに立って祖父江と向き合う。

「悪いわね、呼び出したりして」

「はあ、いえ」

「主任の比嘉《ひが》さんはまだ？」

「はい。向かっているとの連絡はありましたけど。比嘉さんの家は県外だからちょっとかかるかもしれません」

「そうね。よもや鑑識が呼び出されるような事案が発生するなんて思ってなかったでしょうし」

そう言いながら杏美は、祖父江をじっと見る。「あなただけでも前泊してくれていて助かったわ」

「は、はい。寮住まいなんで、こっちにいても寮にいてもどうせ同じですから」

うん、うんと杏美は腕を組む。

祖父江誠は、鑑識の仕事に就いてまだ日が浅い。

ベテランの比嘉主任の元で切磋琢磨《せっさたくま》している最中だ。元々、署内でする鑑識作業などは、主に盗犯事件などの証拠採取や現場写真がほとんどで、殺人のような凶悪事案となると本部鑑識が来るし、科捜研が精密な鑑定をする。大した事件の起きない郊外の所轄では、行事や記念撮影のカメラマン代わりに使われたりする方が多いのではないか。

この祖父江にしても、よもや遺体の確認をさせられるとは夢にも思っていなかっただろう。せめて比嘉主任でもいてくれればと縋る思いで臨場した筈《はず》だ。だが刑事課だけでなく多くの署員が注視するなかで泣き言は言えない。風雨のなかという最悪の条件下で、この祖父江はそれなりに良くやった。

だが、鑑識は証拠採取が終われば、あとはその鑑定やデータとの照らし合わせをするだけで捜査をすることはない。刑事課の奥の小部屋で黙々と作業を続けるだけだ。そんな祖父江の携帯に連絡をし、誰にも言わず黙って出てこいと言ったのは、杏美なりにひとつの賭けでもあった。

花野の独裁体制は刑事課だけでなく、署内でも有名だ。経験が豊富で実績もあるから、誰も異を唱えることができない。実際、頼れる上司として信奉している署員も多い。鑑識の比嘉もそうだし、女性主任の宇喜田もそうだ。だが、杏美のように配属されて間もない人間は違う。祖父江誠も去年の秋の異動できたから、まだ一年にはならない。花野への忠誠心は他の刑事らよりは強くはないだろうと思った。なにより杏美自身、花野と同じくらい、いやもっと長い勤務年数を数える人間だ。ここまで昇ってきた者として、それなりの押しの強さは持ち合わせている。

不思議そうに杏美を見やる鑑識係員に、にこっと笑いかけ単刀直入に言う。

「刑事課で今、パトカー乗務員の津々木博之が取り調べを受けているそうね」

「え。あ、はい」

副署長に嘘《うそ》を言う訳にはいかない。

「津々木は殺害された鈴木係長と懇意にしていたと聞いている」

ある程度は承知しているという風に話を振る。祖父江は僅かに首を傾げ、また、はいとだけ返事する。

「わかっていると思うけど、今、台風による非常警戒中なのよ。パトカーの乗務員を長く拘束されては困るの。花野さんも刑事課長とはいえ、そこんとこわかっている筈なんでしょうけど、事件となると他への気遣いがあと回しになる。まあ、優秀な人ほどそうなんでしょうけどね」と、笑みを浮かべて見せる。祖父江は、はあ、とだけ。

「まだかかるのかしら」

祖父江はちょっと考える。

津々木は刑事課奥の取調室に入っているが、出てくる捜査員の報告は耳にできる。それである程度の内容はしれる筈だ。黙ったままの祖父江に畳みかけるように付け足す。

「別に、被疑者って訳でもないんだから、そこそこで解放して欲しいのよ。そう花野さんにかけ合ってみるつもりなんだけど、今、どんな様子かを知っていないと声もかけ辛《づら》い。署長からも、刑事課の邪魔にならないようにと念押しされているし」

当て推量と署長という言葉で、このまだ二十代半ばの巡査はたやすく揺らぐ。小さく頷くと、恐らく、と喋り始めた。

どうやら津々木と鈴木係長は、それほど友好的な間柄ではなかったらしい。二人が言い争っているのをたまたま他の署員が見ていた。その情報から引っ張られた津々木だったが、刑事課の取り調べであっさり白状したと言う。

津々木は鈴木係長に借金をしていた。ゲームの課金や怪しげな有料サイトにはまっていて、その支払いのため、ボーナス時までの約束で十万ほど借りていた。その返済期日が過ぎ、鈴木から厳しく責められていたのをたまたま、署員の一人に見られたのだ。

その津々木が開き直って言うには、客は他にも大勢いるとか。主に地域課の係員が多いが、他の課にも借りている者はいるようだ。大きな金額ではなく、ちょっと今、融通してもらえたら嬉《うれ》しいという程度の額なのが、便利だと使われていた。ただし、鈴木はきっちり利息を取り、返済の期限を守らない署員に対しては、その辺の街金顔負けの督促をしたらしい。

ちゃんと返せば愛想が良く、いつでもすぐに貸してくれる。所帯持ちで少ない小遣いでやりくりしている男連中には有難がられたと言う。今は警察官のプライベートにおいても厳しい目が向けられていて、街金で借金なんかしようものなら処分どころか、ヘタをすれば辞めなければならなくなる。友人知人に借りれば色々詮索《せんさく》され説教もされるから面倒だ。

その点、鈴木係長なら余計なことは言わず、すぐに出してくれ、返済期日がくるまではいっさい接触してこない。接触するにも細心の注意を払ってくれるから、誰が顧客なのか互いに知らない筈だと言う。鈴木は有能な金貸しだったようだ。

最初、鈴木の使用する課内のパソコンに顧客の名簿があるのではと考え、祖父江が中身を精査したが、結局、そこにはなかった。

花野が来る前に刑事が一人、鈴木係長の遺族を迎えに行く総務の車に同乗していた。向こうに残って自宅内にある被害者の身の周りを探索するためだ。その刑事からも、自宅のパソコンにそれらしいものは出てこないとの報告があがっている。

津々木が言うには、勤務中であれ、常にチェックしていたようだというから、自宅のパソコンではなく個人所有の携帯電話で管理していたのだろうと判断した。所持していた筈のスマートフォンが遺体の側にも署のロッカーにもどこにも見つからないことで、逆にそのことを裏付けた。恐らく犯人が持ち去ったのだろう。

となると、そのスマートフォンを調べられたら困る人物がいるということになり、刑事課は津々木博之も含めて、鈴木係長から借金していた署員をあぶり出す方針を決めつつあると言う。
杏美は声を失う。
なんなんだ。署内で街金ごっこか。あれほど、借金や金銭の貸借は厳に慎むように
と県本部だけでなく全国の警察で通達しているのに。
金額が少なければいいという話ではない。同じ警察官同士ならいいという話でもな
い。
頭を抱えて、その場に蹲りそうになった。
祖父江を前にして必死の思いで威厳を保つが、万が一、それが殺人の動機となれば、
署長や杏美の監督不行き届きだけでは済まされない。この署の真面目な警察官全員が、
いっしょくたにされる。いい恥さらしだ。
電気も点けていない会議室の窓には、風と雨が銀色に打ちかかるのが見える。ガタ
ガタと音を立てて揺れる度、杏美の体も揺れ動いている気がする。
祖父江誠は、室内の敬礼を深々として会議室から出て行った。
杏美は声をかけることもなく、暗い目で見送る。見つけなければ——。
なんとしても犯人を挙げよう。県警捜査一課がやって来て、この署にあるなにもか
もをかっさらって、遠慮も気遣いもなく虱潰《しらみつぶ》しに調べ尽くす前に、我々の手で犯人を

捕まえるのだ。

本部の力を借りずに、署内で起きた事件を署員が解決する。せめて、それくらいしなくては所轄の面目が立たない。

なにも知らずに警戒に立っているずぶ濡れの警察官、嵐のなか懸命にこちらに向かおうとしている警察官、それら全《すべ》ての矜持《きょうじ》を守らねばならない。

杏美は歯を食いしばり、組んでいた腕をほどいて拳《こぶし》に変えた。

そのためにも、まずはひとつ。祖父江誠を情報屋として引き入れられたことに安堵する。

杏美に喋ってしまったことを、今度は花野に知られまいと、これからも杏美の注文に応《こた》えねばならないだろう。そのための足がかりだったのだが、思いがけず刑事課の思惑まで知ることができた。

だが、花野のことだ。これで鈴木に殺害される動機が見つかり、容疑者も絞れたとは思っていないし、その線だけ追えばいいとは思っていないだろう。まだまだ多くの事実が、捜査員らの手によって暴《あば》かれ、それら全てが刑事課に集まってくる筈だ。

杏美も全てを知らなければならない。

そして、なにがなんでも見つけ出さねばならない。

15

特別警戒態勢により、全署員、参集せよ——。

ついに非常参集がかけられた。

各課はそれぞれ係員と連絡を密にし、参集できる人間の把握をする。

地域課にあるのと同じ無線送受信装置が署長室にあり、そこからずっと甲高い声がなり続けている。応答する係員は、地図を見、上司に確認を取りながら返事をしていた。

交番の警察官から、風で街路樹が倒れ、歩行者信号機のひとつが破損したと連絡が入る。大きな交差点は全て確認するよう指示が出される。

飛来物に当たって怪我《けが》人が出た。救急車が向かっているが、対応中に他の被害が出ても困るから応援を呼んでいる。

市役所から市内を走る二級河川の水位が限界域を超えようとしていると連絡が入った。土嚢《どのう》を積む作業を始めるので道路を封鎖して欲しいと言ってくる。

それ以外にも、看板が飛んできて窓が割れたなどの報告まで入り、到底交番だけでは対応できない。

台風は少しも逸《そ》れることなく向かってくる。

杏美と橋波は、非常参集をかけると同時に、事件発覚後、出動を一時的に足止めしていた四階の署員らを、刑事課の確認を取った上で現場に臨場させる。

また、非常参集で出勤してくる署員らは全て正面玄関から入れ、刑事課員の手で一人一人確認した上で、各課へと配置することにした。駐車場の出入り口は刑事課の管轄下に置かれ、署員でシフトを組み、今も出動する車以外、誰も出入りしないよう見張らせている。

その交代要員だけでも人手が取られるのに、二人一組で庁内を常に巡視させようと刑事課が言い出した。さすがに杏美が抵抗した。だが花野は頭から無視し、勝手にシフトを組んだ上、署長にそれらを示す草案らしき紙一枚差し入れただけで済まそうとした。杏美はその紙を握り潰さんばかりに摑むと、声を尖《とが》らせた。

「だいたい、いつまでそんな勝手な真似《まね》をする気なの。刑事課も署長の指揮下にあるいち部署なのよ」

「だが、その署長もお宅も容疑者圏内にある」

だから命令を聞くいわれはないとでもいう気か。ふざけないで、と杏美が顔を赤くして唇を歪《ゆが》ませると、横から木幡がするりと言葉を差し挟んできた。

「課長、巡視ではなく、嫌疑から外れた署員数名を各階に配置してはどうでしょう。今夜は通常以上に署員が集まる事態です。互いが誰かを必ず目にしています。それで充分だと思われますが？」

花野が木幡を睨《にら》み、噛《か》みつきかける。それを塞ぐように、再び低い声を響かせた。遠くまでは聞こえないが、押し戻すような強さが備わっている。

「課長、たとえ容疑者圏内であれ、逮捕されない限りは潔白です。警察組織の指揮命令系統を順守する義務は、未だおありかと」

目を剝《む》く花野に、木幡はふっと口元を弛《ゆる》めてみせる。ここまでにしましょうと言っているらしい。花野は目の下をひくつかせながらも、草案を手に署長室を出て行った。

杏美がその姿を見送りながら「なんなのよ、もう、あの」と言いかけると、木幡がそっと囁《ささや》いてきた。

「副署長、花野課長はこの署だけでなく県内の刑事らからの人望も厚い方です。事件対応において行き過ぎはあっても誤りはあり得ないでしょう。もう少し、落ち着いて様子を見られては」

杏美は叱《しか》られた子どものように口を引き結び、上目遣いに見つめ返す。

「わかってるわ。わかってます、木幡係長。ありがとう、助かったわ」

木幡は軽く頷《うなず》くと、苦笑いする署長に頭を下げ、静かに署長室を出て行った。

杏美は何度も息を吸い、吐き出す。木幡の言う通りだ。副署長である自分がオタオタしていてはいけない。すぐに頭に血が昇る癖も、考えるよりも先に体が動く気質も、大概にしなくてはならない。木幡は杏美のそんな性癖にいち早く気づいたらしく、これまでもことあるごとに、打ち水のように冷水をかけてくれていた。

ふうと全身から力を抜く。

木幡の気遣い以上に、怒り心頭の熱を冷ましてくれるのは、この風雨のなか、なんとか辿《たど》り着いた署員が玄関に入るなり、元気な声で挨拶を投げてくれることだ。まだ、パラパラとやって来る程度だが、疎《うと》みも疲れも見せず、むしろぎらぎらとやる気を見せて駆け込む姿は頼もしい。

そんな署員が自分の署内で殺人事件が起きたと知らされ、絶句する。

促されるまま刑事課に出向き、捜査員から簡単な聴取を受ける。鈴木係長と関わりがないと判断されると、そのまま所属課に行って上司から指示を受ける。作業服に着替え、合羽《かっぱ》を身に着けたら、すぐに交番や交通課の応援へと向かうことになるだろう。

杏美は自分を取り戻してゆくのに合わせて考えを深くする。花野に苛立《いらだ》ちを覚える第一は、未だ自分を容疑者圏から外そうとしないことだ。

祖父江の情報から推測するに、どうやら二階から上の階で、持ち場を離れていない者以外は全員、アリバイがないとみなして執拗《しつよう》に取り調べるつもりらしい。

四階の道場にいた待機署員らはみな、することもないのでその場を離れることはなかった。互いの存在を確認しており、シャワールームに行くかトイレに行くかで、四階から下りていない者がほとんどだった。それが確認できたものは容疑者圏外となった。

杏美は四階の女性用更衣室から出ると、あとは一階の署長室か自席辺りをうろうろしていた。多くの署員の目に触れていた筈なのに、一階にいたということだけで疑われているらしい。

裏口から出ればカメラに捉えられる。そこに映っていないというだけでは駄目なのだ。

一階の署長室の窓、署長室隣にある総務課宿直室の窓、交通総務係の横にあって駐車場に向いている窓からなら、現場に出ることが可能だからだろう。あと、一階廊下の駐車場側の並びに用務員室とパトカー乗務員待機室があり、それぞれにも窓がある。だが、交通総務係の窓も待機室の窓も用務員室の窓も、そのどれもがカメラの視界に入っている。入っていないのは、署長室の窓と総務課宿直室の窓だけだ。

バカバカしいと杏美は一旦は首を振る。振るが、あれ？　と思い直す。

確か、裏口を映した防犯カメラの映像に鈴木係長の姿がなかったことで、杏美も一度は裏口以外のところから出入りしたのではと考えた。考えられるのは、正しく今挙げた署長室の窓、総務課宿直室の窓ではなかったか。そこからなら、かろうじてカメラに映されず、遺体のあった現場に出ることが可能だ。

同じことを考えている。刑事課は杏美と同じく、消去法として一階にいた人間に疑惑の目を向けている、向けざるを得ないのだ。他の階にいたとしても、一度でも一階に下りた可能性がある者は、容疑者圏内に入るのだ。

だが、とも思う。

署長室には署長がずっといただろうし、更に言えば十一時前には災害対策本部を設置するというので観音開きのドアは開け放っていた。そんな衆人環視のなか、誰が窓から抜け出せるというのだ。

また署長室の外、一階には当直当番員だけでなく、総務課や交通総務係、杏美の席もあって誰かが始終、屯《たむろ》していた。署長室の隣にある総務課宿直室とて同様だ。部屋に入るには、杏美らの席の後ろを通らねばならない。

確かに、総務課宿直室にある小さな窓は遺体発見現場に直近する。署長室と同じくルーフ付きガレージと向き合う位置になる。だが、さすがにこんなときなので、総務課の人間で仮眠を取るものはいなかった。荷物を取りに行ったり着替えたりで、出入りした者はいたが、すぐに出てきている。

それら全て、刑事課捜査員の執拗な事情聴取で確認されている筈だ。それとも台風警戒の騒ぎに紛れて、見ているようで見ていない容疑者がいたとでもいうのだろうか。容疑者が本官で、同僚ともなれば見逃すかもしれない。疑う気持ちがなければなにひとつ気にも留めなかったかもしれない。見たという記憶の欠片《かけら》が、当たり前という事実のなかに埋もれてしまったのか。

警察官を隠すには警察署のなか? バカバカしい。そんなことあろう筈がない。これだけの人数が一階にいたのだ。誰かの目に必ず入っていた筈だ。

だいたい犯人だけではない。被害者である鈴木係長自身、外に出た形跡がないのだ。杏美が今や情報係として使っている祖父江から得た話では、一階で鈴木係長の姿を見かけた者は一人もいないと言う。これは一体、どういうことなのか。

別のルートも考えるべきなのに、未《ま》だ疑い有りとして杏美に詳しいことを教えようとしないのは、明らかに刑事課の暴走に思える。

杏美は再び祖父江に連絡を取り、花野課長が在席していることを確認しようとした。ここで気を揉《も》んでいても仕方がない。こうなったら直談判《じかだんぱん》してやろうと思ったのだ。

「ちょっと待ってください」

祖父江の声が密《ひそ》やかになり、携帯電話を掌《てのひら》で覆《おお》った気配がした。刑事課の部屋を出て、トイレだかに籠ったのだろう。しばらくして応答があったときには、若干エコーがかかったような声になっていた。

そして祖父江がこっそりと杏美に耳打ちした話は、思いがけないものだった。

16

花野の前で、男はうな垂れて立ち尽くす。

「確かに見たんだな」

刑事課の向かいの小さな会議室に呼び入れられ、花野だけでなく、宇喜田や他の刑事課員数名に取り囲まれ、警備課の巡査部長は神経質に掌を開けたり閉じたりを繰り返した。

三階には地域課の他に警備課と会議室があるだけだ。

会議室の方はちょっとした講習や幹部会議の際に使われる。また事件が起きたときの捜査本部ともなる場所だ。使用していないときは、灯りもなく人気もない。だが、鍵を掛けていないから誰でも入ろうと思えば入ることはできる。

その会議室に、十時過ぎに人目を気にしながら潜り込んだ人間がいると言った。

警備課の巡査部長は今夜の当直担当で、たまたま一人で課の執務室にいた。仕事をひと段落させたらすぐに階下に向かうつもりで、巡査部長は、黙々と作業をしていたのだ。そんなとき、ふと外の廊下を歩く足音を耳にした。

足音くらいなんてことない。廊下の反対側の端には地域課があり、無線機は始終がなっているし、当直の係員らがずっと詰めているから賑《にぎ》やかだ。扉を閉めていても声が外まで聞こえる。

そんななかで、その足音だけ気に留めたのは、それが女の足音だったからだろう。

警備課員は、危険思想の持主などの行動を把握するため、人を追尾することが多い。気配を嗅《か》ぎ分け、足音を聞き分ける。

足音は地域課の前を通るときは爪先《つまさき》だっていたのが、会議室に入るときには油断して踵《かかと》の音を立てた。女の靴の踵の音だと気づいて、巡査部長は首を傾《かし》げた。女性警察官もローヒールのパンプスを履く。だが、今日は台風襲来の非常事態時だ。履くとすればズックか長靴、休憩中であればサンダルだろう。

妙だと思い、巡査部長は咄嗟《とっさ》に部屋の灯りを消した。そっとドアを開ける。案の定、女の姿が暗い廊下に見えた。

女は左右を気にしたあと、そっと会議室のなかへと入って行った。

知った顔だった。

会議室の壁に耳でも当てようかと考えていたとき、今度は地域課のドアが開いて、若い男が一人出てきた。再び息を潜めて見ていると、その地域課の男までも足音を忍ばせ、会議室の前に立つとゆっくり戸を押し開けたのだった。

「どうしてすぐに言わなかった」

花野に睨まれ、警備課員は開いた掌を額に当てた。

「それは、今回の事件とは関係ない時間でしたし」

「お前が判断することではないっ」

頭ごなしに怒鳴られ、巡査部長は思わず首をすくめた。

「それで、間違いないんだな」

「え……ああ、はい。男は地域総務の、確か、三城《みき》という巡査長で」

「そして女は——橋波真織、だな?」

巡査部長はしっかりと頷いた。

滅多に顔を見る相手ではない。だが、橋波署長の娘だ。夫人の伊智子と共に署長官舎に来たことがある。伊智子夫人が田添副署長と食堂でお喋《しゃべ》りしているあいだ、一人でぶらぶら署内を歩いている姿を見かけた署員もいるだろう。花野も何度か目にしている。

若くて、ちょっと大柄だが容姿は悪くない。警備課の巡査部長は最初、誰だか知らなかったが、警備課長から署長の娘だと教えられて以後は、顔を見れば愛想よく挨拶をするようにしたと言う。挨拶すれば向こうも慌《あわ》てて言葉を返し、はにかんだ笑顔も見せてくれた。だから顔は覚えている、薄暗い廊下であっても見間違えたりはしないと、そこだけ妙に自信に満ちた口調で応えた。

花野は心のなかで頷く。

同僚の女性はみな警察官だ。同じ女性には変わりないのだが、やはり一般の会社に勤める女性というのはまた違った雰囲気を醸《かも》す。歩く姿からしてなんとなく柔らかさがある。服装も流行《はや》りのものだし、化粧も明るく艶《つや》やかだ。ヒールの靴が廊下に響くのも、なんとなく新鮮な気がする。独身と聞けば、気にする男性警官も少なくないだろう。

だがいかんせん署長の娘だから、おいそれとは声をかけ辛い。警備課のような、部屋に籠《こも》るばかりで他課との交流も少ない部署だと、じっと遠めに見ているしかない。だから、暗がりであろうが、台風の最中であろうが、橋波真織の顔を見誤ることはない。警備課の巡査部長の証言に間違いはないと花野は思った。

「わかった。もういい」

巡査部長は花野の言葉に押し出されるようにして会議室を出た。

扉が閉まるのを待って、花野は宇喜田や他の捜査員に目を向け、どう思うかと訊《き》いた。

「そうですね」と強行犯係の男性主任が顎《あご》をさすりながら言う。「警備課の主任が言うように、犯行時刻とは重ならないですし。ただの密会と言えなくもない」

三階の会議室で二人を見たのは、午後十時十五分ごろと目撃者ははっきりと告げた。その少し前に、伊智子夫人と共に署員への差し入れを運んできている。一階に夫人を置いて自分だけ階段をこっそり上がってきたということだ。

よく他の署員に見咎められなかったなと思うが、見られても問題ないかと考え直す。署長の娘が官舎に来ていて、署内をたまたま歩いていたからといっておかしなことではない。

「だけど、台風の夜にわざわざ？」

宇喜田は同じ女性だからか、恋に浮かれる女性にしては、真織の行動には妙な点があると指摘した。第一、密会にしては、十分足らずで出てきたこと自体変だ。

男性の捜査員らはニヤつきながら、キスくらいはできるけどなぁ、と言うのをひと睨みして黙らせる。

「会議室みたいな、誰がいつ入ってきてもおかしくないような場所で恋人と会ったりしないと思います。まして今夜は、いつもの当直体制より署員が格段に多いんです」

「確かに」

花野が頷くのを見て、他の捜査員らも慌てて気を引き締めるように姿勢を正した。

小会議室を出て、刑事課の部屋に戻ると、花野は捜査員全員に招集をかけた。警備課巡査部長から得た証言内容を教えると一斉に驚きの声が上がった。そんな課員の動揺をひと渡り眺めた後、花野はこれから行うべき段取りの打ち合わせを淡々と始めた。

まずは、地域総務の三城巡査長の取り調べを行う。

上司である地域課長は犯行時刻の前後、三階の地域課にいたことが証明されているから容疑者圏外だといってもいいのだが、課長から他の係員の耳に入ってはマズイ。だから、津々木と同様、こちらから三城の身柄を確保しに出向く。

取り調べは宇喜田と知能犯係の係長に任せると言うと、二人から同時に返事が上がった。

そして橋波真織の方は、花野が直々に聴取すると言った。

「宇喜田」

「はい」

「三城の聴取がだいたい終わったなら、官舎に来い。三城の供述と橋波真織の供述の整合性をみる」

「わかりました」

事件発生後、刑事招集をかけてはいたが、刑事課員はまだ全員揃っていない。係長も含めて捜査員は十人を超える程度だ。そのほとんどが非常参集でやってくる署員と在署する署員の行動確認に手を取られている。

鑑識の比嘉主任も署まであと少しのところで、市道が倒木で封鎖され、迂回《うかい》することになったからまだしばらくかかると連絡が入っていた。限られた人員で捜査しなくてはならない状況下、刑事課長だからといって椅子に座って、ただ悠然と報告を待っているだけとはいかない。

久々に一人の刑事に戻って取り調べをする。そのことに、花野は喜びに近い熱量が体内を巡り出すのを感じていた。

「橋波真織の聴取に相楽《さがら》も来い」

「はい」

相楽が目を光らせ、勢い良く立ち上がる。若い男が聴取する場にいれば、女の真織は余計に緊張し、言葉を選ぶのに懸命になるだろう。その動揺が小さな綻《ほころ》びを生む。いっそ相楽に聴取させ、花野は目で威圧する方に回ろうかと考える。宇喜田が言う。

「課長、聴取のこと、署長には」

少し考えるように目を据えたあと、花野は首を振った。「署長もまだ容疑者圏内にある。捜査はわしに一任されている。誰になんら文句を言われる筋合いはない。他の者は署員の聴取と参集で新たに出勤してくる連中の確認を急げ」

全員が揃って声を上げた。

17

「わかった」

三城巡査長の取り調べを担当する、知能犯係の係長が戸口で小さく頷き、そっとドアを閉めた。そして椅子に座る宇喜田に向かって、首を振った。宇喜田はそれを見て、瞬きだけで返事をする。

三城と橋波真織が三階の会議室でなにをしていたのか、それを知る手掛かりがないか、刑事課員が部屋のなかを隈《くま》なく調べたのだ。その結果が今もたらされ、これといったものはなにも発見されなかったと知らせてきた。

そのことを残念に思う気持ちはなかった。痕跡《こんせき》がなくとも、三城と橋波真織が会議室で会っていたことは間違いないと思っていた。

宇喜田が目を返し「もう一度、訊きます」と言うと、事務机を挟んで向き合う三城は顎を引き、真っすぐ見つめ返してきた。その目にある強さを見て、宇喜田はこの男はどういうタイプの人間だろうかと考える。取り調べにおいては、相手の気性やこだわり、怒りや悲しみの沸点の高さなどをいち早く知覚する必要がある。

これまで聴取した同僚らのなかには、宇喜田の態度にあからさまに反感を見せ、ふてぶてしい態度を見せるのもいた。女の主任から頭ごなしに言われることに強い抵抗を覚えるのもいる。そんな連中はむしろ単純で、嘘を吐《つ》くことにも手間暇かけないからわかりやすい。

「どうして橋波真織と会議室に入ったの」

三城は唇を閉じたままため息を吐き、膝《ひざ》から手を持ち上げる。指先で机の端をこつ鳴らしながら、ようやく宇喜田から目を離した。

「それはさっきも言いましたように、真織さんから呼び出されたので」

「橋波真織と付き合っていたのね」

「真織さん、とのことは、あくまでも個人的なことですから言う必要はないと思います」

「言う必要はない？　殺人事件の取り調べでも？」

宇喜田が目を細めて静かに言うと、三城は逆に薄笑いを浮かべた。

「僕は容疑者なんでしょうか？　僕と真織さんが会議室に入ったのは十時過ぎですよ」

「だから？」

「犯行時刻は、午前零時前後と聞いています」

「三城巡査長はいつから刑事課の捜査員になったの？　それとも鑑識の講習でも受けた？」

三城は押し黙ったまま、眉根を寄せる。宇喜田は体を僅《わず》かに前のめりにさせ、三城の顔に顔を近づけた。

「あくまでも死亡、推定、時刻。正式な解剖が済んでいない以上、断定はされていない」

微《かす》かに三城の顔が赤らみ「そうですか」とだけ応えて顔を横に向けた。

「話を戻す。あなたは警察官、地域課地域総務係の巡査、失礼、巡査長。あなたには国民の身体、財産を保護する上で、犯罪を抑止し、犯罪者を捕縛する職責がある。それはわたしも同じ。ここにいる知能犯係の係長も同じ。さて、今現在、署内で起きた殺人事件の捜査を行っている。その容疑者はこの署にいる全警察官であり、今も一人ずつ取り調べている。あなたは、警察官として犯人を捕獲することに力を注ぐ立場なの？　それともプライベートな問題だからと捜査協力を惜しみ、取り調べの手間を取らせることに心咎めなど感じる必要のない立場なの？　それがあなたにとっての職責？」

三城の顔が更に赤く染まり、やがて口のなかで歯噛みをするのが見て取れた。

「ぼ、僕のプライベート、つまり真織さんとの関係を話すことがそれほど捜査に必要なことと思われませんが」

「お前の意見など聞いてないっ。いい加減にしろっ」知能犯の係長が怒鳴りながら、壁をドンと蹴《け》る。見え透いた手だとわかるし、同じ警察官には通用しない。だから、これは恐らく正真正銘、係長の苛立ちが出たのだ。宇喜田はそんな係長の怒りに乗せて、畳みかけるように三城に言う。

「同僚であることで、なあなあで済ますつもりはない。むしろ同僚だからこそ、普段以上の本気で当たっている。それが犯人を捕まえることに繫《つな》がるから。それが我々の職責だから。三城巡査長、あなたにかけられた疑惑が一片残らず消えてなくならない限り、この聴取は終わらない。全てを明らかにすることが事件解決への早道だと、我々は考えている」

引き結んだ唇がほどけるのを宇喜田は待つ。

最初に聴取した留置管理の佐伯のような人間には、多く言葉をかける必要はない。向こうが勝手に喋り出すから。だが、三城のような人間相手には、こちらも頭を使い、理屈を捏《こ》ねて責め立てる必要があるようだ。そのためには、時に人としてのプライドまでも傷つけて、その怒りや悲しみによって隠された言葉を吐き出させなければならない。

手段を選ぶことはない。宇喜田は刑事課強行犯係の主任刑事という立場を最優先に考えていた。

唇が動かないのを見て、宇喜田は切っ先を向けた。

「もう一度言う。三城巡査長、あなたには我々の質問全てに答えてもらう。それが、今のあなたがなすべき職責。なにに必要なのか、どんな捜査に繋がるのか、それはあなたが考えることじゃない。それはこっちのすること。我々はあなたを取り調べているのであって、協力を要請している訳じゃない。警察官が警察官を尋問しているのよ。これがどういうことなのかわかっている？　どんな意味を持つのか、どれほど特別なことなのか。それでも、我々はなんの躊躇《ためら》いもなく尋問をし続ける。どうしてか？　それはね、鈴木吉満警部補を殺した犯人を見つけるためだからよっ」

三城の口元から小さな音が漏れた。やがて全身の力が抜け落ちて、同時に細く長く息が吐き出された。

宇喜田は知能犯係長と目だけで見交す。三城が低い声で呟《つぶや》いた。

「……彼女とは、何度かデートしました」

「体の関係はあったのか」

ぎょっと三城が体を引く。知能犯係の係長は、感情のない目で見つめていた。

宇喜田と交代して、係長が椅子《いす》に座った。男同士なら言い易《やす》いこともある。

「どうなんだと、聴いている。男女の関係だったのか」

三城は何度か口を開けたり閉じたりを繰り返し、やがて諦めたように小さく頷いた。

「ところで、お前、地域総務だったよな」

係長はいきなり矛先を変えた。さすがは知能犯の係長と、宇喜田は感心しながらも無表情で三城を見下ろす。三城は不安そうに係長の顔を見、その意図を汲《く》み取れないまま頷いた。

「地域総務といえば、地域課では三つの係の全てを把握し、事務方として管理する仕事だよな。当然、鈴木係長とは親しかった？」

「え。ええ、まあ。特に親しいという訳ではないですが、他の係長と同じくらい」

「署長の娘さんと付き合うのなら金がいるだろう？」

は？　三城は突然、話がまた真織に戻って焦《あせ》った表情を見せる。すぐに目の前の知能犯係の係長が冷たい言葉を放つ。

「鈴木さんは金貸しをしていた。デート代やホテル代に困って、少し融通してもらったか」

三城は言葉を失《な》くして、目をいっぱいに見開く。すぐに首を左右に激しく振る。

「最初の事情聴取では、お前は金を借りたことはないと言った。だが、本当なのかな？　鈴木さんが、着ている服にしても普段の言動からも、小金を溜《た》めていたのは知っていただろう。なんせ、いつも同じ部屋にいるんだからな」

「か、借りてません。そんな」

「金を返せと責められて、困ってたんじゃないのか。真織さんに、そんなみっともないこと知られたくないし。いや、ひょっとして彼女に相談したか。確か、上場企業に勤めているって聞いてるから、給料なんか俺らよりずっといいだろう」

「ま、まさかっ」

係長が顎に手を置き、困った顔をしてみせる。

「だよなぁ。そんな格好悪いこと彼女に知られたくないよなぁ。もしか、鈴木さんから脅されたりしなかったか？　彼女にバラすぞとか」

口をあんぐり開けたあと、三城はひたすら首を振った。そして強く唇を閉じた。軽率な言動をしないよう、汗を噴出させながらも踏ん張ろうと両の拳を強く握るのが見えた。

今度は立ったまま宇喜田が声をかける。

「ねえ、会議室でなにを話したの？　デートの打ち合わせなら携帯電話でできるでしょ。なにか大事な用があった？」

「……大したことでは。ただ、真織さんが旅行のお土産を持ってきてくれて」

「お土産？　それだけ？　それ以外にも打ち合わせとかしてたんじゃないの。携帯電話でメッセージのやり取りをすれば証拠が残るから、直接会って話す必要があった」

「え？　打ち合わせ？」

「二人でなら、それぞれアリバイを作って犯行を行うのも可能だよな」と係長。

「真織さん、女性にしては大柄だし」と宇喜田。そうそう、女でもナイフなら充分使えるよな、と係長も会話を楽しむように宇喜田と話す。

三城の顔はもう、驚きというよりは全ての感覚がマヒして動けなくなっている。握った拳が力なくほどけるのが見えた。

宇喜田はドンと床を蹴った。三城が驚いて顔を向けるのを見て、すいとその耳に唇を寄せ、囁いた。その声は低く、沼の水面を伝うかのように響く。

「今、刑事課長が直々に橋波真織の取り調べに向かっているのよ。あの、花野課長の尋問を受けて、彼女はどこまで黙っていられるでしょうね」

宇喜田巡査部長は取調室を出ると、一旦《いったん》は課長の姿を捜した。同僚から、少し前に相楽と官舎に向かったと教えられ、廊下に飛び出した。

階段を下りながら、三城巡査長から聴き取った内容を思い返す。今も知能犯の係長が尋問を続けているが、これ以上なにかを隠しているようには思えず、宇喜田はひと足先に部屋を出た。あとはこのことを花野に知らせ、花野の判断を仰ぐしかない。

県内にある刑事課で花野司朗の名を知らぬ者はいない。三十年近いこれまでの警察官人生において、最初に経験した地域課での数年を別にすれば、ほとんどを捜査畑で過ごしてきたと聞いている。

見上げるほどの巨体と刑事になるしかないような強面《こわもて》で、捜査対象者らを畏怖《いふ》させてきた。強引であるとか乱暴であるとかではない。捜査に必要な情報を丹念に集め、そこから根気よく筋を追い、正しい解を誰よりも早く導き出してきた。部下の扱いは多少とも雑にはなるが、それがまた刑事らしくていいと言うのもいる。

一旦、信用すると公私問わず大切に扱ってくれた。

大きな図体《ずうたい》の割には酒に弱く、打ち上げなどでは顔を赤くしながら、部下らの話を聞いて大笑いする。ときには目を赤くして相談に乗ったり、説教したりする。静かだなと思ったら、廊下の隅で子どものように居眠りしていたりする。そんな姿を知ってしまうと、鬼より怖い上司も人間臭さに満ち、身近に感じられる。

刑事課において長と名が付く者がせねばならないのは、部下を信用することだけだ。そう言って憚《はばか》らない。ときに刃物や銃器と対峙《たいじ》しなくてはならない人間にとって、背中を見せてもいい仲間や上司がいることは必須《ひっす》なのだ。そうでなければ、どんな事件をも解決できないし、犯人を捕まえることなどできない。危険を承知で走り回る捜査員らに対し、花野は常に父親のように正しく、頼りになる存在であろうとしてくれている。

そんな花野が現役の刑事に還《かえ》って、署長の娘を事情聴取する。

相手が誰であれ、動じることのない花野はどんな首尾を見せてくれるのか、願ってもない機会だと思った。早く追いついて、その様を間近で見てみたいと女性刑事の心は逸《はや》る。

宇喜田はこの署の刑事課強行犯係の一員になって、まだ二年にしかならない。

その二年丸々、花野の下で働いている。刑事として、強行犯係の主任としてするべきこと、あるべき姿を一から教えてもらったと言ってもいい。もちろん、直属の上司は強行犯の係長だが、係長が言い辛《づら》くしていることでも課長は遠慮せず、むしろあえて大声で指摘する。

女も男もない、若輩もベテランも犯罪の前では、なにほどの意味も持たない。容赦なく襲いかかってくる悪意は、どんな人間にとっても悍《おぞ》ましいものだ。それに打ち勝つには、男であれ女であれ、強さが必要だ。男には男の強さがあるように、女には女の強さがある。武器はひとつではない。そして武器は己だけではない。後ろにいる仲間がまた武器なのだと教えてくれた。

一年前、路上で喧嘩《けんか》が起き、刃物を振り回しているとの通報があった。交番の警察官が臨場して取り囲んだが、相手は正気を失っているのか、奇声を発しながら逃げようとした。

宇喜田とペアを組む若い男性捜査員が間に合い、制圧しようとした。男は刑事がきたのに驚いたのか更に興奮し、声を上げながら走り出す。逃げながら、通行人を突き飛ばすものだから、交番の警察官はその保護へも回らねばならなくなった。

追い詰めたときは宇喜田と部下の捜査員の二人だった。よろける被疑者にまず男性の捜査員が飛びかかった。刃物は落とさせたが、なにかの武術を習っていたのか投げ技にかかって捜査員が地に伏してしまった。

馬乗りになった被疑者が捜査員を殴りつける。狂ったように拳《こぶし》をふるうのを見て、宇喜田は腰の特殊警棒を取り出した。中学時代から剣道を習い、警察官になってからは剣道特練生として大会にも出場している。得物の扱いには自信があり、相手の肩を狙《ねら》って斜め後ろから叩きつけようとした。

だが狂気が神経を研ぐのか、男は反射的に振り返るなり、警棒の先を掴《つか》んだ。正気を失った人間の力は尋常でなく、立って踏ん張る宇喜田の力を凌駕《りょうが》する。奪われまいと必死で抗《あらが》っているうちに、全身で虞《おそれ》を意識した。

万が一、この狂人に武器を奪われたなら、男は返す手できっと組伏す捜査員の頭を打ちすえるだろう。たった一撃でも命取りだ。女の自分が取り押さえるにしても限界がある。警棒を取られる訳にはいかない、いかないが被疑者の狂った目は力を増すばかりで、宇喜田の掌の皮は破れそうだった。

そのとき目に入ったのが、被疑者に組み敷かれた捜査員の血だらけの顔だった。横たわったままぴくりともしない。が、なぜか目だけは見開いていた。そして宇喜田を見ていた。

宇喜田は瞬時に決断し、警棒を引っ張る力を弛め、そのまま被疑者が引くに任せて自ら突っ込んで行った。

被疑者は大きく仰《の》け反《ぞ》りながらも、それでも警棒を放そうとしない。宇喜田は警棒を放すと同時に男に体当たりした。

二人で地面に倒れ込み、宇喜田が体勢を立て直す間もなく男が警棒を振り上げようとした瞬間、若い捜査員が手を伸ばして男の首に腕を巻きつけた。驚く被疑者を見据え、宇喜田がその腹に拳を打ち込み、警棒を奪い返して打ちすえた。

無事、被疑者は確保された。

あとで花野から問われて、宇喜田はそうかと自ら悟った。

仲間を信じる気持ちが、若い捜査員の動きを読ませたのだろう。そう花野は言った。

横たわった部下の目が自分を見ていた。その目から、まだ動ける、のだと気づいた。

そう言っていると感じた。だから宇喜田は自ら警棒を放すような真似をし、虞を振り払って被疑者へ体ごとぶつかっていけた。

『それがお前の武器だ。主任という職責に立つ者には必要なものだ、大切にしろ』

宇喜田はその花野の言葉をずっと胸にしまっている。

今、花野刑事課長が部下の相楽を引き連れ、署長官舎に向かっている。そのあとを宇喜田は追いながら、花野を前にして犯罪者はどこにも逃げ隠れできないと確信した。

18

花野らが一階カウンター前を通って、裏口へと向かうのを多くの署員が棒立ちで見送った。

一体、なにが始まるのだ。課長が直々に出向くのだから尋常なことではない。

署員らは一様に口を閉じ、物音を立てることさえ憚りながら、刑事課長と若い捜査員の姿を追った。近くに立っていた署員の何人かは恐る恐るカウンターに身を乗り出し、行先を見つめる。だが、そのあとを追って確かめるようなことまではしない。ヘタな行動をしてあの目で睨まれては損だという気持ちがある。

普段の当直体制とは違うのだ。暢気《のんき》に人のことを気にしている場合ではない。台風被害は時間と共に増えてきている。被害が出たとの報告がまたひとつなされ、それぞれ本来の業務へと立ち戻る。

署長室から出てきた木幡もその一人で、花野課長と捜査員が裏口から駐車場に出るのを窓から見咎《みとが》めたが、誰にもなにも問うことはしなかった。微かに眉《まゆ》を寄せた程度で、すぐに総務課の席へと向かいかける。そして副署長席に田添杏美が座っているのを見つけて、思わず足を止めた。

杏美とて花野課長らが駐車場へと向かうのを目にした筈《はず》だ。なのに、そちらを窺うでもなく、書類を繰る手すら止めようともしない。いつもの杏美なら、勢いのままに花野の前に立ち塞《ふさ》がり、問い質《ただ》すことくらいしただろうに。むしろ、花野らから目を背けているようにさえ見える。

木幡は「副署長」と呼びかけてみた。だが、木幡の声が聞こえている筈なのに、田添杏美は一心不乱に書類を繰り続けている。その姿をしばし見つめた後、木幡は目を細め、黙って背を返した。

雨量は更に増している。風も相当だ。裏口から駐車場へ一歩踏み出しただけで、体がもっていかれそうになる。

花野は傘を持ちながらも、全身が濡《ぬ》れて行くのを忌々《いまいま》しく思った。開いた傘が風を孕《はら》んでパラシュートのようになり、後ろへと引きずられる。堪えたと思ったら、今度は真横から風が襲いかかってくる。人の倍以上ある体重をもってしても、一歩一歩歩くたびに踏ん張らねばならない。

台風に八つ当たりしても仕方がない。ただ、よりにもよってどうしてこんな夜に起きたのだろうと思う。

いや、台風の夜だからこの事件が起きたのか、とまた自問する。ずっと考えあぐねていた疑問だった。

なぜ今夜、鈴木吉満は殺されねばならなかったのか。偶然か必然か。

裏口から亀《かめ》の歩みよりのろく、バス格納庫の隣に建つ署長官舎の方へと近づく。風に押し返されるのを踏ん張りながら目を上げた。奥の壁際《かべぎわ》には霊安室がある。鈴木吉満の遺体は今、そこに横たえられていて家族の到着を待っている。花野は吹き込む雨に目を細め、そのまぐるりと頭を返して鈴木係長の遺体が発見された場所を見た。

ルーフ付きガレージと庁舎の壁とのあいだの地面の上で、遺体は仰向《あおむ》けで発見された。

庁舎角にさしかかる位置で、角から手前側に伸びる壁には交通総務係横の窓があり、灯りのある室内だから、外からだと多くの人間が動き回っているのがつぶさに見える。交通総務係の郡山が署員と話をしている姿があった。その後ろに交通課長の席があるが空っぽだ。更に向こうに田添杏美がいて、一番奥では総務課長と一緒に木幡が時計を見上げている。周囲にはジャージ姿や出動服姿、合羽を着た署員らがわらわらと忙《せわ》しくしている。

窓のある壁はもう一度こちら側へと折れて、用務員室とパトカー乗務員待機室の窓が並んで見える。そのどちらもが犯行に使用されていないことは、駐車場内を映すカメラが証明していた。視界に入っていないのは、遺体のあった角から向こう側、庁舎の壁とルーフ付きガレージに挟まれた道で、突き当たるまでの十数メートルのあいだだけだ。

本来、事件現場は青いシートで保存されるべきだが、この酷《ひど》い風雨のなかではキープアウトのテープ一本張ることができなかった。残留していただろう証拠物は大概流され消えてしまっただろう。本部から鑑識がきたなら、苦虫を嚙《か》み潰《つぶ》した顔で舌打ちし、なかには所轄《しょかつ》のうかつさを責めるヤツすらいるかもしれない。だが、こんな風雨のなかで、所轄の備品で、どれほどの鑑識作業ができるというのだ。たまたま鑑識の若いのが前泊していて、すぐに対応できたことこそ奇跡と言っていい。雨や風で証拠が消えたとしても、それがなんだと言うのだ。

花野は事件の連絡を受けるなり、すぐに課員に指示して歩哨《ほしょう》を立てさせた。誰も、蛙《かえる》一匹、署から出すなと厳命したのだ。

事件発覚の時点ではまだ、署員が犯人だとも、署内に潜伏しているとも思っていなかった。ただ刑事の本能のようなもので、すぐに庁舎を外界と隔離すべきと直感したのだ。

花野の目を盗んで誰一人署外に出ることは許さない。花野の調べを受けずに、台風一過の晴れた空の下を歩くことはできない。それがたとえ署長の身内であってもだ。

「うん?」

花野は風に揺さぶられる傘のなかから、目の前にある盾を見つめた。

署長官舎の前に、防水性のある出動服を着た若者が四人並んで立っている。四人とも、実戦で使うポリカーボネート製の透明な盾を携え、バイザー付きヘルメットを装着している。デモ対策などで出張る機動隊の格好だ。

「こんなとこでなにをしている」

一人が気をつけの姿勢を取り「警備についております」と大声を上げた。普通の音量ではすぐ側《そば》にいても聞こえない。バイザーで顔の半分ほど隠れているが、じっとこちらを窺っている様子が見える。

「直轄か。ご苦労だな。ちょっと通るぞ」

そう花野が一歩踏み出すと、いきなり二人の直轄隊員が前に立ち塞がった。

「なんだ？」花野が飛ばされそうになる傘の柄を握りながら大声を上げる。「そこをどけ。署長の家族に用がある。刑事課の用務だ」

隊員らは微動だにしない。

「おい、こら、聞こえないのか。どけと言っている」

吹き飛ばされそうになる傘に引っ張られ、花野は後ろにのけぞる。傘の柄を引き戻しながら、どけ、どかんかと怒鳴り続ける。すると背後から声がかかった。

振り返るとやはり同じような機動隊服に身を包み、ヘルメットを装着した大柄の男が近づいてくる。

「直轄警ら隊隊長の対馬です」と、気をつけの姿勢をとって敬礼した。

「お前が隊長か。この前に立つ連中をどかせろ。官舎に用があるんだ」

対馬も顔半分を覆うバイザーの下からじっと花野を窺う。

「なにしてる、聞こえないのか、わしはこの」

「いえ、聞こえています、花野課長」

「だったら」

「それはどなたのご指示でしょう」

はあ？　花野は逆さに向いてしまった傘を空に向けながら目を剝《む》いた。風になぶられる度、体が後ろへと引っ張られることに腹を立て、ええい糞《くそ》っと傘を放り投げる。相楽が慌てて拾いに走り、戻って課長に傘をさしかけようとしたが、役に立たないとわかって自分のものと一緒に閉じた。

「誰の指示も糞もない。わしが出向いているんだ。訳のわからんことを言うな。どけっ」

「花野課長」

「なんだっ」

対馬は綺麗《きれい》に気をつけの姿勢を取っている。若い四人の隊員は盾を前にして、休めの姿勢で成り行きを見守っている。

真正面に花野と向き合う対馬は、すっと息を飲み込むと暴風のなかでもよく通る声で説明した。

「課長、我らは直轄警ら隊です」

「そんなことはわかってる。だからなんだ」

「ご存知のことと思いますが、直轄警ら隊は副署長直属の部隊であります。ゆえに、副署長のご命令以外、何人《なんぴと》の指示にも従うことはできかねます」

「なっ」花野の目が、雨の礫《つぶて》に責められているにも拘らず大きく見開かれる。「なんだとぉー」

「田添副署長より、官舎に副署長の許可なく立ち入ることは禁ずる。無理に侵入しようとする者があれば、全力で阻止するよう命令を受けております」

がしゃん。盾が揃《そろ》って地面を打つ音がした。

ごうと嵐《あらし》が吼《ほ》えた。

花野も吼えた。

ずぶ濡れになりながらも、仁王立ちする熊《くま》のように両手を振り上げ、花野は対馬に摑みかかろうとした。一瞬早く、相楽がかじりつき引き戻す。花野は太い指を突き出し、対馬の顔に今にも突き刺さんばかりに迫る。

「こらあー貴様らぁー、直轄だかなんだか知らんが、ふざけるなっ。こんな真似《まね》してタダで済むと思うのか。上司の命令に背いて、どんな処分をくらうのかわかってるのか」

相楽は一人では届かない胴回りを懸命に握って踏ん張った。こんなところで刑事課長に直轄と喧嘩をさせる訳にはいかない、それだけはわかっているから、必死で横腹に頭をつけ、タックルするように押し返そうとした。

「課長、ダメですよ、課長っ」

「どうしたのっ」

宇喜田の声がして、相楽は目だけを向けた。花野には聞こえていない。ひと目でおよそのことを察したらしい宇喜田が、相楽の加勢に出た。三人の刑事は矢のように刺さる雨粒をまともに受けながら、直轄部隊と相対した。二人の刑事は花野の腹にしがみつき、滑る地面で両足を踏ん張っている。台風のように暴れる巨体から弾《はじ》き飛ばされまいとしている。

「課長、直轄の言う通りです。彼らはちゃんと服務規程に則《のっと》っています。ここは一旦引き下がりましょう」

「やかましいわぁ。お前らさっさとこの連中を追い払えっ」

相楽が泣きそうな声で言う。

「課長、直轄がどういう連中かご存知でしょう。朝から晩まで訓練しているような警備馴《な》れした部隊ですよ。そんなの相手に突撃しても意味ないですって」

柔道特練生が束になっても直轄の包囲網は突破できないと言われている。隊長の対馬に至ってはかなりの武闘派だという噂《うわさ》があり、たとえ対峙するのが対馬一人であっても歯向かおうとする人間はこの署には一人もいない。

花野はなおも強風と唱和するように吼え、ぶんと体を振り回した。相楽と宇喜田が呆気《あっけ》なく振り払われ、地面に転がる。花野は全身で荒い呼吸を繰り返し、殺気立った目で睨《にら》みつけた。

その様子を見て取った対馬隊長は、冷静な判断を巡らし、的確な指揮を取った。

「盾構えーっ」

隊長を含めた五名の隊員は、一斉に盾を前面に出し、身を屈《かが》めて防戦体勢を取る。五枚の盾は強風にも揺れることなく、その後ろで黒い影は構え姿のまま、じっとこちらを窺っている。直轄の最大の攻撃は、防御だ。壁になり、砦《とりで》になる。

花野は微動だにしない隊員を盾越しにしばらく睨みつけたあと、巨体をくるりと返した。そのまま裏口へ向かう。相楽と宇喜田は一旦はホッとする。だがすぐにはっと顔を強張らせ、互いの顔を見合わせると弾けるように立ち上がり、飛ぶがごとく追いかけ始めた。

海苔《のり》のように髪をぺたりと張りつかせ、盛大に雫《しずく》を垂らしながら、花野は一階のカウンターの内側へと入った。

交通指導係の矢畑がその姿に目を剝き、転がるように後ろに下がる。その音に気づいた署員らも花野の異様な姿を見つけるなり、口をぽかんと開ける。花野が更に進んで、署長室の前にある副署長席へと向かうのを息を詰めて見送った。

巨体が通ったあとには濡れた足跡が点々と続く。

署長室にいた橋波も、外の気配がふいに変わったのを感じて腰を上げた。木幡はすぐに部屋から出てくる。

田添杏美が書類から目を上げ、ゆっくりと花野へと顔を向けた。

近づく巨体を待って、首を傾げた。

「花野課長、床が濡れます」

「あんた、自分がなにをしているのかわかっているのか」

　杏美は、小さな肩をすくめて見せた。「もちろんです。わたしの指示でしました。その必要があるとわたしが判断したからです」

「ほおー、ではその判断した必要性というものの詳細を尋ねたい」

　杏美はすっくと立ち上がるが、花野の背広の胸ポケットにやっと頭がくる高さだ。それでも机を回って、すぐ側まで行くと顎を突き出すようにして、見上げる。

「事情聴取は刑事課だけの特権ではありません。全警察官が必要とあれば遂行すべき職務のひとつです」

「だからなんだ」

「橋波伊智子、真織両名に対して聴き取りが必要だとわたしが判断しましたので、わたし自身が行います。そのため、余計な邪魔が入らないように警備をした、それだけのことです」

「よ、余計な邪魔だとぉ」

「わたしの報告を待ってください」

　そうして杏美は席に戻ると、机の下から書類鞄《かばん》と傘を取り出す。今から、ちょっとお喋りでもしてこようかなという風に、鼻歌まで繰り出した。

それが花野を煽《あお》っていることだと花野自身もわかっていて、あえてそれに乗ろうと身をせり出す。

「あんた、何様のつもりだ。一体、捜査のなにを知っている。大した経験もないヤッが、軽率な真似をして、それがとんでもないしくじりに繫がったらどうする？　警察の仕事はうっかり失敗しましたでは済まないんだぞっ」

宇喜田と相楽がヒヤヒヤしながらすぐ側で構えていた。いつでも止めに入れるよう両手を前でふらふらさせている。騒ぎを聞きつけた他の捜査員までもが集ってきた。花野はそんな部下らに「自分らの仕事をしろっ」と一喝した。

他の署員らまでもが、あわてふためいて各自の持ち場に戻った。橋波、木幡、警備課長ら幹部だけが、黙って様子を窺う。

「わかっています。だから慎重を期します。わたしの報告を待ってください」

「なにがわかっている、だ。なにをわかっているっていうんだ。あんたにどんな事情聴取ができるっていうんだ。刑事の真似事ひとつしたことのない人間ができることと言えば、人のしくじりをあげつらい、手柄うましと糾弾することだけだろうが」

杏美は机を挟んで花野をじっと見つめる。その目に挑むような光があって、花野はちょっと目を細めた。

「では、伺いますが、花野課長はわたしの一体なにをご存知だというのでしょう。手柄のために糾弾とはなんのことですか？」

花野はぐっと唇を嚙む。今ここで、こんな場で言うべきことでないのは承知している。田添杏美が、逆にその場を借りて花野の敵愾心《てきがいしん》の本意を探ろうとしているのも薄々感じてはいる。どうすべきかを考えあぐね、そして大きな腹を上下させながら息をひとつ吐くと、食いしばった歯の奥から出た声で言った。

「……今から二十分後には報告にきてもらう」

後ろで控えていた宇喜田と相楽が、顔を見合わせた。花野がこんなに簡単に引き下がるとは思っていなかった。ことによれば、多くの署員や幹部らが見守るなかで、再び課長の体にしがみついて暴走を止める羽目になるのではと覚悟していた。

杏美が緊張を解いたというよりは、むしろがっかりしたかのように肩を下げた。

「……わかりました。その際、刑事課で把握している情報もわたしに教えていただくことになります。いいですね」

「……」

それは杏美のもう一つの目的だった。

自分が得た情報を渡す代わりに、今刑事課に集められている署員の事情聴取内容や捜査経過などを手に入れる。そのための直轄警ら隊なのだ。だが、そのためには花野らが橋波真織を聴取することを知っていることが前提になる。

それに気づいた花野は杏美に「わかった」と返事しながら、自分の部下のなかに杏美と通じている者がいることに軽いショックを受けていた。

19

午前二時三十一分。

「主任、まさか本当に、鈴木係長をやったのがうちの誰かってことないですよね」

十郷が助手席を窺《うかが》うと、沖野は前を見たまま、うーん、とひと言だけ唸《うな》った。

フロントガラスの向こうでは石礫《いしつぶて》のような雨が降りかかり、街灯の明かりだけが弱々しく点っている。冷房の代わりにと窓を開けかけたが、雨が風に乗って降り込んでくるのですぐに諦《あきら》めた。

今待機している場所は、署から十五分ほど山側へ入ったところにある比較的小さな交番だ。

四角柱の箱を二つ縦に重ねただけの愛想のないコンクリート造り。一階が一般的な交番窓口になり、二階が休憩室。受け持ち区域には、住宅街と小・中学校と大きな食品工場があるくらい。交番横に設《しつら》えてある車庫は屋根があるだけの簡素なもので、警ら中に昼食を摂《と》ったりするのに使うことはあるが、事案対応で来ることは余りない。

現在、その交番には通常の地域課員二名に応援の係員が二名、計四名がこちらも事案処理を終えて戻ってきていた。小さな交番だから、十郷らまでなかに入る訳にはいかない。車庫にパトカーのエンジンを止めたまま、ずっと横殴りする雨を見ている。

そうしながらも十郷は、携帯電話で丸井から情報を仕入れていた。

そして津々木主任が取り調べを受けただけでなく、地域総務の三城巡査長までもが刑事課に引っ張られたと聞いて、我慢できずに口を開く。殺害されたのが自分らの直属の上司である鈴木吉満で、しかも取り調べを受けているのは、普段から顔を見知った仲間なのだ。

十郷の疑惑に返答をしないのは、沖野とて混乱しているからだろう。ここで犯人が誰かなど推測しても仕方がない。

だが、それ以外にする話もなかった。窓越しに交番のなかを窺うと、台風警戒のせいだけでない暗い顔をした四人の署員が、みなそれぞれ外を眺めたり、無線に耳を傾けている。いつもなら他愛《たわい》もないお喋《しゃべ》りに興じている筈なのだが。

「沖野主任は係長とは親しかったですか」

うん？　と沖野はちらりと十郷へ目を向けた。すぐにまた前に顔を戻し「そうだな。まあ直属だしな。一番、話はするかな、いや、したか、だな。俺の趣味も釣りだから、その辺は気が合った」

「ああ、釣りが好きだと言っておられましたね」

十郷はアウトドア派ではあるが釣りはしない。付き合っている彼女は山より海派で、冬でも海の見えるホテルに行きたがる。だから海へはよく遊びに出かけるのだが、ダイビングはしても釣りはしたことがなかった。沖野に誘われ一度だけ行ったが、寄ってくる魚を待っているだけの釣りは、十郷の性には合わず、退屈しているのを見られてからは二度と誘われることはなかった。

同じ地域課員でも係が違うとほとんど顔を合わさない。日勤、当直、非番の三交代制だから、一緒に行動するとなると有休を取った場合か、日勤の勤務明けを待って、非番日の人間が夜に会うくらいしかない。

「あれ、本当でしょうか」

鈴木係長が他の係のメンバーとよく麻雀《マージャン》をすると言う。それも賭《か》け麻雀らしいと聞いたことがあると告げた。

「誰からそんなこと聞いた？」沖野が驚いたように顔を向けてきた。

「いや、噂というか」十郷は言い繕おうとしたが、すぐに喝破された。

「おい、嘘《うそ》吐くな、そんなこと噂になる筈ないだろう。ヘタしたら処罰もんだぞ。誰から聞いた。まさか、お前」

十郷はハンドルを握りながら、慌《あわ》てて否定する。

「いや、俺はしません、しません。その、あれです、うーん、しまったなぁ。実は、ここだけの話にしてくれませんか」

「話による」と沖野は容赦ない。パトカーが好きで、釣り以外大して趣味のない真面目《まじめ》な主任だ。家族サービスもまめで、夏季休暇には釣りもできるようにと海の家に毎年行っている。子どもはまだ小さいが、どうせ必要になるからとローンで一戸建てを買ったほどの堅実家だ。

警察官としてずっと生きていくと決めて、その覚悟を持つ人だから滅多なことはしない。ましてや、同僚や上司らとうまくやって行くための骨惜しみはしない人だ。だから、若い十郷にもそれなりの気遣いを見せてくれる。詰まらないことをして早々に警察を去って行った若い人を見てきたからか、規則というものを軽んじるなと日ごろから口を酸《す》っぱくしていた。

「すみません」十郷は素直に謝る。「留置管理の堂ノ内主任から」

「堂ノ内?」

沖野は記憶を手繰っているのか視線を宙に浮かせた。小さな所轄だから、署員の顔は全部覚えられる。ただ名前と顔が一致するのはやはり口をきいたことのある人物に限られる。堂ノ内という名前からは辿《たど》れなくとも、十郷が容貌《ようぼう》などを説明したら、ああ、と思い出したような声を上げた。

離婚歴があって、留置場勤務のせいではないだろうが、ちょっと暗い顔をした男じゃないかと言われ、十郷も頷《うなず》く。向こうは留置管理、つまり所属は総務課になる。課が違うとめったに口をきくことはない。ただ、総務課自体は職員の福利厚生や個人的な情報などを扱うから、全署員にとっては身近な課だ。留置管理だけが特殊なのだ。

「あの男か。で、その堂ノ内に誘われたのか?」

「はい。いつだったか、ちょうど同じ当直明けだったらしく、裏口から出るところで一緒になってモーニングでも食べようかという話になったんです」

「へえ。人付き合いのいい人なのか」

「いやぁー、どっちかっていうと同じ留置でも佐伯くんの方が、気さくに話もできるし、年も近いんですけど。そんときはなぜか誘われたんですよね。それでコーヒー飲みながら色々話をして」

「どんな話？」

「え？　うーん、なんだったかな。あの日の当直は結構忙しくって、ほら、喧嘩があって、小学校の窓ガラスが割られたとかで臨場して、夜中には居酒屋で女が暴れたってまた出張って」

「ああ、そんなことあったな」

「訊《き》かれるまま、そんな話をだらだら喋っていたんですよ」

「ふーん。確か、あれだろ、植草明奈を引っ張った夜だろ」

「そうっす。なんか留置場でもゲロ吐いたりしたそうで、堂ノ内さんがどんな女なのって気にしてました」

「あれは常習だからなぁ。留置場をホテルかなんかと間違えてるよな」

「ははは。俺もそう言ったら、堂ノ内さん血相変えて否定してましたよ」

「それで」

「そんとき、俺も麻雀するってことを言ったんですよ。大学んとき覚えて、友人らとちょっとやってたんで。それからしばらくして」

「誘われた？」

「そうす。なんか最初、堂ノ内さんが面子《めんつ》に入ってたのが、急に行けなくなったから代わりに行ってくれないかって。同じ二係の鈴木さんがいるからって」

「同じ係だから行きやすいと思ったんだろうな」

「まあそうすね。でも、そういうの逆に避けるんですけどね。聞いたら、非番の一係の係長もくるっていうんで、そりゃ無理だって断ったんです」

「係長に囲まれて麻雀か」沖野もようやく笑みを浮かべる。

「そうしたら、鈴木さんは気前いいから、昼飯代が浮くよって」

「なるほど。それは確かに握っている可能性大だな。関わっているのがうちの係長連中となるとややこしい話になる。どっかで誰かが止めないとな」

「そうですね。というか、ひょっとしてもうバレてたりして」

「え。ああ、鈴木さんの事件で刑事課が聴取してるからな」

「花野課長がいきり立って、なにがなんでもホシはうちの所轄だけで挙げるって言ってるらしいすよ」

「そうか。なら、もうバレてるな。お前、ギリセーフだったたな」

ははは、と苦笑いしたが、心底ホッとしていた。

「ともかく、これに懲《こ》りてそういうのには関わるな」

「了解です」

そのとき前面のパネル横にある無線機が大きく呼びかけてきた。

慌てて沖野が応答する。

管内を走る一級河川が増水し、その近辺で中学生が行方不明になったと思われる、臨場せよ——

十郷はすぐにエンジンをかけ、ベルトを締める。ワイパーを動かすが余り役に立ちそうにないなと舌打ちした。

沖野が詳細を求めると、川に流されたかもしれないと言う。ちらりと目を合わせ、同じように二人で眉を寄せた。

「行くぞ」

サイドブレーキを外してウィンカーを点《つ》けたとき、交番内にいた四人も慌てて合羽《かっぱ》を羽織り、自転車やバイクを取りに飛び出てくるのが目に入った。

パトカーを動かしながら、窓越しに先に行くと手を振った。同僚が片手を挙げて応じる。

道路に出るなり沖野が赤色灯を点け、サイレンを鳴らした。二人はワイパーの隙間《すきま》から闇の奥を見つめるように目を凝らした。

20

「担当さん、担当さん」

佐伯は腰を半分だけ浮かせ、カウンターの上から正面左手にある一号房を見やる。寝ぼけた顔をした男が鉄格子《てつごうし》のあいだから手を振っている。

「なんだ?」

「すんません、喉渇《のど》いたんでお茶もらえますか」

佐伯は立ち上がり、後ろの給湯棚においてあるやかんを持ち上げる。房の畳の上で男が胡坐《あぐら》をかいて待っている。プラスチックの湯飲みに冷めた麦茶を注いで渡すと、男は礼を言って飲み干した。

「眠れないのか」

佐伯は格子の前で膝《ひざ》をつき、男の赤い目を見た。男は頭をごしごしと掻《か》きながら、いやあと笑う。

「台風ってのは気にならないんですけど。むしろ、そういう日にここにいられてラッキーだと思ってるくらいで」

「なにがラッキーだ」

佐伯は、三十五歳になるという前科一犯の窃盗・恐喝犯を睨みつける。

自分より年齢は上だが、童顔のせいか同じくらいか年下にすら見える。若いときに就職に失敗してから、運動神経だけはいいのを利用して人の荷物を掴んで逃げることを覚えた。最初に捕まったときは、初犯でもあり反省もしていて執行猶予《ゆうよ》が付いたが、結局更生することなく、再び窃盗犯として逮捕された。

二度目になるから、今度は実刑をくらうだろう。

それなのに大して動揺も悲観もしていない。初犯で放たれてからも犯行を続けていたということだ。だから、いつ捕まってもおかしくない、捕まったら今度こそ刑務所だと諦めている。こいつなりに覚悟を決めてここにいるということだ。

留置場にもさほど慣れている訳でもないのに、佐伯や堂ノ内ら係員に臆《おく》することなく話しかけたり、差し入れを注文したりする。度胸だけはいっぱしの悪党だと捜査員も呆《あき》れていた。

「それより、なんか外、騒がしいっすね。なんかありました?」

佐伯はぎょっとする。

この男、房に入れられたあと夕食を摂ってから以降、ほとんどずっと横になっていた。眠っているとばかり思っていたが聞き耳を立てていたのか。

となるとひそひそと堂ノ内と話したことなども聞かれていたかもしれない。

事件発覚後、佐伯は第一発見者として刑事課で聴取を受け、解放されたあと一階に下りて木幡総務係長にもひと通りの報告をした。まだ佐伯の休憩時間中で係長からも休めと言われたこともあり、一旦《いったん》は一階奥の総務課宿直室に入った。

だが、扉の向こうでは台風対策のため署員が走り回っている。緊迫したやり取りがいやがうえにも耳に入り、眠れる気がしない。居たたまれず二階の留置場に顔を出した。

鈴木係長のことを堂ノ内にも話してやろうと思った。

なにせ前代未聞《みもん》の事件なのだ。留置場に行くと堂ノ内も佐伯を待っていたらしく、佐伯の腕を取るようにして引き寄せ、カウンターの内側で顔を突き合わせた。

詳しいことも知らされず、ただ庁内で事件が起きたから職員は現在の持ち場で待機せよとしか言われていなかった。堂ノ内にしてみれば、さぞかし気の揉《も》めることだったろう。佐伯が第一発見者だと聞くと、堂ノ内は目を剝き、絶句した。

佐伯が目の当《ま》たりにした内容を事細かに告げると、堂ノ内は息を止め、青ざめていく顔を取り繕おうともしなかった。当然だろう。顔を知っている程度ではあるが、同じ署員なのだ。それも警察署内で起きた事件で、被疑者は同僚かもしれない。その可能性があるからこそ、佐伯は表向き聴取という取り調べを受けたのだ。

堂ノ内は神経質そうに目をしばたかせ、パニックを鎮《しず》めるように浅い呼吸を繰り返した。そして、どうなるんだろう、俺も容疑者になるのか、としきりと気にした。

佐伯が思わず「落ち着いてくださいよ。犯行時刻、主任はここにいたじゃないですか。完璧《かんぺき》なアリバイですよ。誰も疑ってなんかいませんよ」と言うと、僅《わず》かにほっとした表情を見せ、ああそうだな、と呟《つぶや》いた。

だが、それでも刑事課が直々に全署員に聴取をかけるみたいですと言ったら、途端に椅子《いす》から腰を浮かしてよろめいた。落ち着くためにお茶を飲んでは、きょときょとと首を振る。そのうち何度か奥の女性房に目をやるのを、佐伯は不思議な面持ちで見ていたのだった。

そんなやり取りを一号房の男に聞かれていたかと、内心舌打ちする。

だがすぐに佐伯は目を吊《つ》り上げ「余計なこと考えずに寝てろって」と言って立ち上がった。

男が房のなかから見上げ、口元で二本指を立てて見せた。

「バカ。煙草《たばこ》なんかやれる訳ないだろう。今は、署内どこでも禁煙なんだ」

「え、そうなんすか。でも、昔は運動場とかで吸えたじゃないすか」

きっと睨みつける。男はわざと切なげな顔を作って拗《す》ねた風に言う。

「一本だけでも駄目すか。そうしたら眠れそうな気がするんですけどね」

「ダメだ」

背を向けると更に「じゃあ、ちょっと運動場で体、動かしたいんですけど。それもダメ?」と言ってくる。佐伯は無視して、やかんを持ったままカウンターへと戻った。

すると今度は、女性房から声をかけられた。

佐伯はなんなんだよ、と口のなかで呟きながら奥の房へと向かう。

壁の時計を見上げると、まだ午前二時半を少し回ったところだ。佐伯の勤務時間は、本来なら三時からだった。

だが今は、堂ノ内が刑事課の聴取を受けていた。三時間ごとの交代制が、今夜はまともに機能しない。そういうときもあるだろうし、警察官ともなれば、これくらいは仕方がないことだと諦めている。留置場管理だけは、こんなことはないと思っていたが、事件が事件だけにそうはいかない。これから先、まだまだこういった変動があるのか、想像もできないなと息を吐く。夜明けはまだ遠いし、台風はますます近づいてくるし。

ため息を堪え、奥にひとつだけある女性用留置房の前に立った。やかんを差し出すと植草明奈が笑いながら手を振る。

「お茶じゃないのよ、担当さん。台風のせいか房のなかが暑くて。汗かいちゃって気持ち悪いからお風呂《ふろ》入りたいんだけど、ダメかしら」

シースルーのブラウスを脱いで、黒のブラトップ一枚になっている。ミニスカートのまま、膝を崩しているから隙間から下着が見えそうだ。佐伯は下半身に目がいかないよう、身を屈《かが》めて化粧崩れした明奈の顔を正面から見つめる。

運ばれてきたときは前後不覚状態で暴れていたのが、今ではすっかり酔いが醒《さ》めたのか、やれ化粧を落としたいだの、服の着替えが欲しいだの色々うるさく言い出した。風呂にしても運動にしても、厳格に利用時間も使用頻度も決められている。留置人がどうこう言えるものではないのだ。そのことをこの明奈も一号房の男もわかっている癖にわざと口にする。

これも台風と外の騒ぎのせいで、通常の夜を迎えられていないからだ。規則正しい当直体制が崩れていることを、留置人は敏感に感じ取っている。佐伯は場内が異様な雰囲気に満ち、しかもそのなかに不穏な空気さえ淀《よど》み始めているような気がして、温かすぎる冷房温度なのに身震いしそうになる。

「ダメに決まってるだろう、今何時だと思ってるんだ。さっさと寝てくれよ。朝になったら台風も過ぎてるだろうし、お宅は家に帰れるだろうから、それまで我慢してくれって」

明奈はなにを勘違いしたのか、おもむろに髪をかき上げ、ブラトップの紐《ひも》を肩から落とす。両手をついてにじり寄るから胸の谷間が深く覗《のぞ》ける。

佐伯は舌打ちする。こんな年のいった商売女みたいなのに俺がよろめくとでも思っているのか。そう簡単に籠絡《ろうらく》できると思われているとしたら、それはそれで逆にむかつくことでもある。

佐伯はあえてにこやかに言う。

「あのね植草明奈さん、もうそろそろ年甲斐《としがい》もないことはやめて、自分の将来のことをちゃんと考えたらどうですか。この国の老後はあなたのような人には厳しいですよ。そういうこと真面目に考えてる?」

なにぃー、と叫ぶなりマスカラの滲《にじ》んだ目がいっぱいに見開かれた。

「なにが老後よっ。あたしをいくつだと思ってんの。まだまだ現役よ、なによガキのくせにぃ。間抜け、インポッ、童貞っ、クソ野郎っ」

いくらでも生きていけるのよ、そのためのツテはちゃんと確保してんだから、バカッチョ、などとぎゃあぎゃあ喚《わめ》き出す。佐伯は、しまったなぁと反省する。カウンターへと引き下がると、今度は一号房の男が、やれやれ余計なことを、という顔を向けてくる。

むっと口を引き結ぶとどんと椅子に腰かけ、イヤホンをつけ音楽を大音量で流すが、それでもイライラが治まらない。普段ならこんな挑発をいちいち相手にしないのだが、やはり今夜は特別だ。なんとか気持ちを落ち着けようと、佐伯は胸ポケットを押さえながらカウンターを出て、一号房の前を通り過ぎる。窃盗犯が怪訝《けげん》な顔で見送る。

留置場には房以外にも留置人用の風呂があり、運動場と呼ばれるスペースがある。

この運動場は二階の角に当たり、留置しているあいだ、狭い房のせいで体調を崩したりしないよう、気分転換にと造られた天井の高い場所だ。別に砂が敷かれているとか、外界に開かれている訳ではない。ただ、房より多少広いスペースがあるというだけだ。天窓もあるし、床から五十センチほど上の位置に、横一メートル、縦三十センチほどの窓が二枚角を挟んで直角に並んでいる。もちろん格子が嵌《は》まっている。窓は、開け閉めできるから充分、外気は吸える。昔は、ここで喫煙も許されていた。

佐伯は胸ポケットから煙草を取り出す。

窓の横で膝を折って座り込み、火を点けてゆっくり吸い込む。窓を開けて外へ向かって煙を吐いた。

今は署内で煙草を吸う場所がない。喫煙者には拷問《ごうもん》に近いもので、まるで高校生のように隠れて吸うことに躍起となった。だが、それもうっかり見つかったら大目玉を食う。

佐伯は当直の夜に限ってこの場所を借りる。昼間だと相方がいるし、外から煙を誰かに見咎《みとが》められないとも限らない。

運動場の窓のひとつはルーフ付きのガレージの方を向いていて、真下は総務課の宿直室がある。電気さえ点けなければ、夜間は問題ないのだ。

佐伯は格子の隙間から外や駐車場を窺う。街灯の明かりのなか、白い砂を巻いているような雨が飛び交っている。風がどっちからどっちへと吹いているのかわからない。行く手を邪魔する庁舎建物に体当たりし、これでもかと責め立てているかのようだ。三十センチ幅しかない窓でも雨はしっかり吹き込む。台風の勢力が増しているのが、その僅かな隙間からでも充分見て取れる。冷たい雨が顔や手に降りかかり、眠気が飛んでちょうどいいと思う。口に煙草をくわえ、目頭を押さえた。

目を瞑《つぶ》るとすぐにひとつの光景が浮かび上がってくる。雨が顔や全身を打ちつけ、飛沫《ひまつ》
苦悶《くもん》に歪《ゆが》んだ顔。恐怖に見開かれた鈴木係長の目。

が跳ね返っていた。開いた口からは、今にもなにか言葉や呻《うめ》き声が吐き出されてきそうだった。実際は、なにひとつ漏れ出てくることはなかったのだが。

煙草を挟む指が細かに震え出し、佐伯はもう片方の手で握るように抑える。

一本吸い終わると、忙《せわ》しなく再び火を点けた。何度も深呼吸するように煙を吐き、私物の携帯灰皿に吸い殻を放り込むと立ち上がった。臭《にお》い消しのスプレーを振り撒《ま》く。これほど気を遣っているのに、あの窃盗犯は佐伯が煙草を吸っていることに気づいているようだった。うっかり他の人間に喋られても困る。早く、捜査が終わって出て行ってくれることを祈るしかない。

小窓を閉めて、運動場を出ようとしたとき、胸ポケットで携帯電話がバイブした。

21

「本当に殺し、なんでしょうか」

悪天候のなかで運転しているということ以外の緊張感を、玉野はなるべく意識しないようにした。そうでなければ台風直撃の最中、どんな事故に繋《つな》がるかわからない。

救いは、路上を行く車も数が減っており、市道に入るとほとんど見かけなくなったということだ。

私物の車なので、当然、サイレンも赤色灯もない。急《せ》く気持ちは溢《あふ》れるほどあるが、隣に座る稲尾《いなお》係長からは、通常の、いやむしろいつもよりスピードを落として走れ、と言われている。玉野は焦《あせ》らず運転している体で、ゆっくりと言葉を切りながら話した。

「警察署のなかで、しかも台風警戒中の深夜に男性警部補が殺されたなんて、今まで聞いたこともないですよ」

県警本部捜査一課第二係の捜査員、玉野巡査部長はちらりと助手席の稲尾係長に視線を流す。

所轄《しょかつ》からの一報を受けて第二係、通称稲尾班が出張ることになった。台風のため、県警本部に集合するのは困難と思われたから、各自が直接所轄に向かうと決まった。玉野は稲尾班長の自宅に一番近く、すぐに連絡を取ってマイカーを走らせた。

「だが、所轄からの続報では、そう言っていた」

稲尾が思案顔で呟いた。玉野はまだ納得できないかのように首を傾ける。

「署内で警官が死亡したと聞くと、まずは自死。そうでなければ拳銃《けんじゅう》暴発などの事故ですよね」

実際、署からの第一報は、男性警察官一名が不審死というものだった。

「うむ。だから、課長からの指令も、取りあえず署に向かってくれという、普段と変わらないものだった」

最近は中高年の警察官が心を病んだり、体を壊したりする話も聞くようになった。若い世代だけでなく、家庭を持ち、持ち家を得て、つつがなく警察官人生を歩んでいると思われる人物が、突然、警察を辞めたり、鬱《うつ》になったりする。

「恐らく日見坂でも、まずは自死の線で調べただろう」

「それが違った」

「そうだ。お前が迎えに来る前、課長から追加連絡があったんだが、酷《ひど》く興奮した物言いだった」

「課長がですか？　すぐ後ろで爆音がしても動じないような人なのに」

「仕方あるまい。なにせ、殺人の疑いが濃厚という所轄の知らせを受けたんだからな。課長は沸騰した声で、先着したなら、まずは殺人かどうかはっきり見極めろと、そればかり喚《わめ》いていた。台風の騒々しさが掻《か》き消えるような大声だった」

玉野は喉を鳴らすように唸る。「まずは、殺人か」

「そうだ」と稲尾は、背もたれに預けていた体を起こした。

「万が一、殺しなら捜査一課は総出でかかることになる、いや県警本部そのものが動くことになる」

雨粒でほとんど視界の塞《ふさ》がれたフロントガラスをしばらく睨んでいたが、その目をふと逸《そ》らした。

「上は未《いま》だにまさかという気持ちでいるだろう。正直、俺らもそうでないことを祈ってはいるが」

玉野は両手でしっかりハンドルを握りながら何度も頷く。

警察署内で殺人など起きて欲しくない。もってのほかだ。そうでなくとも、署内で拳銃自殺や恨みの果てに怪我を負わせたりするような事案が跡を絶たない。学校や一般会社並みに苛《いじ》めやパワハラ、モラハラ、セクハラもある。県警にしてみればそれらの不祥事も頭を抱えることには違いないが、なにより恐れるのは、警察官による犯罪行為だ。

「遺体にナイフが刺さっていたと言ってましたね」玉野が言うことに、稲尾も顎《あご》をさすりながら首を傾《かし》げた。

「うむ、確かにナイフで自殺は考えにくい。警察官が署内で自死する場合は、拳銃か首吊りが多い。しかも所轄は現場の状況からして殺人だと判断し、被疑者特定に動いていると言う。そして今もまだ捜索中だと。殺しなら、一体、犯人はどこに行った？」

「台風の夜に」

「そうだ。こんな夜に人を刺して、雨のなか逃げたのか？　深夜だぞ。当直体制だから一般人はいない。しかも台風警戒で署には多くの人間がいた。そのうちの誰かがやったとして、逃げたらすぐわかる筈《はず》じゃないか」

「でしょうね。小さい所轄ですから、みな顔を知っている」

稲尾はサイドウィンドウに顔を向けて、指先で額を掻いた。

「逃げたヤツがいればそれが犯人だ。なのに今もって確保の報どころか、被疑者を特定する知らせすらない。ということは誰も署から逃げていないということだ」

「それはおかしいですね」

「おかしい。いや、そうか。被疑者が本官だからか？」

稲尾が呟くように言うのに、玉野は一瞬だけ視線を送り、再び前を向く。独り言だとわかったので黙っている。稲尾はこうして部下と会話をしながら、思考を巡らす。そのうち、なにかしらの筋道が見えたりすると、自問自答しながら解決の糸口を引き寄せる。そういう癖を持っているのを知ってからは、玉野は適当なところで話しかけるのをやめるようにしていた。

「警察署から姿を消せば、自分が疑われるとわかっている。だから、今もそこに留まっているのか？　日中なら、姿を消したところですぐにはわからない。だが、こんな台風の深夜だとすぐバレる。逆に言えばそこにいる限り、特定されるのは難しい。今夜は普段の当直体制とは違って、多くの署員が待機している。非常参集もかけられる。このまま紛れられる？　そう思っているのか、犯人は」

被害者が本官なら犯人も本官ということか。

玉野は忌々《いまいま》しい気持ちと悔しさから、思わずアクセルを踏む足に力が入った。フロントガラスに塊のような雨水がぶつかってきて、慌てて全身の力を抜く。

警察官とて人間だから、怒りや恨みも抱くだろう。だが、一般人ではないという自覚さえあれば、愚かな所業はなせないだろうとも思うのだ。容易《たやす》く感情を暴発させ、挙句、拳銃を私物化し、罪を犯す。そんな人間は元より警察官ではない。玉野や稲尾にとっては、捕えるべき被疑者の一人に過ぎない。

稲尾がまた黙り込む。玉野も口を閉じたまま、ハンドル操作に集中する。

「やはり、殺し、か」

長い沈黙を破って稲尾が結論を弾《はじ》き出した。だが、すぐに首を振った。

「鑑識の調べを待ってからだな」

玉野は緊張を解き、相槌《あいづち》の返事をした。

「そうですね。ただ、本部鑑識は遅れるかもしれません。県境で土砂災害が起きて犠牲者が出たということです。災害現場からこっちに向かうということですが、いつになるか」

「仕方ない。元々、この雨風だ、残留物は大方消えているだろう。それでも遺体や署内からなら、なにかを見つけられる筈《はず》だ」

「そういえば、所轄の鑑識が居残っていたそうで、ひと通りは調べたそうです」

「それで殺人と判断したのかな」

「たぶん」

うん？　と稲尾が視線を上に向け、なにかを思い出す風をした。

「確か、日見坂署の刑事課長は」

「ええ。花野警部です」

「そうか、そうだったな。花野さんか。そうか、花野さんが殺しだと言うのならそうだろう。そして、たぶん、もう本署は封鎖していることだろうな」

「そうなんですか。稲尾班長と同じ結論に達したということですか」

「ああ、俺よりももっと早く。きっと第一報を聞いた瞬間に封鎖しただろうよ。だったら、ステージは用意されているってことだ。あとは俺らが犯人を挙げるだけだ。な？」

「はいっ」

「夜明けまでには捜査本部を立ち上げ、捜査員らが半分も集まったらすぐに捜査会議を始めよう。一課長らを待つ必要はない。被疑者が署内に潜伏している可能性が大なら、袋のネズミだ。署員を片端から尋問するぞ。小さな所轄だ、本部猫が走り回ればネズミ一匹捕まえるのなぞ訳ない」

「班長、これは事件解決の最速記録になりますよ」

「おう。朝には正式な記者発表があるだろうが、その際、被疑者確保の報も付け足せる。そうすりゃ、多少なりとも警察の不祥事も軽減できる」

「確かに。このとんでもない事件で世間は大騒ぎになるでしょうが、瞬く間に僕らが逮捕したとなれば、充分なフォローになりますよ。いや、稲尾班がまた顕彰されるいい機会」

「そんなのはいい。とにかく、犯人逮捕だ」

「はい」

「記者発表までには——と言っているのに、どうやら、それが待てないのもいるみたいだな」

「え？」

稲尾が首を回してリアウィンドウを見やる。玉野はバックミラーを窺うが、雨でなにも見えない。かろうじて後続車のヘッドライトがわかるだけだ。

「警察のスキャンダルを狙《ねら》って斥候《せっこう》みたいなのが一匹、尾《つ》いてきている」

「記者ですか？」

「たぶんな。本部広報を通して、一応、所轄で警察官が亡《な》くなったことだけは知らせているから、どこかの記者が不穏な臭《にお》いを嗅《か》ぎつけて追ってきたんだろう」

「どこの連中でしょう」

「さあな。こんな夜は台風被害を追うもんだろうに、なに考えてんだか」

「どうします？　まいても所轄に乗り込むでしょうし」

「ほっとけ。所轄だって台風警戒中だ。記者を相手にしている暇などない」

「了解」

玉野はアクセルを少しだけ踏み込んだ。

後ろのヘッドライトが一瞬小さくなったが、またすぐに大きくなったのがわかった。

車など一台も見えない道路でも、サイレンを鳴らしながらの緊急走行時は、通常と同じ注意喚起をなす。助手席の沖野がマイクで呼びかけ、交差点での信号無視の際はスピードを落として二人で左右の確認をする。だが横殴りの雨で目視は難しく、沖野は停まるほどまでスピードを落とせと指示してきた。

交差点を横切ったところで、ヘッドライトを浴びた男の姿が飛び込んだ。両手を振り上げ、救援を求めている。沖野がサイレンを止め、十郷はゆっくり停車した。

パトカーの赤色灯を浴びて、路肩に停められた車は斑《まだ》らに滲む。グレーの軽四乗用車で、古い型の上、かなり草臥《くたび》れているのがわかる。車の側《そば》でずぶ濡《ぬ》れになりながら立っている男に、十郷は素早く外に出て声をかけた。

「どうしました。大丈夫ですか」

風がどどっと吹き寄せる。細身の男は煽《あお》られてふらつき、慌てて車体にしがみついた。

「溝に落ちたのか」

沖野も出てきて車の左前を覗いた。左前車輪が道添いの溝に落ち込んでいる。結構な雨水が道路を覆っているので、そこに溝があるのに気づかなかったのだろう。

「ちょっとブレーキを踏んだらスリップして、そのままタイヤがはまり込んだみたいで」

「パトカーで引っぱりましょう」

すみません、と男が頭を下げる。

十郷はパトカーからワイヤーロープを出し、男の車に装着すると運転席に戻った。沖野が誘導して、車を路上に引き戻す。

男は口早に礼を言うと、すぐに車に乗り込み、エンジンをかけようとした。沖野がすかさず、こんな夜にどこに行くのと問うた。男は手元に視線を落とす。十郷はウィンドウが閉められないよう窓枠に手を置き、さっと車内に目を配った。そして免許証を確認している沖野に目で示した。後部座席に腕章があった。

「記者さんか」

男は諦めたように首をすくめ、目を向けたと思ったらにやりと笑った。「今、お宅らの署に向かうところだったんです」

十郷は動揺を知られまいと、慌てて俯《うつむ》いた。沖野はさすがに平然としている。免許証を返しながら「台風記事?」と訊いている。

記者の男は大きく笑みを繰り出し「いやあ、今は台風より大変なことが起きているんじゃないですか、本署で」と言う。沖野が黙っているので、十郷も口を閉じたままじっとしている。記者は忙しなく言葉を被《かぶ》せてきた。「とぼけないでくださいよ。警察官が殺されたそうじゃないですか。それも警察署内で」

「別にとぼけていない。同僚が死亡したらしいことは聞いている」

「死亡？　殺しでしょう。今も、本部捜査一課の班長の車を追っかけてここまで来たんですから。たまたま信号にかかりそうになって慌てたら、こんなザマになっちゃったけど」

「捜査一課？」

「そうですよ。稲尾班。県警本部の伝達を聞いてすぐに班長の家に行ったら、タイミングよく車でこっちに向かおうとするのを見つけて。これはただ事じゃないなぁって。もしか、警官による殺人？」

「聞いていない。我々は台風の警戒中で、今も増水した川で遭難したらしい子どもの救助に向かうところだ」

　さすがに男も表情を固めた。「川に、ですか」

　そしてすぐに記者らしい思案顔をした。よりセンセーショナルなのはどちらの記事か、警官殺しか増水した川での救出劇か。

沖野は呆れ顔をしたまま「ああ。だから先を急ぐ。悪いが相手をしている暇はない」

男は半分うわの空で頷き返し、フロントガラスへと体を向けた。

沖野がふと念を押すように訊いた。「本署に行くんだね」

「ええ、まあ」

隣に立つ十郷に沖野は顔を向けて「この先の市道は冠水していたんじゃなかったか」と訊いてきた。十郷は二、三度瞬きしたあと、しっかり頷いてみせた。「しています。かなりの高さまであがってきていると無線でも言っていました」

記者の男がぎょっとする。すかさず手を伸ばしてナビをいじり始めた。

「この先の信号の交差点を左に行って、すぐの道を右に行って真っすぐ公園横を通り抜けたら本署の前まで出るが、そこなら坂道だから水はきていないんじゃないかな」

沖野の言葉を受けて十郷も言う。「あそこらはこの辺りと違って、道路整備の整った区域なので大丈夫でしょう」

すうっと窓が閉じられた。

十郷は沖野と並んで立って見送る。沖野はすぐにパトカーに乗り込んだが、十郷は車が信号の手前で左にウィンカーをつけるのを見てから戻った。

ドアを閉め、シートベルトを締めた。エンジンをかける。

「道路整備の整った地域だとぉ?」と、隣から呆れた声が聞こえた。

十郷は思わず噴き出す。

「先に言ったのは主任ですよ。この先の市道が冠水しているなんて聞いてませんよ。むしろ、公園の横の道の方がちょっとした雨でも冠水し、しょっちゅう車が動けなくなる区域だって有名じゃないですか」

「あれ? そうだっけか。俺、別の道と勘違いしてたな。まあ、いいや、俺は別に記者さんに、そっちの道を行けとは勧めてないからな」

「そうですね。勧めていませんね。勝手に向こうが行っただけです」

「よし。じゃあ、急ごう。俺らにはやるべきことが待っている」

「了解」

沖野が再びサイレンのスイッチを入れた。十郷はハンドルを切って、河川敷への道にパトカーを向けた。

22

午前二時五十四分、沖野らが堤防沿いの道に入ると、遠くに消防のらしい赤色灯が見えた。

他のパトカーはまだ来ていないのかと、沖野は唇を歪めた。

もう一台、同じく交番で待機していたPC1号は、道路冠水のために通行止め、迂《う》回路《かいろ》誘導で出張っていることは無線で把握している。本署に待機している筈のPC3号が来ていないのだ。今もまだ署から出られない状態ということか。津々木が出られないのなら、他のパト乗務員を当てなければならない。

非常参集で別の係の乗務員が来ていればすぐに出られるだろうが、パトカーだけは誰でもいいという訳にはいかない。特別な訓練を受けた上で、資格試験にパスした者だけが運転できる。

消防車と救急車が並ぶ横にパトカーをつけさせ、沖野は十郷に声をかけ、合羽を着たまま、揃《そろ》って風雨のなかに飛び出した。

一級河川とはいうものの、川幅はしれている。普段は大人しい川で、めったなことで警戒水域を超えることはない。今も水位は第一堤防を超えたくらいで、市役所でも警戒を強めてはいるが氾濫《はんらん》にはほど遠いと判断していた。

付近の住民も穏やかな川という思い込みがあるから油断する。尋常でない場合に、川が尋常でない景色を作ることが想像できないのだ。

「状況は？」

沖野は顔見知りの消防隊員を見つけ、大声で呼びかけた。出動服を着た隊員は、打ちつけてくる雨に目をしばたかせ、増水した川の中央付近にある中洲《なかす》へと顔を振り向けた。

「あそこに人影があるのを今さっき現認した」

強い投光器の光が当たった中洲は、楕円《だえん》のステージのように白く浮かび上がっている。半分ほど沈みかけてはいるが、かろうじて直径三メートルほどの地面が残る。草むらはすっかり水に浸《つ》かっているが、中央にある一本の樹《き》は持ちこたえている。その樹にしがみつくように小さな影が動くのを沖野も捉《とら》えた。

川の増水具合を見ようと懐中電灯を手に出かけた人間が、たまたま中洲を照らして消防に連絡してきた。ほぼ同時に、近くに住む家の中学生の男子が自宅に助けを求め、受けた母親が一一〇番してきた。中洲から戻れなくなって慌《あわ》てて携帯電話で連絡したらしい。

沖野と十郷は、駆けつけた交番の警官らと共に人手の足りていない消防の応援に回った。

強まる一方の暴風のせいで、川波が思いのほかの威力を発現していた。上から下へ流れることをせず、柔らかい水が生きた獣のように跳ね上がる。鋼鉄の板のような頑丈さでぶつかり合う。行き場を失ったかのように上下左右にと飛沫《しぶき》を上げた。

増水した水を風があと押しするのか、レスキュー隊員が縄を肩に巻いて上流側から川に入ろうとしたが、すぐに足を取られた。通常なら膝上くらいまでしかない水量なのだ。今は腰から胸の辺りまできている。

中洲の少年に、樹の上に少しでも上がれないかと拡声器で呼びかけている。万が一、樹が折れたなら、握り易《やす》い枝を両腕で抱えて足と共にしがみつけ、顔を常に上に向けていろ、ゆっくり一言一言区切りながら話しているが、どこまで本人に届いているのか。

家族が駆けつけ、交番の警官が対応を始めた。風の吠《ほ》え声に隊員らの指示する声が押しやられ、ところどころ聴き取れない。そんななかでも悲痛な叫びだけは、まるで一本の針のように突き抜ける。

「――也あぁっ」

母親が命を振り絞るように名を呼ぶ。警察官や家族に宥《なだ》められても、荒れ狂う風雨のなかをもがいて、まるで己が川波に飲み込まれているかのように両手を振り回している。沖野はそんな母親から目を離し、中洲に立つ一本の樹へと顔を向けた。灯りに照らし出された樹は緑の葉を纏《まと》い、まとまった風が襲うたびに乱れ舞うように揺れている。幹や枝が渦巻く水流にのしかかられて、大きく右へ左へとゴムのようにしなる。

他にも騒ぎに気づいた住民らがぱらぱらと出てきた。少し下流にある橋の上にも人がまばらに並び始めて成り行きを眺め始めた。風や水に樹が頼りなげに揺れ動くたび、少年のらしい小さな悲鳴が上がった。その声を聞いて、家族はまた水際《みずぎわ》まで走り寄ろうとする。

救出劇を眺めようと集まる人々に、危険だから家に戻るよう指示するが、一向に動こうとしない。そんな対応まで始めると、もう手伝える人間の数はしれている。

「この人数ではキツイな。本署に応援を頼もう」

沖野がパトカーの運転席に身を入れ、無線機のマイクを握って呼びかけた。

こういうときこそ、直轄連中に出張ってもらわないと。

無線機からすぐに応答があった。『了解した』

23

杏美は、交通総務係の横の窓際に立って、署の駐車場を見ていた。

雨のせいで強いヘッドライトの光が揺れている。バスが動き出すと、暴風に負けないほどの声がはっきりと聞こえてきた。

「オーライ、オーライ、ストーップ」

大型バスは向きを変えると、開けたアコーディオン門扉《もんぴ》から巨体を揺らして出て行った。隊員は全員、河川敷の救援に向かう。応援要請を受け、杏美が出動を命じたのだ。

それ以前にも数人が他の処理に当たっていて、総員揃ってはいない。そのメンバーも事案が落ち着き次第、合流させる。当然、署長官舎の警備についていた隊長らも出動させた。

うちの県では直轄警ら隊の運用を副署長の職掌のひとつとしている。

どこかひとつの課に所属させれば、そこを優先とされるかもしれない。そのような事態を防ぐために副署長の直属としていた。

各課がその部門のエキスパートなら、直轄はその全ての課をフォローする支援のエキスパートだ。体力仕事がメインにはなるが、各部門の応援に回り、その後方支援を務める。

そして危険事案が出来《しゅったい》すれば、総員が装備を身に着け、名実ともにその身を盾にして市民を守る。市民を守るために働く各課のエキスパートをも、守るのだ。

その観点からすれば、署長官舎警備に使ったのは、ある意味杏美の職権乱用ともいえる。

警察という組織において、規律規則がどれほど大事なことか、副署長でなくとも身に染《し》みてわかっている。規則を拡大解釈し、個人の判断で権限を広めて運用することの危険性は、常日ごろから問題視されている。幹部職ともなれば、采配《さいはい》の幅が広がる分だけ規則の境界があいまいになりかねない。だから、各々《おのおの》は自戒し、誰よりも厳しくあらねばならない。

直轄隊員を官舎に配置させた。それは、この手でその自戒を破ったことを意味する。少なくともそう取られても仕方のないことを自分はなした。杏美自身、そのことを自覚すればするほど、唇を嚙《か》み切りたいほどの悔しさを感じる。そんな決断をさせられたこの事件そのものに。そんな決断をしてしまった自分自身に。だが、それでも。

祖父江から、花野が橋波真織に疑いを持ち、事情聴取するらしいと聞いた。刑事課の取り調べだ。それも課長自ら部下を引き連れての出陣だ。杏美は咄嗟《とっさ》に好きにさせる訳にはいかないと思った。

真織や伊智子を庇《かば》った訳ではない。

たとえ同期であろうと親友であろうと、疑いがあればそれを晴らすために取り調べを受けることは仕方のないことだ。

だが、今のこの状況下で、署長の家族を捜査対象者とさせる訳にはいかなかった。刑事課が真織に疑いを抱き、捜査員らの調べを受けていると知られれば、この署におけるピラミッド型命令体系に揺らぎが生じかねない。

署長は、所轄における絶対的命令権者なのだ。その存在に一片の疑惑も不信感も持たれてはならない。

今は非常事態下だ。署員が一丸となって、この自然の猛威から市民を守らねばならないときだ。全警察官が負傷を恐れず、命が脅《おびや》かされることにもひるまず、暴風雨のなかで活動するには、各人の警察官としての使命感は元より、どんな命令にも従うという曇りのない忠順さが求められる。

係員の上には主任があり、係長があって課長がある。だが、それら全員が職責の自覚を持てるのは、頂点に立つ署長に従属しているという厳然たる立場があるからだ。所轄とは署長でもある。

ガラガラと音を立ててアコーディオン扉が閉じられ、再び、合羽を着た警察官二名が両手を後ろに組んで警戒につく。それを見て、杏美は窓から離れた。台風次第では、この歩哨《ほしょう》に立つ者らも応援に回らなくてはならない。その前に必ず殺人犯を見つけ出さなくては。

少し前に、出動しているパトカーから連絡があった。

どこかの記者が、警察官殺しというネタを求めてこちらに向かっているというものだった。今、被疑者を捜索中のこの署内にそんな記者らを引き入れる訳にはいかない。いかないが、記者を排除するだけの名目もない。事件が起きたのは間違いのないことなのだ。

記者だけではない。前後して、県警捜査一課もやって来るだろう。そうすれば、捜査本部が立ち、被疑者捜索の主軸は一課が取ることになる。

彼らの捜査は恐らく、容赦のない苛烈《かれつ》なものとなるだろう。そのせいでたった一人の犯罪者を除く、全ての所轄の署員ら、職務に忠実な部下達がどれほどの屈辱を感じることになるか。

今、杏美は副署長として、そんな部下を守らねばならない立場にいる。抱えているものの重さや思いをかけるものの広さを痛感している。ぎりぎりと頭のどこかが、いや全身が締めつけられていく音がはっきり聞こえる。

五年前、警部となった杏美が生活安全課長の任に就いていたときだ。

そこの所轄の署長は警察学校時代の教官で、当時から杏美を可愛《かわい》がってくれていた。大学を出たばかりの杏美には考えさせられることも多かったが、教官は根気よく学べと言った。一般市民は元より国民みなから警察官がどのように思われるべきか、どんな存在であるべきなのか。そのことを常に意識し、心の奥に己自身の矜持《きょうじ》を持って励めと教えられた。

所轄で再会したときは警部となった杏美を心から喜んでくれ、すぐに旧交を温めた。官舎に招かれ、署長夫人の手料理をご馳走《ちそう》になったのも数えきれない。二人の息子の将来を思いながら、勇退後の夫婦二人の暮らしを楽しみにしていた人だった。

だが、その警察署で不祥事が発生した。

署員による機材の横領横流しだった。所轄にあるもので金目のものなどない。ないが、それでも最新の無線設備や資材、道路規制関連の機材などが多くある。新しい物品を請求するときは、もちろん総務課を通じ署長決済まであげねばならない。だが、署長では現場の状況までは把握できない。新しい機材が取り寄せられたのにいつまでも古いものを使用していることに総務課員が気づき、ようやく発覚した。

結局、三名の懲戒免職者を出し、それぞれの課の上司も戒告などの処分を受けた。杏美のいた生活安全課では値打ちのある物品がなかったせいか、そういうことに加担した者は出なかった。

マスコミにもずい分叩《たた》かれ、署長である恩師は頭を下げ続けた。だがその署長が先頭に立って事件の全容を明らかにし、迅速に処分もなしたお蔭《かげ》で、長引くこともなく収束していった。

世間を賑《にぎ》わせた醜聞には違いないが、それも時間と共に薄れてゆくと思われた矢先、署長官舎に飛び火したのだった。

横流ししていたメンバーの一人が、物品を売り捌《さば》いて得た金銭で署長夫人に贈り物をしていたというのだ。官舎の庭を手入れするための放水ホースを夫人が欲しがっているのを知って、横領に加担していた署員が買い求めて渡したらしい。その商品代金が、物品横流しで得た金から出たものとされた。

たちまち大きく炎上した。なにせ署長官舎における署長一家も絡《から》んだ話だ。一部の週刊誌は、まるで署長らがそれと知って受け取っていたかのように書き立て、世間を煽るような記事にして載せた。連日、警察署にマスコミが押しかけ、来庁する一般人からも毎日のようにそしりを受けた。

全てが終わったあとというのがまずかった。早急に事件を解明して処分をなしたこと自体、署長自身の罪を隠蔽《いんぺい》するためのものではと勘繰られた。ことは最悪の形で再燃した。

会見を開き、記者を相手に何度も懇切丁寧に説明をしたが、実際に物があるのだから説得力に欠ける。

杏美はなんと声をかけていいのかもわからなかった。日に日に顔色悪く痩《や》せてゆく恩師のために、寄ってくるマスコミを排除するのが精一杯だった。やがて署長はその職を辞した。

夫人は長い患《わずら》いの後、一度は回復したがそれ以来、体調不安定なまま息子と暮らしている。恩師は辞職後、三年ほどして亡くなった。

杏美はあのときの不甲斐《ふがい》ない自分を忘れてはいない。

世間がマスコミを通すとどうなるかということを知り、肝に銘じた。

そして警察というものが人々からその存在を認められるためにはなにが大事なのか、

警察官に対し国民はどうあってもらいたいと願うのか、深く考える機会となった。

杏美は肩を大きく上下させて体の隅々に力を込めた。

国民の信頼を裏切るような真似《まね》をした連中は誰一人逃さず、法の下できっちり始末をつけさせる。そして今後、二度とこんなことは起きない、起こさせないと高らかに宣言せねばならない。その証《あかし》として、まずは犯人逮捕だ。一刻も早く解決することだ。夜が明けるまでに、この台風が通り過ぎる前に、きっと捕まえてみせる。

杏美はカウンターを回ると、二階への階段を一気に駆けのぼった。

24

「ちょっと聞いてたのと違ってました」

宇喜田祥子はちょうど生安課の課員からの聴き取りを終えて、刑事課の部屋に戻ってきたところだった。煮詰まったコーヒーをひと口飲んだところで、向かいの席に座る相楽巡査がぼそりと呟いた。

ようやく、事件が起きたときに在署していた署員全員の聴取が終わった。あとは、それらを元に容疑者を絞っていき、証拠を集めることになる。

非常参集で新たに出署してきた署員らについては、今も知能犯係や盗犯係のメンバーで随時検閲、確認をしている。恐らく、そちらから容疑者が出ることはないだろう。ただ、犯人の協力者である可能性は捨てきれないので、気を抜くことはできない。

宇喜田ら強行犯係と盗犯係のメンバーは、鈴木係長の周辺に的を絞ることになっている。だがその前に気になる対象者への聴取がひとつ残っていて、宇喜田と相楽は部屋で待機していた。

カップを握ったまま、顔だけ相楽へ向ける。

「なんのこと」

「副署長ですよ」

「ああ」宇喜田はちらりと奥の課長席へと視線を流した。更に相楽が机に前のめりになって宇喜田に小声で話しかける。

「田添副署長のしていることって、聞いていたイメージと相反しませんか?」

「……………」

相楽のいわんとしていることはわかる。

台風のなか署長官舎に出向き、とんでもない目に遭わされた。一時は庁内で乱闘騒ぎが起きるのではと本気で危ぶんだほどだ。

濡れネズミ三匹が刑事課の部屋に戻ったときは、さすがに誰もが押し黙り、そっとタオルを渡してくれたが、いざ課長がトイレに出ていなくなると、途端に大きく笑い飛ばされた。署長官舎の前で大立ち回りをしてご苦労だったなと、係長からまで言われては苦笑するしかない。

そして四つある係の係長がみな一様に、課長が引き下がるとは驚きだなと言うのには、捜査員らも黙って頷《うなず》いた。

宇喜田はマウスを弄《もてあそ》びながら、また課長席を見やる。

捜査員から説明を受けている花野は、一応、着替えたらしいがネクタイもせずに、シャツのボタンもはだけたままだ。白いランニングが見え、それを隠すように首に手ぬぐいをかけている。頭髪も拭《ふ》いたらしいが、全く乾いていない。

宇喜田は一旦《いったん》、四階の女性用更衣室に戻り、全て着替え、髪もドライヤーで乾かした。相楽も同じように身支度を整えている。次から外に出るときはちゃんと合羽を着ようと話し合い、用意もした。

課長の態度も驚きだが、それよりも田添副署長があのような思い切ったことをしたという困惑の方が大きい。

宇喜田は更衣室で杏美と一緒になることもあるし、当直のときに布団《ふとん》を並べて眠ったこともある。今日も、台風で対策本部が立たなければ、今頃、枕《まくら》を並べて他愛《たわい》もない話でもしていたのではないだろうか。

他の男性係員よりは近しくしていると思う。

副署長だからといって、妙に偉ぶることもない。初の女性副署長としての赴任だから気負う部分もあるだろう。そのせいか、宇喜田や他の交通課などの女性警官らには、男性とは違う気遣いも見せてくれている、ように思っていた。

だが、折に触れ話をするうち、副署長になるだけのことはあるのかもしれないと思うようになった。見た目は小柄なオバサンだが、言うことははっきりしているし、間違ったことを言ったりしたことは、ほぼない。たとえ勘違いしていたり、部下のミスで誤ったことをしたとしても、誰かの責任にすることなく、正直に自分の非を認めた。

田添杏美がムキになるのは、根拠もなく糾弾の言を放って、詰まらないことを言い立てる連中に対してだけだ。半年近く見ていて、杏美が理不尽なことをしていると思ったことは今のところ一度もない。

ちらりと向かいの席に目をやる。拝命まだ四年、刑事課に入ってまだ一年ちょっとのこの相楽までもが、杏美のしたことに疑問を抱いている。

確かに直轄《ちょっかつ》は副署長の直属部隊だ。だが、あんな風な個人的な運用をする人を見たことがないし、そんな活動をさせたなど聞いたこともない。

直轄自体は上司の命令に従ったのだから問題はないだろう。だが、田添杏美はどうだろう。あとで花野課長に突っ込まれたなら、窮地に陥るのではないか。そうまでして副署長は、自分の同期と同期の家族を守りたかったのだろうか。

刑事の尋問を受けるなど、確かに署長の家族にしてみれば尋常なことではないし、なにより不名誉なことだろう。夜が明けるなり全所轄に知れ渡るから、橋波署長とて平静ではいられない。

しかしだからといって、あの田添がそんな個人的なことで規律を容易く歪《ゆが》めたということに、違和感があった。

「副署長って規則を重んじて、どんな小さなルール違反にも目くじらを立てる人って聞いてましたけどね」

「そう、ね」

宇喜田も頷《うなず》く。

バン、と戸が開いた。

知能犯の係員が飛び込んできて、まっすぐ課長席に向かう。

「課長、直轄が全員出動しました」

花野の鋭い目が見開く。

「今なら、官舎に入れると思いますが」

宇喜田と相楽が同時に立ち上がる。上着を着、合羽《かっぱ》を手に取る。

どうします、と係長が横から言うのに、花野は視線を係員から壁へと向けた。壁には電波時計がかかっている。

杏美と交わした約束の時間にはまだいくらかあった。

「――待機する」

宇喜田と相楽はその言葉を聞いて、すとんと椅子《いす》の上に落ちた。

25

軽くノックをし、応答を待つ間もなく、田添杏美は扉を開けた。

ドアを見ていたらしい相楽巡査が、一番に腰を浮かすのが見えた。課長席を囲んでいた係長や課員らが、ぎこちなく後ろに下がり始める。

無表情のまま入って、すたすたと一番奥まで行く。

そして席に着く花野課長の格好を見下ろすと、渋面を作った。

花野はふんと鼻息を吐き、タオルで顔をひと拭《ぬぐ》いする。そして立ち上がりながら、シャツのボタンを丁寧に留め、口を開いた。「直轄が出動したと聞いたが」

杏美は頷く。「増水した川の中洲に少年が取り残されているらしいわ」

刑事課の部屋が一瞬ざわめく。何人かが窓を振り返り、叩きつける風と雨を睨《にら》んだ。

この部屋にある係は四つ。そして鑑識係。捜査員の大半が所帯持ちで、子どもを持つ者も多い。事案の詳細を聞きたいだろうと説明すると、捜査員らはみな沈痛な表情を見せた。

杏美はこの部屋にいる人間が、ほぼ通常の人員に近いのを見て取り「こっちの事件の目途がつき次第、応援に行ってもらうかもしれない。ご承知おきを」と花野に言った。花野は黙って頷く。

台風警備に慣れていないから、刑事課で前泊している人間は恐らく、他の課に比べても一番少なかったのではないか。鑑識係の祖父江がいたのが不思議なくらいだ。

だが、ひとたび事件が発生したと招集をかければ、集まる人数も時間もどこよりも多く、早い。

台風ごときで出署できなかったなど、花野課長にどやされるだけでなく、課での居場所も狭くなる。鑑識係の主任である比嘉以外、ほぼ集まっているのではないか。

それもまた花野の手腕と人格のお蔭なのだろうと、杏美は思う。人は役割や責任だけで動くことには限界があるし、限界を超える力を持ち得ない。だが、そこに人物が介在するとまた違ってくる。誰かのために、という信念はその本人さえ気づき得なかった、とてつもない力を発揮したりする。

杏美は、この部屋のなかのどこにいても目につく花野の姿が、その体格のせいだけでないことを知っている。永く事件捜査に携わり、あらゆる悪に立ち向かってきた男の経験則と矜持、それらが生み出す、存在感——。

これればかりはかなわないと、内心では妬《ねた》ましく思っている。そんな上司でありたいと願いながらも、そう簡単にはいかないという現実にも阻《はば》まれながら、ここまできたのだ。

ついこの男に反発を感じてしまうのは、そんな嫉《そね》みをずっと抱えてきたからだろうか。

この花野とは、この署に来るまで同じ部署はおろか所轄でも一緒に働いたことがなかった。だが、噂《うわさ》は耳に入ってきていた。この署に赴任が決まって、花野と共に働けることにも大きな興味があった。だが、実際に顔を合わすとなぜだか妙にすれ違う。見るからに男気のあるタイプだから、最初は女の副署長、女の上司というものに抵抗があるのかと安易に考えた。だが、そうでないことはすぐにわかった。そんなことに拘《こだわ》るような人間に部下はついてこない。女性主任である宇喜田は心から花野を信頼し、尊敬もしているようだ。だったらなんだろう。なぜこれほどわだかまるのだろう。

「それで聴取は？」

花野が一応、礼儀として席を空ける。杏美はそれをスルーし、課長席の後ろにあるホワイトボードの前に立つと、手にあるクリアファイルを差し出した。

「橋波真織及び橋波伊智子から聴取した内容をまとめています」

係長が受け取り、相楽に渡してコピーさせた。コピーの機械音が部屋のなかに広がる。そんな音が聞こえるほど静まりかえっている。花野以外、全捜査員が息を詰め、構えながら待っていることに杏美は苦笑いを飲み込む。

コピーされた書類を全員に配り終え、相楽がホワイトボードに書き入れるのを杏美も見つめる。見つめながら「三城巡査長は？」と問う。

黙っている課長に代わって係長が「そこの取調室に待たせています」と応《こた》えた。杏美は花野を見上げて言った。「もう解放しては？　真織さんの供述と齟齬《そご》がないようだし、問題ないと思われるけど」

花野は書類を見ながら「それはこちらで判断する」と素っ気ない。

杏美は首を傾げながら、席を回り、ボードに二番目に近い強行犯係長の席に座って椅子の高さを調節した。

刑事課の取り調べで、地域総務係の三城巡査長は、真織との関係を白状した。取り上げたスマートフォンの中身を確認する限りでも、それは証明できた。

数か月ほど前、二人は署で知り合い、三城の方から積極的に声をかけた。ほどなく外でも会うようになった。

別にそれ自体は悪いことではない。署長の娘であれ、付き合うことに親以外から文句を言われる筋合いはない。まして橋波真織はもう三十になる立派な大人だし、三城巡査長とて来年には三十を迎える。

問題は、そんないい年の大人が、こんな非常事態下に署内で一体、なにをしていたかだ。

宇喜田の目が報告書を読むほどに吊《つ》り上がっていくのがわかる。舌打ちくらいしているのではないか。杏美も自身が作成した報告書を手に取った。

台風が来る。伊智子・真織親子は官舎に避難してきた。地域総務係の三城も出勤しており、対応に追われている。もしかすると暴風雨のなか、応援に出なければならないかもしれない。

真織は友人らとの旅行で求めていた安全祈願のお守りを渡したいと思った。携帯でメッセージのやり取りをしながら、伊智子と共に差し入れを運ぶタイミングで三階に上がることにした。会議室に入り、三城がやって来るのを待った。そして二人はめでたく顔を合わせ、お守りを渡し、現状を聞きながら恋人の身を互いに案じ合った。

「まあ、真織さんは警察官の家族とはいえ一般人だから、こういった事態の緊急性など余り実感がないのでしょう」

「三城は本官だ」

花野が噛みつく。

杏美は花野の顔を見ながら、聴取したときの伊智子の形相を思い出して、比べてみる。

真織は、杏美と二人きりで話したいと言った。もちろん、そのつもりだったが、伊智子が自分も同席させてもらいたいと言い出した。

娘の言い分を母親としてでなく、署を預かる署長の妻として聞く権利があるとか、訳のわからないことを言って杏美を困らせた。母親なりに、真織のしでかしたことに思い当たる節があったのか、親の勘というヤツかもしれない。ともかくなんだかんだごねるのを、警察官の権限で撥《は》ねのけ、二階の部屋で真織と二人で話した。

二人きりになると真織は意外とあっさりと、本当のことを全て話してくれた。本人にしてみれば悪いことをしているつもりはない。確かに、通常下であれば、目くじらたてるほどのことではない。だが、台風災害警戒中のときだ。しかもその深夜に殺人事件が起きた。

二人の行動が途端に不穏なものになるのは致し方ない。ただ、むしろ責められるべきは三城巡査長の方だろう。恋する若い二人、という話だけでは済まされない。

真織は自分の軽率な行動のせいだと素直に謝った。三城に迷惑をかけたことも理解していたし、供述に偽りがあるとも思えなかった。

杏美は多くの被疑者を見てきたが、実際に尋問や取り調べをしたことは数えるほどしかない。それでも、人を見る目に花野が言うほどの劣りや不手際があるとは思えない。

自分も奉職三十年を超える警察官なのだ。

杏美はできるだけ詳しく真織の話を聴き取り、伊智子からも証言を得て、相互に食い違いのないことを確認して官舎の玄関口に立った。

「悪いけど、二人とも官舎からはしばらく出ないで欲しいの。まあ、こんな天気だから出かけることはないでしょうけど。それと真織さん、彼とはどういう形であれ、庁舎内で個人的に連絡を取り合うのは遠慮して欲しい」

真織は両肩をすくめ、はーいと言う。それを見た伊智子は、これまで抑えていたものを一気に吐き出すようにいきり立って、すぐにスマートフォンを出せ、お父さんがいいと言うまで自分が預かるなどと喚《わめ》き出した。

「いいえ、事件が片付くまで署で預かってもらいましょう。出しなさい、真織っ」

今にも娘に飛びかからんばかりの様子に、慌てて杏美があいだに入る。

「いいのよ、そこまでしなくても。少なくとも、相手方のスマートフォンは取り上げられているでしょうから、どのみち連絡はつかないだろうし」

そのときの伊智子の様子は気の毒なほどだった。興奮を抑えようと体のあちこちに力を入れたせいで、苦しさにそのまま座り込んでしまいそうに見えた。

報告書を読み、花野はそれを机の上に放り投げる。

「足らないことがある」

え、と杏美は思わず口を開ける。自分なりに緻密《ちみつ》な聴取を行ったと密《ひそ》かに自負していた。

伊智子・真織親子が官舎に入ってからこっち、事細かにそれぞれの行動、時間、そ記載されていない」


の都度感じたこと気づいたことごと全てを聴き取り、文字に起こした。

「なにが足らないの?」

「官舎のなかは本当に二人だけだったのか。他に人のいる気配はなかったのか、が記載されていない」

はぁー?

口を開けてすぐにまた閉じた。なるほど。刑事課としてみれば、真織や伊智子自身がどうこうでなく、官舎という容易《たやす》く人の踏み入ることのできない場所があるということ自体が気に入らないのだ。

そこに殺人犯が隠れている、若《も》しくは隠されている。そんな風に考えるのか、刑事課は。ぐるりを見回し、そのどの顔にも花野と同じような表情が浮かんでいるのを見て、ここは素直になるしかないと諦める。

「申し訳ないわ。そういう点は余り深く考えなかったので記載していない。でも、一階だけでなく二階にも上がったけれど、あの官舎に橋波伊智子と真織以外の人間がいた気配はありませんでした」

花野が苛立《いらだ》たし気に口を開きかけるのを塞《ふさ》ぐように口早に言う。

「官舎の隅々を調べる必要があるなら、わたしがもう一度行きます。その際、刑事課の誰か、宇喜田主任でも同行してもらえればいいわ。だけど」

花野が細目になって睨んでくるのを無視する。

「そんなことより、容疑者を特定する方が先だと思うけど。官舎は元より、この庁舎内のどこからも、あなた方刑事課の目を盗んで出入りすることはできない、そういう状況なのでしょう。それとも、違った？」

今度は杏美が花野を強く見つめた。なにも言わないのを確認して、杏美は回転椅子をくるりと回し、強行犯係の係長へと顔を向けた。

「次はこっちの番。これまでの捜査状況を説明して」

聴取した人間の数は七十数名にのぼる。

刑事課と嫌疑から外れた生安課、警備課などの捜査員の協力を得て、とにかく事件発覚前後に庁舎内にいた人間全てを精査した。

犯行時刻に複数の人間から目撃されていて、所在が明らかな人間は順次、圏外としていく。

花野率いる刑事課の考えはこうだ。

凶器がナイフ一本ということからも、複数犯とは考えにくい。また、抵抗したあとも見られず、心臓をひと突きという手口から、顔見知りである可能性が高い。もっとも、うちの署の警察官ならみな顔見知りで、さほど警戒はしなかっただろう。

「だが、それでも揉《も》め事を抱えていた相手なら、あんなに簡単には刺されないだろう。一応、警察官なんだ。雨嵐《あめあらし》のなかでも、咄嗟の防御くらいする。それがあっさりひと突きだ。思いがけない相手だという線が有力視されている」

花野がホワイトボードを見つめながら言う。大きな体なので前に立たれるとまるで見えない。椅子に座りながら、杏美は上半身を右へ左へとずらしながら、ボードに書かれた疑わしい人間の名前を目で追っていく。

そのなかには、真織や三城巡査長の名もある。第一発見者である留置管理員の佐伯、一階で勤務していた数名。そのなかに橋波や杏美、木幡係長や郡山係長、犯行時刻に一階で当直していた者、そしてパトカー乗務員らの名があった。

「あれはなに?」

ボードの端に書かれている目撃情報。

四階で鈴木係長が目撃されていた? そんな話は聞いていない。思わず立ち上がる杏美に、横から係長が説明する。

「午後十一時を過ぎたころ、鈴木係長がシャワーを浴びに四階に上がってきたのを数名が目撃していました。シャワー室のなかで一緒になった者、声をかけた者、その後、表の廊下を歩いている姿など、複数名の証言を得ています」

「なんなの。どうしてそういうことをちゃんと教えてくれないの」

花野がくるりと体を返して、杏美を見下ろす。嘲《あざけ》りの笑みでもくれるかと身構えたが、口を引き結び、深刻な表情を向けてきた。

「申し訳ないが、現時点でもまだこのボードに副署長の名前が挙がっている限り、情報を全て公開する気はない。今、こうして説明していること自体が、異例だと認識してもらおう」

歯噛みするだけに留め、杏美はそれで？　と係長に先を促す。

「特段、おかしな点はなかったということです。交通指導係の巡査部長がシャワー室で話をしたそうですが、汗を流しにきた、今夜は一睡もできないだろう、巡査部長に対しては警戒に出るのか気を付けてな、と声をかけたそうです」

杏美は腕を組み、思案する。

鈴木が襲撃に遭う前、シャワーを使うため四階に上がってきた、このことになにか意味があるだろうか。犯行現場は外の駐車場だ。殺害方法はナイフ一本。犯行直前まで、五体満足で健康そのものだったということ以外、なにも思いつかない。それでも気になる。

「悪いけど、係長が四階にいる姿を見た目撃者の名前を教えて。直接訊《き》いてみたい」

係長がぎょっとした顔をし、すぐに課長を見やる。花野は目を細め、微《かす》かに顎《あご》を振った。係長から捜査員へと促され、コピーされた紙が回されてきた。

「それで、動機の点から疑わしいのは挙がっていないの？」

係長がこれをと、別の一枚をそっと差し出してきた。

げっと杏美は声を上げそうになる。

見出しは、『鈴木吉満警部補より金銭を貸与されていた者リスト』だ。目を瞑《つぶ》って、この紙の上に吐きたくなる。ご丁寧に、赤いハンコで部外秘と押されている。

二度ほど深呼吸をし、リストを握り潰《つぶ》さないよう、我慢して目を通す。

やはり、地域課の人間だけに限られていないようだ。犯行時刻前後に在署していた者のなかに、七名の借金を抱える者がいた。その後、非常参集などで外から入ってきた者も別枠で記載されている。

ここにある者全員、事件が終わったあとになんらかの処分を受けることになるだろう。いや、今はそんなことを考えている場合ではない。

「これを処分者のリストとして使ってもらっては困る。あくまでも動機を持つ者のリストだ」

まるで杏美の心の内を読んだかのように花野が嫌味を言う。ひと睨みし、再びリストに目を向ける。

金額自体、そう大きなものではない。最高で十五万円。だいたいが二万から五万のあいだだ。取りあえずの小遣いか、ちょっとした買い物の不足分を補うために借り受けたものらしい。少ない金額なら友人同士の貸し借りで済むだろうが、鈴木は金利も取っていた。

「滞納して督促されていた者は？」

係長がリストの名前の前に赤い星のマークがあるのを示す。

「期限はだいたい次の給料日までのようです。それを過ぎても返済がない場合は、直接督促していたようです。スマートフォンでやり取りすると足がつくと思ったのか、一切利用していません。あくまで直接面談して催促しています。それゆえ、滞納者との接触には細心の注意を払っていたようで、このリストにある者はほぼ全員、他の借用人が誰であるか知りませんでした」

「津々木と揉めているところを目撃されたのは、たまたま？」

「恐らく。津々木巡査部長はなんというか、ちょっと変わったところもあり、協調性もないことから親しくしていた人間も少なかったようです。それで鈴木係長から借金をしたのでしょうが、返済を延ばすよう頼んだのにけんもほろろに断られ、しかもこれ以上引き延ばすのであれば、借金のことを上司に報告すると脅されたようでした」

「そんなことすれば自分だって」

「まあ、そうなんですけど。一応、鈴木は係長ですし、同じ地域課の一係と三係の係長も顧客だったらしく、自分に不利になることはないだろうと高をくっていたんじゃないでしょうか。逆に津々木は、そのことでパトカー乗務を外され、交番勤務に回されるのではと恐れ、軽いパニックを起こしたと証言しています。ついムキになって、鈴木係長に摑《つか》みかかるような真似をしてしまったんだと」

リストに目をやり、杏美は再び係長席に腰を落とした。そして頭に手を当て、一応、念のため、課長クラスで顧客がいないかは確認したのかと訊いてみる。それには花野が応えた。

「ない。わしが直々に訊いて回った。血相変えて怒るのもいたが、嘘《うそ》は吐いていないだろう。課長クラスになって、小金に困っているというのも考えにくいしな」

うーん、と唸り、周囲に立つ捜査員の顔を見回した。

「この金額じゃ動機になるとは思えないけど。どうなのかしら。津々木みたいな人間なら、殺害するまでに至るのかな。でもそれって衝動的なものに限られるんじゃないの」

さすがに刑事経験がないから、想像も常識の範囲を超えにくい。目で問いかけるが、刑事課の強行、知能、盗犯の係に、組織・薬物対策係を加えた四つの係の係長は、それぞれ黙ったまま、首ひとつ傾《かし》げようとはしない。仕方なく花野課長へ視線を向けかけると、なぜか逸《そ》らすかのように背を向けた。

はっとして再び係長連中を見つめる。こちらも妙な動きをし始める。

「なに？　他になにか動機となるものがあるっていうの？」

目の奥で火花が弾け、頭に血が上るのを感じた。

「なにを隠しているの？」

誰もなにも言わないし、目も合わせない。これまで抑えてきた憤懣《ふんまん》が体のなかで沸騰する。

「いい加減にして。この期《ご》に及んでまだ隠しだてする気？　それにどれほどの意味や効果があるって言うの。何度も言うようだけど、あなたたち刑事課だけが捜査権限を有する警察官じゃないのよ」

花野の上体がゆらりと揺れ、冷たい目が杏美に向いた。

「田添副署長、申し訳ないがわしらを警察官と一括《ひとくく》りにしてもらうのはやめてもらおう。ここにいる捜査員は、これまで多くの犯罪者を相手に捜査技術を駆使して立ち向かってきた連中だ。拾得物の受付や安全教室の人形を動かすことはできなくとも、逃げる窃盗犯をどこまでも追いかけることはできる、熱射病など屁《へ》とも思わず聞き込みにも回れる、刃物を向けられた一般人をこの背に庇《かば》うこともしよう、それだけの技術と覚悟を持っている。捜査刑事として、わしらはずっとそんな仕事をこなしてきた、いわば犯罪者を相手にするプロだ。そんなわしらが決めたやり方に、素人《しろうと》がこれ以上口出しするのは控えてもらいたいと、そう言っている」

「素人ですって？」杏美は眉《まゆ》を吊り上げる。

「わたしは確かに、捜査の経験はほとんどないけれど、警察官として、この場にいる誰よりも永く勤めてきた。その経験から、生安も警備も交通も地域も総務も、それらのどの部署にも素人なんていない、全ての部署があってこその警察、どれひとつ欠けても警察が機能しないことを知っているわ。花野課長、あなたは課長職に籍を置きながらそんなことも知らないの？　しかも未《いま》だに刑事が最も重要な仕事だという時代錯誤的な考えに染まっているとしたら、大いに問題だし、その能力も疑わざるを得ない」

一瞬、刑事課の部屋がざわつく。さすがに自分達の上司を悪し様《あざま》に言われては黙っていられないだろう。強い視線に囲まれ、杏美は自分の顔が赤く染まるのを意識した。険悪な雰囲気が漂うなか、花野が口を開いた。

「誰も刑事課が最重要部署だとは言っていない。他の部署を軽んじているとも言っていない。わしらはわしらしかできない仕事がなんなのかわかっている、そしてそのための手段と経験も持っている、だから術《すべ》を持たない管轄外の人間は邪魔をしないでくれと言っているんだ。どれほど永く奉職していようとも、経験してきたものを生かせず、こり固まった考え方しかできないのであれば、それは無為に時間を過ごしてきたに等しい。そんな人間しか上に立てないなら、警察組織に先はないだろうな」

花野は一旦口を閉じて杏美を見、杏美も受けて立つように睨み返した。捜査員が息を飲むなか、暴風の一波が激しく窓を打ちつけた。それに驚いた係員が弾みで机の上の書類を床にばらまいた。何人かが慌てて拾い集める。

杏美は床に散らばる書類に目をやった。

事件捜査の書類は多い。今はパソコンでずい分簡便化されたが、たとえ壁に落書きをしたというような微罪でも人一人罪に問うのに、床から胸の高さまでの立証文書が必要だと言われている。そしてそれだけ用意しても、起訴されるとは限らないのだ。

杏美は頬から熱がひいていくのを感じ、花野へと目を向けた。

「わたしは――階級組織の上に立っている訳じゃありません。わたしはこの日見坂署にいる全署員の思いの上に立っているつもりです。それは一刻も早く被疑者を確保し、真実を明らかにし、事件を解決したいということ。そのためなら、警察官としてすべきことはどんなことでもしようという覚悟もある。この気持ちの強さが、ここにいる刑事課員より劣っているなんて断じて思わない。そのことだけは素人の戯言と聞き流さないでください」

杏美はそう言うと、リストを係長に押しつけるように返した。

「それじゃ次、他の階にいた署員らのことを教えて」

杏美があっさり引き下がったことに拍子抜けしたのかその場の空気が弛んだ。係長が慌《あわ》ててホワイトボードの前に立ち、説明を始める。

容疑者圏内にあるのは、取りあえず、犯行時刻に所在を確認できていない者らだ。

「この留置管理の堂ノ内はなぜ？」

当直体制にある留置場から、一秒たりとも離れることなどできない筈《はず》だ。犯行時刻は佐伯が休憩に入っており、場内では一人きりだったからアリバイがないといえばないが、留置人がいるのに考えにくい。深夜だったから、留置人は眠っていたということか。しかし、それだけでは、と杏美は粘る。

係長は仕方ない風に付け足す。

「容疑者圏内に置いているのは、堂ノ内が留置場内に一人きりだったということもありますが、木幡係長から気になることを伺ったので」

「木幡係長？　彼がなにか堂ノ内について証言したの？」

「証言したというよりは」と花野が話を引き継ぐ。「堂ノ内には、ここしばらく様子におかしな点がある。挙動不審とまでは言わないが、気になっていたと供述した。むろん今回の事件と関わりがあるかはわからないとの条件付きだ」

なるほど。木幡には監察出身ならではの鋭い観察眼がある。

寝癖が取れていない、書類をよく落とす、呼ばれてもいないのに振り返るなど、他のものが苦笑で済ますような挙動を記憶に留めて蓄積していく。やがて不穏なものへと変貌《へんぼう》する可能性をそれらの収集されたデータから導き出す。まるでプロファイリング用AIのようだが、それは交通事故捜査係の巡査長の件で立証済みでもある。

ましてや留置管理ともなれば、総務係長の職域の範囲内だ。直属の部下と言っていい。非日常的なものを嗅《か》ぎ取ることなど訳ないだろう。

なら、この件はあとで木幡から直接訊けばいいと、一旦は納得する。

「肝心な点だけど、被害者である鈴木係長はどうやってあの現場に行ったのかしら。そして被疑者はどうやって犯行に至り、どうやって現場から逃走したのか。その辺はどう考えているの」

カメラになにも捉《とら》えられていないのが大きな枷《かせ》となる。

それが明らかにならなければ、たとえ被疑者を確保したところで自供に追い込めるだろうか。公判を維持できるだろうか。検察官の苦虫を噛《か》み潰したような顔、若しくは薄ら笑いを浮かべた顔が目に浮かぶ。

けれどそんな心配をしているのは、杏美だけのようだ。目の前にいる花野の様子や、捜査員の意に介していない顔を見ていれば、刑事課の考えが透けて見える気がする。

案の定、

「ひとまず被疑者を確保する。自供を得れば、それもおのずと明らかになる」と花野は言った。

まずは被疑者ありき。解明はそれからだ。杏美とは捜査手法が真逆になるが、それも刑事としてはひとつのやり方なのだろう。ここであれこれ言い合っても始まらない。

そうなれば、もうここにいても仕方がないと杏美は立ち上がる。

花野を含め、捜査員らに労《ねぎら》いの言葉をかけて背を向けた。扉を出たところで、呼び止められた。

灯りを落とした薄暗い廊下に、大きな体が逆光となり黒い姿が浮かび上がる。床に大きな影が化け物のように広がっている。

「なにか？」

花野が廊下に出てきて、そのまま歩き出した。

なんなんだ、と思いながらもその後ろを歩く。

階段の前を通って、そのまま廊下を行くとすぐに生安課がある。ドアは開けたままで、なかにいた課員が驚いた表情を浮かべながらも頭を下げた。花野は生安課の隣、廊下の一番端にある部屋へと向かう。交通指導係の部屋もドアを開け放ったままだが、なかには誰もおらず、灯りも点けっぱなしだ。

交通課員は当直担当以外、全員出動している筈《はず》だ。冠水している箇所も増え始めているから、仕事は溢《あふ》れかえっている。一階に矢畑巡査長がいたから、今夜の当直は彼だろう。

八人程度の小所帯だが、みな熟練した係員だ。台風被害が押し寄せるなか、白い合羽を身に着けて手を振り、走り回って声を嗄《か》らしている姿が容易に想像できる。

なかに入るなり花野が口を開いた。

「──署にいたときに」

え？　と杏美は眉を上げる。昔いた署の名前を出されて一瞬、混乱する。

「お宅が、刑事を一人辞めさせたと聞いた」

杏美はもう十年近く前になる記憶を辿《たど》る。もちろん、覚えている。総務係長として働いていたときだった。

なぜ今そんな話をするのか、花野を見上げながら眉間《みけん》に力を込めて問うた。だが花野は微動だにせず、熊《くま》の置物のように突っ立ったままだ。却《かえ》って杏美の方が、真意を推し量ろうと思考を巡らし始める。古い記憶を辿りながら、向かい合わせにくっつけた机の向こう側へと回って距離を取った。

机の上にはバインダーや本やコピー用紙、傘やビニール袋、手袋などが乱雑に散らばっている。気持ちを落ち着かせるつもりでそれらをかき寄せ、片づけながら考える。どうやらそのことが花野の自分に対する敵愾心《てきがいしん》の元になっているのだと気づいて、更に戸惑う気持ちを強くした。

こんなときに、いやこんなときだからこそと、花野がわざわざ刑事課を出てきてまで問い質《ただ》そうとする、その思いの深さを測ってみる。それが二人の関係を是とするか非とするか、花野なりの譲歩なのかしらと自問した。杏美は気づかれないよう息を吸い、片づける手を止め、顔を上げた。

「わたしは係長だったのよ。警察官を辞めさせるなんて権限はないわ。本人の依願退職だった。もしかして、彼は課長の知り合いでした？」

花野は認めた。

「わしが仕込んで可愛《かわい》がっていた男だった。盗犯係だったが、できは悪くなかった。気もいいし、真面目《まじめ》で職務熱心、なにより刑事という仕事が好きで、刑事に向いていると思った」

「そうですか。それは知りませんでした」

杏美は部屋の隅にある給湯コーナーに向かい、急須《きゅうす》にお茶の葉を入れてポットのお湯を注いだ。適当な湯飲みを拝借し、ついでに花野にも勧めるが首を振られる。

「で、わたしがあなたの大事な仲間を馘《くび》にした、憎たらしい女だと恨んでいたという訳？」

そういうことかと納得する一方で、大きな失望の念もふつふつと湧《わ》き上がる。こんな男だったのか。日見坂署の刑事課員だけでない、県内の多くの捜査員から畏敬される花野司朗という人間は。

仲間を信頼することが大事だというのはわかる。刑事や生安のような部署なら余計にそう思うのかもしれない。だが、だからといって警察の仕事は仲好し小好《こよ》しでする仕事ではない。必ず一線というものを持っていなければならないし、どんな場合でもその線を引くことを躊躇《ちゅうちょ》してはならない。

少なくとも杏美は、そのことを躊躇《ためら》う気はない。花野もそういう人間だと思っていた。

「木幡係長に聴取した際、その話になった」

杏美は、表情に乏しい眼鏡をかけた顔を思い浮かべながら首を傾げる。木幡がそんな関係のない話をするとは思えない。考えがあって、あえて花野に話を振ったのだ。

恐らく、花野と杏美とのあいだの確執が続けば、犯人確保の遅滞に繋《つな》がると推量したのだろう。木幡もまた一分一秒でも早く被疑者を捕え、本来の体制に戻れるよう努めねばならない立場の人間だ。

同時に新米副署長の危なっかしい振る舞いに不安を募らせ、木幡なりに案じてくれているのかもしれない。自分もまた、多くの人間の思いやりのなかで仕事をしているのだと実感する。花野に対する屈託が薄まってゆく。

湯飲みを手に取り、安いお茶を一口飲む。

「当時――」お茶の熱さに思わずほうと息を出した。「刑事課の課長以下ほぼ全員が、大事《おおごと》にすることでもないと思っていたわ。その捜査員がしたしくじりの内容は聞いてる？」

花野は頷くが、杏美はあえて話す。

「捜査員が逮捕した窃盗犯を留置するに当たり、身体検査をした。そして留置場に入れて間もなく、男が不審な行動を取るのを留置管理の担当が気づいた。あやうく、所持していた薬物をトイレに流されるところだった。男には、窃盗以外に薬物所持の容疑も加わった。恐らく実刑になったのじゃないかしら」

杏美はお茶を飲み干し、元の場所に置いた。そして机の上にあるメモを取り、ペンでお茶と湯飲みを拝借した断りの言葉と礼を書き記した。その様子を花野は不思議そうに見つめる。

そして目を返して杏美を見つめた。

「そこの署ではどういう訳か事案が重なり、被疑者が次から次へと留置され、刑事課は手いっぱいの状態だったと聞いた。確かに捜査員の落ち度ではあるが、犯行は未然に防がれた。誰も責める者はいなかったが、あんたは忙しさを己の怠慢の言い訳にするなと責めたそうだな」

花野の言葉に杏美は大きく頷く。

「責任を取らせるべきだと進言した?」

杏美は再び頷く。

「同僚の捜査員だけでなく、刑事課長さえも穏便に済ませようとした案件だった」

真っすぐ見つめてくる花野から杏美は目を逸らし、暗い窓へと体を向けた。窓ガラスには花野の大きな体が映り込んでいる。その太い首が左右に揺れた。

「わしはそのことをどうこういうつもりはない。ミスをしたのは事実だし、そのことの責任を取るのは当たり前のことだ。だが、あんたは闇雲《やみくも》に処分をすべきと主張したそうだな。その場にいた人間から聞いた。不始末を起こした捜査員に、釈明の機会すら与えようとしなかったと。それが解《げ》せない。なのに」

花野は太い首をごしごしと擦りながら「なのに、木幡はあんたのしたことは間違っていない、監察にしてみれば手ぬるいと言わざるを得ないが個人的には許容できると言った」

杏美は窓を見つめたまま、目を細めた。

「木幡は詳しいことは言わなかった。当時、監察にいたからこそ耳にできたことだ。だからそれを今、自分からわしに言う訳にはいかないと言う。知りたければ本人に訊けと、あの男、自分で話を振っておきながら飄々《ひょうひょう》と言い抜けようとする。食えないオッサンだ」

振り返ると花野は忌々しげに唇を歪めていた。

「だから訊く。当時、あんたはなにを知っていた」

そんなこと今聞きたいの？　と呆《あき》れた顔をして見せたが、グリズリー課長は眉ひとつ動かさない。その上、あろうことか取引を申し出てきた。

「え。動機を教えてくれるって？　やっぱり借金以外に、鈴木係長が殺害されたと思われる動機らしきものがあるのね。あなたそれを今、わたしに言うの？　この場で？」

さっきまで刑事課だけが抱え込もうとしていた情報ではないのか。それをこんなことの取引材料にするというのか。釈然としない気持ちがまた怒りに変わる。杏美が批判の声と共に、諄々《じゅんじゅん》と仕事の優先順位の重要性を説くも、熊には人間の言葉は理解できないらしい。それよりも、己が知らないことを杏美が知っているということが耐え難く、気が納まらないのだ。

そうと気づいて杏美は、がくりと肩を落とした。乾いた喉《のど》を潤《うるお》そうと、もう一度湯飲みを持って、ポットのボタンを押した。

「――わたしは当時、総務係長だった。木幡係長が今そうであるように、留置管理員の上司でもあった。そのときの経緯を部下から聞いて妙だと思った。管理員も首を傾げていたのよ」

わからないの？　と杏美が湯飲みを持ったまま首を傾げてみせると、花野は鼻から息を吐いた。

「捜査員が直々に身体検査をしたことか」

「そう」

「さっきも言ったように留置人が重なった。管理員だけでは手が足らなかったから、手伝った。違うのか」

「確かに、あのときは忙しかった。てんやわんやと言っていい。実際、わたしも女性の留置人の身体検査で入場していたくらいだったもの。あそこは女性の警察官が少ない署だったから。ただ、管理員からその話を聞く前、偶然だったけどわたしは見ていたのよ」

花野の鋭い目がすいと細くなった。細くなると鋭さは増すのだなと、刑事の顔を不思議な思いで見つめる。

「わたしは女性の留置人が来るのを監視カウンターの内側で、管理員と喋《しゃべ》りながら待っていた。わたしと入れ違いに、あなたの部下だった捜査員は、留置場から出て行くところだったわ。そのとき、捜査員を見送るように鉄格子《てつごうし》のなかから見ていた窃盗犯の、その表情が気になった」

先を促すように目を向ける花野に、杏美は困ったと肩をすくめて見せるしかない。

「なにがどう、と言われても言葉では言い難い。なんていうのか、うーん、すまなさそう？　というのとは違うか。なんか、警官を見る犯罪者の目じゃなかった。窃盗犯にしてみれば、捕まって留置されるんだから機嫌のいい筈がない。なのに、なんだかほっとしているような気がした。ともかく妙だなぁと思ったのよ。そのあと、その窃盗犯の身体検査を盗犯係の捜査員が直々にしたと聞かされた。わたしはその場で、管理員にその窃盗犯には細心の注意を払うよう指示した」

そのお蔭《かげ》で証拠隠滅を防げたのだけど、と杏美は悄然《しょうぜん》とする。自分の勘が当たったことよりも困惑と落胆の方を深く覚えた、そのときのことを思い出したのだ。そして、すぐに調べてみたのよと言った。

「捜査員とその逮捕された窃盗犯は同郷で、高校が同じだった」

花野が息を飲むのを見た。滅多なことで動揺しないグリズリーが、小さなリスの目の前で心を露《あら》わにしている。

「そのことがなにを意味するのか、わたしは深く考えないようにした。ただ、捜査員には失態の責任を取るよう告げ、処分するべきだと上層部に進言した」

二人が知り合いだった可能性は高い。もしそうであれば、その、花野が仕込んで信頼しているという捜査員は、友のために目を瞑《つむ》ったかもしれないという疑惑が浮上する。

窃盗の罪で既に逮捕されている、その上更に薬の所持が加わるか、加わらないか。別にひとつくらい少なくてもいいだろう、と思ったなら。もしそう思ったとしたなら、とんでもないことだと危惧《きぐ》する気持ちが起きた。

だが一方で、総務係長として、そんな醜態を事件にしたくない気持ちもあった。直接本人に問い質すことをしなかったのはそのせいだ。もしそうだと認められたらと考えると、足下が崩れそうな不安にかられる。だが、このまま見過ごすこともできない。

杏美とて人の気持ちの有り様を推し量るのに限界がある。誰だってそうだろう。人の気持ちや心の移ろいなど他人に想像できよう筈もない。ただ、可能性として残しておきたくなかったのだ。

なにも調べず訊かず、ただ、ミスに対して処分を受けるよう促した。

もし杏美の思い過ごしで、本当に単なるミスであれば捜査員は甘んじて処分を受けただろう。だが故意に見逃したのであれば、捜査員はそのことを杏美に知られたと気づいて、自分で身の振り方を決めるのではと考えた。

「辞職に追い込んだ形になったけれど、それで良かったと思っているわ」

杏美は小さい顎を上げ、まっすぐ花野を見返す。

今後、二度と同じことをしでかさないとは、誰にも、本人にすら確信できないだろう。一度でもなした背徳は、正義の箍《たが》を弛めることはあっても締めつけることはない。一度弛んだ箍は、弛みやすい。

形としては、追及しなかったことで杏美も事実を隠蔽《いんぺい》したことになるだろう。疑いを持ちながら本人に尋問しなかった。真実を闇へと葬《ほうむ》った、のかもしれない。

あのときのことは今も苦い経験としてずっと胸の内にある。あれで良かったのかと今も自問することがある。

俯《うつむ》いてゆく顔を無理に引き上げる。目を向けた先に花野のしっかりと頷《うなず》く顔があった。

そのとき、廊下から男の叫び声がし、ドアが勢い良く開く音が聞こえた。最初、交通指導係の面々が戻ってきたのかと思ったが、多人数が入り乱れるような音までして、花野も杏美もぎょっと顔色を変える。

そしてすぐに刑事課の者らしい大声が響き渡った。隣の生安課からも課員が飛び出す気配がした。杏美も花野も廊下へ出る。

薄暗いなかに多くの人間が喚きながら走り、階段を下りる姿が見えた。

「課長っ」

呼びかける声に花野が、ここだと応えた。

捜査員が薄暗がりのなかからこちらへと向かってくる。その顔にうろたえている表情が見て取れ、杏美は思わず目を見開いた。

「どうしたっ」

「なにがあったの」

ほぼ同時に叫んでいた。

「留置人が逃げましたっ」

26

はぁー？

杏美は体が仰《の》け反《ぞ》りそうになるのを踏ん張り、駆け出した。

花野の巨体で先が見えないが、捜査員が血相を変えて追っているのは気配でわかる。

次から次へと踊り場を回る姿が見え、けたたましい足音が階段に充満している。

二階だけでなく、気配を察知して三階や四階からも人が下りてきている。台風の警戒で多くの警察官が出張っているから、今、在署している者は一時に比べれば格段に少ない。それでも、大変なことが起きたという雰囲気が怒濤《どとう》のように渦巻いた。

階段を下りながら、花野が詳細を問う叫びを上げた。

相楽が気づいて顔を上げ「女性房に留置していた植草明奈が逃げたようです。留置管理員の声を聞いて廊下に出たら、女が階段を下りていましたっ」と返した。

杏美は横の壁に手をつく。そんなバカなことが――今、起きるか？

あれほど厳重に隔離され、管理されている筈の留置場で、起きる筈のないことが起きた。

いや、と顔を起こす。ショックで狼狽《うろた》えている場合ではない。すぐに体勢を立て直し、階段を下りている巨体のあとに続く。

植草明奈は一階のカウンター前を走り抜けて、裏口へ向かったようだ。玄関扉から出ようとしなかったのは、出署する者をチェックするため、刑事らが立っているのを見たからだろう。

明奈は泥酔《でいすい》保護などで、何度も留置されている、いわば常習者だ。警察内部の配置や各課の場所、もしかすると当直体制の具合なども知っている可能性がある。一階廊下の先に裏口があるのも知っていただろう。

その一階では、突然女が階段を下りてくるなり、目の前を走り抜けるものだから、騒然となった。慌ててカウンターから出てくる者もいて、上から追いかけてきた署員らとぶつかり合って大混乱が起きた。

木幡が、落ち着け、刑事課に任せて他の者は配置に戻れと叫んでいる。留置場から逃走されたなどあってはならないことだが、相手が植草明奈となると、凶悪な犯罪者という訳でもないから幾分緊迫感が薄れる。そうとわかって、カウンターの手前で踏み留まる者もある。杏美も同じように声を上げた。

「当直体制に就いてっ。台風被害の対応に集中しなさいっ」

はっとしたようにたたらを踏む署員、そのあいだを杏美はかい潜《くぐ》って裏口へと全力疾走した。

駐車場に飛び出すと、風に揺れる街灯の光のなか、濡《ぬ》れそぼった細い身体《からだ》の明奈が横切った。髪はシールのように顔に張り付き、タンクトップらしい上着も半分はだけて乳房が片方見えている。誰かに引っ張られて脱げたのだろう。それを庇《かば》うでもなく短いスカートから伸ばした足で、側《そば》に寄る署員を蹴《け》り上げようとする。

雨と風に邪魔され、捜査員が足を滑らせると大声で笑い、器用に腕をすり抜ける。それを刑事課や生安課の捜査員がまた追いかけ回し、まるで雨のなかの鬼ごっこのような体だ。多くの人間がいるが、そのほとんどが遠巻きに囲んで、駐車場内から出られないよう要所を固めていた。

これなら逃げられることはない。すぐ無事確保できるだろうと、杏美は足を止め、上がった息を整え始めた。

ところが、少し先に立っていた花野がいきなり駆け出したのを見て、急いで目を向ける。裏口を出た真正面、壁際《かべぎわ》に霊安室がある。今、そのドアが開き、捜査員数人が覗《のぞ》き込んでいた。

踏み出そうとした杏美に声をかけてくる者がいた。振り返ると、駐車場の出入り口を警戒していた歩哨《ほしょう》の警官で、車が到着したと叫ぶ。

「なんの車?」と怒鳴り返す。

警察官はヘルメットの下から困った表情を見せ「鈴木係長のご遺族が到着されました」と言う。

杏美は霊安室に集まっている課長らを見やり、目まぐるしく考える。落ち着け、と自分に言い聞かせる。

「今、駐車場出入り口は使用禁止よ。すぐに玄関に回して、ご遺族を受付へ案内して。そして橋波署長にお任せしなさい」

「了解」

警官が背を向け、杏美も霊安室へと走り出す。

霊安室のドアに取りつき「なにがあったの。どうしたの」と叫んだ。屈《かが》み込んでいた花野が半分だけ顔を返し「耳元で騒ぐな。大したことじゃない」と怒鳴った。

霊安室は三畳あるかないかの狭さで、場所柄、窓もなく普段は真っ暗で閉め切っている。

使用する場合は、床付近の角の二つに間接照明があり、奥の壁際に小さな祭壇があって、蠟燭《ろうそく》型のランプを二つ点《つ》ける。真冬以外、必ず冷房をかけている場所だから冷え冷えとしている。

そんな室内の筈なのに今は暗く、人の形の影しか見えない。祭壇の蠟燭ランプの明かりがなく、足元の照明も一つしか点いていないからだ。

係長が命令して、捜査員らが数名外に出る。代わって杏美がなかに入り、薄明りに目を凝らして、また仰天する。

鑑識係の祖父江と刑事課の人間が、鈴木係長の遺体を床から抱え上げようとしていた。寝台に安置しようとしているのだ。

かなり重い筈だが、小柄なわりに筋肉質の祖父江がほとんど一人で抱きかかえるようにして持ち上げている。柔道特練生だと聞いているし、鑑識作業自体、力仕事でもあるから慣れているのだろう。

「な、なにがあったの」

声が掠《かす》れる。喉が渇ききって、顔を伝わる雨の雫《しずく》を思わず舌で舐《な》めた。

「申し訳ありません」

遺体を安置台に載せ終わると、濡れた作業服を着たままの祖父江が直立して頭を下げる。

「説明して」

遺体の側で仁王立ちする花野の背をちらちら見ながら、杏美は尋ねた。

「はい。鈴木係長のご遺族が間もなく到着されると伺い、ご遺体を面会に差し障《さわ》りのないようにと再度確認、整えるためにきたのですが」

そこへ、と祖父江はドアの外の騒ぎを見やる。つられて杏美も外を窺《うかが》う。どうやら、明奈は無事確保されたようだ。宇喜田に背中から羽交い絞めにされ、両足を宙に浮かすようにバタつかせ、悪態を吐《つ》いている。

「作業中、ドアを開けたままにしていたのがいけなかったようです。いきなりあの狂ったような女が乱入してきて。ご遺体があるのを見て驚いたのでしょう、悲鳴を上げて取り乱すものだから、抑えようとしたところ逆に暴れられ、こんなことに」

申し訳ありません、と深々と頭を下げる。

どうやら祖父江に摑まれそうになって抵抗し、弾みで遺体を床に落としたらしい。その際に、祭壇まで倒されランプも壊れた。霊安室は一時的に遺体を保管する場所で、換気口以外窓もなく、全《すべ》てコンクリートの壁で覆《おお》われている。扉も防火扉のような一枚の鉄の戸で、簡単な鍵《かぎ》が掛かるようになっている。

床もコンクリートだから、安置台から落ちて遺体に傷がついたかもしれない。

「ご遺体は大丈夫なの？」

遺体に白い布をかけている係長が、小さく頷く。

「顔面や頭部に傷ができてしまったようで……なんとか髪で隠れるかとは思いますが」

そう、と眉《まゆ》を寄せながら「課長、ご遺族が見えられたわ。今、署長にお相手してもらっています。署長室へ」

花野が体を動かすと、ただでさえ狭い霊安室が余計に狭くなる。慌てて他の捜査員や祖父江が雨のなかに出て、道を開ける。

結局、最後まで口を開かず、憤然とした表情のまま、刑事課長はのしのしと歩いて行った。シャツは再びずぶ濡れとなっていた。

杏美は係長に断り、白い布を持ち上げて鈴木係長の顔を見やる。泥や汚れは綺麗《きれい》に落としてくれたようで、これなら問題ないとホッとする。

布を元に戻して手を合わせた。

祖父江が青ざめた顔で、安置台や床の汚れを拭き取っている。足元の明かりだけではよくわからないが、黒い染《し》みのようなのが見える。雨の跡でなく、落ちた拍子に付いた血痕《けっこん》かもしれない。

「間もなくご遺族が対面にこられるだろうから、係長とあなたはここにいて」

祖父江が立ち上がり、直立した姿勢で「はい」と返事する。係長も、わかりました、と頷いた。

騒ぎは収拾したようで、救援に駆けつけた署員が元の持ち場に戻り始めていた。

杏美は、一旦《いったん》は署長室に向かいかけたが、すぐに思い直して二階へ向かう。

刑事課の閉じられたドアを横目で見て、留置場のインターホンを鳴らした。

小窓が開かれ、今夜の当直管理員の一人である佐伯の目が覗いた。すぐに鍵を回す音がして扉が開かれた。

なかに入ると左手からシャワーの音が聞こえた。シャワールームの前には、見張り役の宇喜田が腕組みして立っている。

「彼女はシャワー？」

はいと頷く佐伯に、いいご身分だと嫌味を言いたいのを飲み込み、監視用カウンターへと向かう。カウンターの内側には既に木幡がいて、同じように腕を組んで仁王立ちしていた。留置管理の責任者でもあるのだから当然だが、総務課長がいない。

問う前に、木幡が「総務課長はご遺族に立ち会っています」と告げた。

杏美は木幡の横へと並び、そのまま椅子《いす》のひとつに腰を下ろす。カウンターの下、管理員の席の目の前には場内を映したカメラの映像がある。そのボタン操作を始めようとしたら、木幡が後ろから教えてくれた。

「さっき刑事課がビデオを回収して行きましたよ。それと堂ノ内巡査部長も連れて行かれました」

「なっ」

思わず歯軋《はぎし》りする。

黙って霊安室を出て行った花野の後ろ姿を思い出し、さすがという気持ちとまたも先を越された忌々《いまいま》しさとで体のどこかが捩《よじ》れ始める。

「木幡係長は止めなかったの？　ここの責任者はあなたでしょう」

更に言えば、自分もその責の先端に立つ者だが、だからこそ余計に腹が立つのだ。調べるのなら自分がすべきだし、木幡がすべきことだ。

黙って首を振る木幡から目を離し、八つ当たり的にもう一人の留置管理員を睨《にら》みつける。佐伯がびくっと体を揺らし、すぐに直立の姿勢を取る。

今夜のこんな事態だ。当直体制が崩れて交代することもできず、堂ノ内も留置場にいたようだ。事件は管理員の一人である佐伯が、留置場から出てすぐに起きたと言う。

そこまで確認したところで横から木幡に声をかけられた。

「副署長、水でも飲んでひと息吐いてください。体も濡れていますし」

全身がかっかと煮えたぎっているのを見透かされ、落ち着けと言われているらしい。杏美は肩をいからせながらも後ろにある給湯棚を見やる。やかんを手に取るがその軽さに力余って振り上げそうになった。木幡が蓋《ふた》を開けてなかを覗き「空っぽですね」と肩をすくめた。それを見て、また佐伯がいっそう身を縮めた。

「それで」と杏美はその佐伯に強い目を向けるが、またも木幡から止められる。

男性房には今も留置人がいる。聞かれても困るから、奥の身体検査室でしてもらえないかと小声で言われた。

杏美は胸に手を当て、落ち着けと言い聞かせる。こんな素人《しろうと》のようなことをしていては、正しい判断はできない。男性房を覗き見ながら、すうと深く息を吸い吐く。

確か、窃盗と恐喝の容疑で勾留《こうりゅう》している男だ。こんな騒ぎのなかでも馴《な》れているのか、便器の方に体を向けて眠りこけている。

杏美と佐伯は足音を忍ばせ、カウンターの横にある小部屋へ向かう。そのあいだ、留置管理の業務は木幡がすることになる。奥の女性房では、今も刑事課の捜査員二人がなかを調べていた。シャワールームの方から宇喜田の尖《とが》った声も聞こえる。

「いつまで入っているの。いい加減にして出てきなさいっ」

それを耳にしながら、身体検査に使う部屋の戸を閉めた。四畳程度の広さに机があるだけのなにもない部屋だ。椅子さえない。奥の壁際に立ち、佐伯が顔を上げるのを待って、報告するよう指示する。

佐伯の顔色はもう、青いとか白いとかを通り越している。極度の緊張と度重なる異常事態に心身ともに疲れ果てているようだ。

だが、だからといって休んでいる暇はない。

今夜、この署で、どうして更にこんな失態が起きたのか。刑事課でなくとも疑いたくなる。

もっと言えば、巡査部長の堂ノ内は木幡係長が気にしていた人物だ。その堂ノ内の監視下で、留置人が逃げ出すという、あってはならないことが起きた。杏美は組んだ腕に力を込めて考える。台風直撃の、警察官が殺害されたという異常な夜に、これは一体なんなんだろう。どういう意味を持つのだろう。

佐伯は両手の指先を震わせながら、神経質そうに目をパチパチさせている。薄い色の唇を開いて話し出した。

「事情聴取とかあって、本来の、当直体制が乱れたものですから、なんとなく二人で就いていたんです。その、二人で事件の話とかしていました」

だが、そのうち佐伯は疲れからか眠気がきて、少し休みたいと思った。遺体を発見してからずっと起きているから、半時間だけでもいいからと堂ノ内に頼んだのだ。堂ノ内も刑事課の調べを受けて疲れているようだったが、快く休めと言ってくれた。

留置管理員が休憩や仮眠をとる部屋は一階の総務課宿直室だ。

副署長席の後ろで、署長室の並び。賑《にぎ》やかな一階受付だが、ドアを閉めればそれなりに休めるし、総務課員はみな馴れている。今夜はさすがに休憩を取る者はいなかったが、佐伯もそれはわかっていて、少しだけでも横になったらすぐ復帰するつもりだったと言う。

　そして廊下に出て、二階のトイレを使ったあと、音楽を聴くためのプレイヤーを忘れているのに気づき、すぐに留置場に戻った。

　通常、留置管理員は鍵を持ち歩いている。自力で入ることも可能だが、なかに担当管理員がいる場合は必ずなかからドアを開けてもらう。双方から安全を確認するためだ。

　留置人がいないときは、管理員もいないから片づけや見回りには自分の鍵を使って気楽に出入りする。

　佐伯もまずインターホンを鳴らした。だが、応答がない。

　ドアを軽く叩《たた》いて堂ノ内を呼んだ。返事がない。おかしい。

　それで小窓に耳を当てる。分厚いドアなので音が漏れることはないが、小窓が開け閉め可能になっているので、耳をつければ微《かす》かな音くらいは聞ける。

　なにかが妙だと感じた。本能的にそう察知した。

　インターホンにも誰何《すいか》にも応答がない時点で、木幡なり誰かの応援を頼むべきだった。だが、ついさっきまで自分もなかにいたのだ。佐伯はまだこの任に就いて間がない。そんな大事になる訳ないと高をくっていたこともあって、安易に自分の鍵でドアを開けてしまった。

開けてなかに入ろうとした瞬間、内側から思いっきり強い力がぶつかってきた。弾みで廊下に転がった佐伯は、なかから女が飛び出してきたのを見た。そしてすぐに堂ノ内が転がり出てきた。

驚いた佐伯は立ち上がりながら大声で喚《わめ》いた。刑事課や生安課から捜査員が飛び出してきたので、すぐに留置人が逃亡したと知らせた。

あとは杏美の知る通りだ。

杏美は佐伯の隈《くま》のできた顔を睨み「あとで刑事課から聴取があるだろうけど、それまで一階でも四階の道場でもいいから、休憩しなさい」と言い置いて、部屋を出た。

すぐに木幡と相談して、替わりの留置管理署員を配置する。

シャワールームから頭にタオルを当てながら植草明奈が現れた。あてがわれたグレーのジャージの上下を着、化粧を落としたすっぴんの四十前の女が杏美の顔を見る。五十過ぎのオバサンなど相手にすることもないと言わんばかりに、またタオルでワシワシと髪を拭《ぬぐ》う。

ドライヤーを使うのを側で宇喜田が監視し、房の近くで相楽ともう一人捜査員が待機する。仕度が終われば、明奈を刑事課の取調室に連れて行くと言う。

杏美は木幡と顔を見合わせ、ちょっと待てと横槍《よこやり》を入れた。

「本来、堂ノ内を聴取するのだって木幡係長かわたしがすべきことだわ。それを刑事課がさらっていって、更に植草明奈まで連れて行くっての？」

「ですが副署長」宇喜田も課長命令だから引く訳にはいかないのだろう。「これはただ留置人を逃走させたという案件ではありません。殺人事件が起きた署内でのことですから、今回の件がどのように関連するか、うちで確認させていただきたいと課長が」

ったく、と杏美は天井に顔を向ける。

花野の言い分はもっともなだけに、杏美もこれ以上のごり押しは無理だと判断する。

「わかった。じゃあ、わたしも一緒に行く」

宇喜田と他の捜査員はさっと目でやり取りする。主任の宇喜田が頷いて決着がついた。

植草明奈が房から出され、宇喜田が腕を取り、前後を捜査員が囲む。店で暴れたとはいえ、単なる泥酔保護で留置している人間だから、手錠をかける訳にはいかない。房から勝手に出たことで公務執行妨害が取れないこともないが、それは刑事課が確定させねばならない。まだそう判断されていないようで、用心深く留置場を出てゆく。

刑事課の部屋に入ると、明奈は奥の取調室に宇喜田と共に入って行った。

花野が自席に着いていて、それを囲むように立っている捜査員と話をしている。何人かが杏美に挨拶《あいさつ》し、花野も顔を向けた。

「堂ノ内は？」杏美が誰にともなく問う。

組対係の係長が、今、小会議室に監視付きで待機させていますと報告する。杏美は花野に顔を向け、どうなの？　と問うた。

花野は机の上に置いている財布と金を指先で押し出した。不審に思いながら手に取り、一万円札を調べ始めてすぐ、杏美は目を剝《む》いた。

福沢諭吉の顔の真ん中に大きな字で『明奈のもの』とハートマーク付きで書かれている。財布は男物だ。ひょっとして堂ノ内のものか。

その堂ノ内の財布に入っている札に植草明奈の名がある。

考えているつもりでも、脳内のどこかが拒絶するように撥《は》ねつけている。札の名前の意味するところをとっくに理解しているのに、なぜか解答はまだ出ていないと理性が押し通そうとしている。

「房の出入り口を映している筈のカメラの映像の一部に、空白の時間があった。ヤルには充分な時間だ」

止《と》めのような花野の言葉を聞いて、杏美はなぜかまた噴き出したくなった。腹に力を入れて抑えようとすると、今度は涙腺《るいせん》が熱くなって目頭が湿り出す。頬が痙攣《けいれん》し、頭がふらふらし、胸がむかむかする。

身体のどこかが破裂しそうな気がして、思わず空気抜きするように腕や足を振り回す。ついでに声まで出てしまった。

「くそっバカがっ」

足が自然と机の横板を蹴り、振り上げた腕が近くの捜査員の胸に当たる。捜査員の呻《うめ》く声を聞いて、ようやく我に返る。見ると花野がにやりと笑っている。その笑みがまた胸のむかつきを誘い、杏美は拳《こぶし》を握った手を上下に揺らしながら、刑事課の部屋のなかをぐるぐる回り出す。

「迷路にはまったハムスターだな」

花野の嘲《あざけ》りも耳をスルーする。

捜査員らが困ったように壁にへばりつき、杏美の歩き回るスペースを開ける。

取調室のドアが開き、捜査員が出てきて課長席へと駆け寄った。それを見て、杏美も飛ぶように戻る。

「植草明奈から供述の裏を取りました。堂ノ内の話したことは間違いないようです」

うがが、と声が漏れる。花野に嫌な顔をされたが杏美は無視し、そのまま取調室まで駆けて、隣のドアを開けた。取り調べ状況を監視する小窓のある部屋だ。

花野は止めなかった。

強化ガラスの隠し窓の向こうで、明奈がジャージ姿で椅子に座り、生乾きの髪を指でいじっている。その向かいに宇喜田が座り、部屋の角で男性の捜査員がノートパソコンを開いている。

だから、腹が立ったんだって。あたしだってさ、いつまでもこんな体を張ることしてらんないしょ。

堂ノ内さん、あたしに夢中だったし。聞いたら独身だって言うじゃん。別に、結婚してくれって話じゃないのよ。でも、ここ以外でも付き合ってやってもいいかなぁって。

その替わり、パートナーっつうの？　そういうのにして欲しいなぁって。なんてったって、公務員だしねぇ。

なのにさ、あいつ、急に弱気なこと言い出してさ。今はヤバイからとか、バレたら大変だとか。ねえ、なんかあったの？　台風が来てんのは知ってるけど、なんとなくバタバタしてない？　堂ノ内もあの佐伯ってのも、いつもの当番体制と違うし、こそこそ話してるし。

「それはいいから。とにかく堂ノ内に断られたのね？」

宇喜田が淡々と促すと、明奈はちらりと窓の方に目をやり、杏美に向けた訳でもないだろうにニヤリと笑う。

なんか腹立ってさぁー。興奮してきちゃって。眠れないし。そんで、佐伯が出て行ったのを見て、ヤル？って誘ったのよ。そしたら、いつもならホイホイ潜り込んでくる癖につっけんどんでさ。頭にきて鉄格子をガタガタさせたら、なんか開いちゃったんだ。

「開いた？　鍵が掛かっていなかったってこと？」

さあ？

「堂ノ内が鍵を開けたってこと？」

うーん、どうだったかなぁ。ヤルつもりで開けたんだったっけかなぁ？　なんか頭も体もギンギンになってきちゃって、ふわっとあの……。

いや、えっととにかく開いたから、出た訳よ。出るでしょ、普通、開いてたら。そうしたら堂ノ内が血相変えて飛びかかってきたから、タマを蹴り飛ばしてやった。あははははっ。

宇喜田が立ち上がってもう一人の捜査員に耳打ちした。そのまま取調室を出てくるから、杏美も小部屋を出て刑事課の部屋へと戻った。

花野の指示を受け、宇喜田は再び取調室に戻る。他の何人かは小会議室へと向かったようだ。やがて宇喜田に腕を取られ、植草明奈が刑事課の部屋を出て行った。周りを捜査員に取り囲まれながら。

杏美が花野の席に近づくと、グリズリーの顔は誤って毒虫でも飲み込んだような表情をしていた。

「ドラッグのたぐいをやっているかもしれん」

「留置するとき薬物検査しましたか」杏美はいわずもがなのことを言う。

係長がすぐに横から「もちろんです。植草明奈は薬物使用の前科があります。留置するときは本人の許可を取って確認しています。陰性でした。薬は出ませんでした」と強い口調で言う。植草明奈とて、調べられるのがわかっていて薬を摂取して保護されるとは思えない。それほど保護馴れしている女だ。

万が一、明奈の体内から出たら、留置場内で使用したことを意味する。

空気が一気に重苦しくなる。

留置の際に身体検査をしたのは宇喜田主任だ。宇喜田が見落とすなどあり得ないと、この部屋にいる人間、課長以下全てが知っている。だいたい、留置されてもうずい分時間が経《た》つのに、今ごろ摂取するのもおかしい。

だったら誰かから与えられたことになる。

すぐに思い浮かぶのは堂ノ内だ。だから、捜査員が小会議室に向かい、再度聴取をし始めたのだろう。

堂ノ内は薬を持っていたのか。明奈とセックスしようと薬物を与えたのか。堂ノ内もやっているのか。肝心なところだ。

恐らく、堂ノ内巡査部長も薬物検査にかけられるだろう。もし、それで陽性と出たら。

杏美は「結果が出たら知らせて」と言い置いて、刑事課を出た。

取りあえず、橋波に報告せねばならない。

重い足取りで階段を下りて署長室に向かうと、署長らは食堂にいると知らされた。

廊下を辿《たど》って裏口の近くにある署員用の食堂へと向かう。

署長室は台風の対策本部と化しているから落ち着かない。霊安室で対面を済ませた遺族が落ち着くための静かな場所が必要だ。

廊下を歩いていると奥から声が聞こえてきた。女性のすすり泣く声だった。思わず足を止め、杏美は両手で顔をひと拭いする。そこで手も顔もみな濡れていることに気づいた。さっきの騒ぎで髪も服もそのままだ。

パトカー乗務員待機室のドアを開け、なかを覗く。部屋にいた乗務員が驚いて立ち上がった。丸井巡査ともう一人、参集でやってきた別の係の巡査部長が慌《あわ》てて挨拶をした。待機室にいるのはこの二人だけらしい。津々木は処分対象者だから、任務に就かせる訳にはいかない。

二人はいつでも出られるように合羽《かっぱ》も着こんだ状態で、机の上の無線受信装置に耳を傾けていたらしい。それなら、窓から遺族が霊安室に向かったのも見ていただろう。その顔にやるせないような表情が見て取れた。

「タオルかなにか拭《ふ》くものない？」

丸井がぱっと立ち上がり、なるだけ白いタオルをと必死で選って差し出した。それで髪や服を拭いながら、杏美も無線装置へと目を向ける。

「中洲《なかす》に取り残された少年はどうなったか聞いていない？」

「まだ救出したとの報は入っていません」

「――そう」

待機室の窓から見える駐車場内は、街灯があるから真っ暗ではない。銀の雨が放射状に広がるのも、霊安室の扉も見える。ルーフ付きガレージの一部も見え、その屋根の角にカメラが設置されている。風に心もとなく揺れているのに気づき、補強する必要があるのではと考える。

タオルを返すと再び廊下に出て、杏美は食堂に向かった。

職員が昼食などに使うための小さなスペースだ。民間の業者が簡単な料理を出してくれる。もちろん夜間はおらず、ここを使用する者もいない。唯一《ゆいいつ》、隅にある自動販売機でドリンク類を買いにくる程度だ。

今は食堂の灯りの半分が点けられ、奥のテーブルに三人が座っていた。一人は四十代の女性で、鈴木係長の妻だろう。ストレートの髪を肩まで垂らし、白い半袖《はんそで》のシャツを着こんでいる。細い体型がシャツを通して透けて見え、余り丈夫そうでない雰囲気が窺える。眼鏡を上げて白いハンカチをずっと目に当てている。向かいに橋波署長と総務課長がいる。

花野は遺族にどんな説明をしたのだろう。ここで神妙な顔をして話すよりも、刑事課の部屋で犯人を見つけ出すことの方を優先させたのか。

少し離れたところから鈴木の妻を見つめる二人の男の姿があった。蒸し暑い台風の夜にスーツを着てネクタイをしている。見覚えのない顔だ。うちの署の人間でないことはひと目でわかった。

一人が杏美に気づいて目を向け、胸の階級章へと素早く視線を走らせた。足音もなく寄ってきて、名刺を差し出す。

県警本部捜査一課第二係の稲尾警部とあった。

「遅くなりました。他の者はもう少しかかるかと思われますが、取りあえず、わたしとこの玉野巡査部長で、捜査本部の立ち上げにかかろうと考えています」

「ええ、そうね、それはもちろんだわ。ただご存知のように台風対策でバタバタしています。お手伝いできることは限られるかと思います」

「承知しています。ご心配なく。あとで刑事課へも顔出しします」

「……ええ」

少し間があいてしまったのをいぶかしく思ったらしく、警部は首を傾《かし》げながら待つ。

杏美がなにも言わないので、穏やかな口調で言葉を繋《つな》いだ。

「花野課長のことは存じ上げています。一緒に仕事ができて我々も学ぶことが多いでしょう」

今、二階でなにをやっているのか言おうかと思ったが踏み留まる。花野が言うべきかどうか判断するだろう。まだ事件との関連性が見えていない。

やがて橋波と総務課長が立ち上がったのを見て、杏美は素早く側に寄った。鈴木の妻に悔やみの言葉を述べ、休憩場所として用務員室を開けさせていると伝えた。僅か三畳ほどの部屋だが、畳が敷かれているし、流し台もある。署長も促すが、連絡しなければならないからとハンカチを下ろして目を上げた。

「子どもらにも伝えないといけないですし、他にも」

　橋波と杏美は揃《そろ》って頷き、念のために告げる。

「言わずもがなのことと思いますが、このあと、台風が過ぎるのを待って司法解剖へと回すことになります。お通夜《つや》やご葬儀の手配は、それが済んでからになります。その際は、こちらもお手伝いにあがりますので」

　鈴木の妻は黙ったまま頷く。では、用があればいつでも言ってくださいと言って背を向けた。

「署長」

　捜査一課の稲尾がいつの間にか横にきていた。

「よければ、奥さんからもお話を伺いたいのですが」

　橋波は胸を微かに上下させたあと、「では、奥さんの用事が済んだら」と言った。

　橋波らと一緒に杏美は食堂を出る。辺りに人がいないのを充分確認した上で、二階の刑事課での顚末《てんまつ》を告げた。

橋波も総務課長も絶句するが、さすがに署長は小さく首を振ると、まずは災害対策だと署長室へと歩き始めた。総務課長の方は壁に体を預けたまま、身動きひとつできないようだった。

27

腕時計を見ると午前三時四十分を過ぎていた。現着してからもう四十分以上は経つ。

沖野は顔を上げて堤防でロープを広げている消防隊員の様子を見つめた。「風で煽《あお》られて届かないだろうに」

「そうですね。どうするんでしょう」

沖野が消防隊員の側に駆け寄って話を聞いた。

本来なら、さほど幅のない川だからロープを渡し、レスキュー隊員が水のなかを歩いて救助に向かう。風のある場合は上流にロープを渡し、そこから紐《ひも》付きのまま流れに乗って遭難地点に向かうのだが、この川には案外と障害物がある。

濁流に見え隠れしているが、大きな岩もあって、上流から攻めるのは難があった。

だから、中洲を線上に置くようにロープブリッジを展張して、それを伝ってレスキュー隊員が中洲まで行き、少年を保護して戻ることになったようだ。

そのためにはまず、ロープを向こう岸に渡す必要があり、結構な距離を飛ばせる器具があるのだが、この風力では到底かなわない。

「こうなったら、橋を渡ります」

なるほど。こっち側からロープを持って人の手で橋を渡って向こう岸に届ける。だが、上流側にある橋は遠い。一番近いのは中洲より下流になる。

風や雨は渦巻き、上流側からも強く吹き下ろしている。ロープを運んでも、中洲の位置まで引き上げるのには相当な力がいる筈《はず》だ。

沖野は手を挙げ、直轄《ちょっかつ》の対馬隊長を呼んだ。

レスキューの隊長らと顔を突き合わせ、作戦を練る。配置などの確認をした後、隊長はすぐに大型バスへ戻り、部隊を呼び集め点呼した。

直轄警ら隊は間隔を開けて、橋の上に待機する。風雨に煽られ、じっとしているのもままならない。様子を眺めている一般人に、交番の警察官らが避難を命じていた。

「向こう岸でロープを維持するのは？」

反対側も川に沿って堤防が続く。こちら側はレスキュー車のウィンチで巻き上げられるが、向こうの河川敷にはロープを張るための支柱がない。車を重しにすることになるが、対岸はこちら側よりも堤防の幅も狭く、斜面を下りた先の河川敷もさほどスペースがないから大型の車は置けない。沖野の問いに消防隊員が、小型の消防車を回すというので、いやパトカーで行ってみようと沖野は言った。

「助かります」

十郷と車へ戻りかけたとき、パトカーが赤色灯を点けて走って来るのが見えた。

「主任、PC1号です」

「道路迂回《うかい》の方が落ち着いたのか。ちょうどいい、向こう岸に回ってもらえ」

十郷が走り出し、パトカーの前に飛び出し手を振る。レスキュー隊員や救急隊員、沖野らも手伝い、順繰りにロープを運び始めた。

風の威力が一番増す橋の上では、直轄警ら隊が今にも飛ばされようとするロープを肩に回し、風に逆らい足を踏ん張りながら次の隊員へと運ぶ。そうして一本のロープが川の上に横たわる。大きくたわんだロープを今度は中洲の上まで引き寄せねばならない。

全員が掛け声に合わせて引き上げる。ロープは消防の照明を受けて、大きな蛇がくねるように風のなかを泳いでいた。PC1号がロープの端を摑《つか》むため、バックで河川敷の斜面を下りる。やがてロープの端がパトカーのフックに掛けられると、レスキュー車のウィンチが動き出した。荒れる波の上でロープが一本の棒になるよう、ゆっくり引き絞られ始めた。

だが強風のせいで、タイヤ止めまでかましているパトカーがじわりと動くのが、こちら側からでも見えた。乗務員が運転席に乗り込み、エンジンをかけたらしく、主任が窓について具合を見ながら指示を出している。

橋の上から直轄警ら隊も河川敷へと下りて行く。微調整に苦心するPC1号の応援に向かうのだろう。

ぴんと張られたロープが光のなかで、銀色の橋のように浮かび上がる。

間もなく、沖野らの側からレスキュー隊員が水に入った。ロープを辿って中洲まで行くのだ。なかほどにある樹《き》の白く頼りなげな姿を見つめる。

「ヤバイっすね」

十郷が言い、沖野は黙って口を引き結ぶ。

中洲となっていた地面はもうほとんど水に浸《つ》かって見えなくなっている。濁流に怯《おび》える少年は必死で樹に縋《すが》りつくが、ここが限界と中途の枝にしがみついて身を固くしている。だが、その樹さえも押し寄せる流れに今にも飲み込まれそうだった。

もう余り時間がない。誰もがそれだけはわかっている。樹がなぎ倒され、波に飲み込まれるときは近い。

悲痛な叫び声が消え、少年の家族は両手を胸の前で合わせ、じっと目を凝らしている。祈るしかない。

水のなかをゆっくりと歩くレスキュー隊員が、ひと足ごとに身を折った。その度、体が水中に没し、ロープを支えに起き上がる。

「弛《ゆる》んでいる」

沖野は顔を上げ、手をかざしながら向こう岸を見やる。

こちら側はウィンチでロープを引き絞れるが、肝心の支えがパトカー一台だけでは、その維持が難しい。タイヤが地面のぬかるみに摑まって空回りし、しかも横殴りの風に揺さぶられるのだ。アクセルを踏み過ぎてロープを切っては元も子もないから、動かすにも気を遣う。運転は巡査でなく主任に替わっていた。直轄の隊員らがパトカーに取りついて、足を踏ん張っているのが見える。開けた窓からも体を入れ、横からも押し留めようとしていた。

「あっ」

十郷が思わず声を上げ、沖野は目を瞠《みは》った。

樹の幹を目がけて、濁流に流されてきた根っこの付いた木の一部に見えるものがぶつかってきたのだ。水の勢いもあってか、少年の縋る樹がまた大きくたわんだ。枝葉のほとんどが水に浸かった。わぁーっと、どよめきが起きる。

「少年は？」

あちこちで不安そうな声が上がり、双眼鏡を覗《のぞ》くレスキュー隊員が「顔を上げています」と叫んだ。やがて枝葉の隙間《すきま》から白い顔が見えた。

樹はほとんど真横になりかけている。その分、水に責められる部分が多くなるから、余計に流される危険が増す。少年の体の半分以上が水中に没している。流れの強さに抵抗できず、両足を使ってしがみつくことが叶《かな》わなかったようだ。腕の力だけで維持するには限界がある。まるで地鳴りのような音が響き、それが風の音なのか濁流が迫る音なのか判然としない。恐怖に怯える家族の悲鳴だけが、冷たい雨に抵抗するように聞こえてくる。

「手を離すなぁー」

「しっかり摑まれーっ」

多くの声が飛び交うが、風の吠《ほ》え声の方が大きい。

目を返すと水中を歩くレスキュー隊員はまだ遠い。少年がそのレスキュー隊員を認め、目を向けているのがわかった。恐怖のなかに救いを見ているのだろう。早く、もっと早くと。

だが、上流から流れてくる障害物はレスキュー隊員をも責め苛《さいな》む。足止めを食い、見ていて歯がゆいほど進まない。

風が激しく責め立てる。

向こう岸からは、直轄隊員の声が力強く響いてくる。もっと押せぇ、ロープを弛ませるなぁー。

「主任、なんかでっかいのが流れてきますっ」

「なにっ」

十郷の声に沖野は振り返った。消防隊員も救急隊員も気づいて、戦《おのの》きの声を上げる。すぐに拡声器で救助に向かう隊員に注意喚起し始めた。

川を流れてくるのは、木製のボートのようだった。二人乗ればいっぱいのような小さなものだが、嵐《あらし》のなかで見ればまるで真っ黒な海の化け物にも見える。壊れていても結構な大きさだ。それが水の勢いに乗って猛然と迫ってくる。

レスキュー隊員を直撃すれば怪我《けが》をするだろうし、そこから先、動くことができなくなる。たとえ逸《そ》れてもロープに引っかかったりしたなら、戻ることも進むことも叶わなくなる。

そしてほとんど真横に寝た形で水に耐えている樹に当たれば、少年は持ちこたえられず濁流に呑《の》まれてしまうかもしれない。

一斉に沖野ら警察官、消防隊員らが上流へと駆け出し、長い棒や大きな石でその障害物を排除しようとした。したいと思う気持ちはあっても、その速さと力には及ばない。

ボートは浮き沈みしながら近づいてくる。

拡声器から大きな声が息継ぎもなく吐かれる。岸辺からも、少年にしっかり樹を握れと指示する。

中洲まであと少しのところまでに迫ったレスキュー隊員の前に、大きくバウンドするように半壊したボートが襲いかかった。

悲鳴が上がった。

28

「出たのね」

「はい」

「だけど堂ノ内は出なかった？」

「はい」

杏美と橋波は黙って顔を見合わせ、すぐに、目の前の女性主任刑事に目をやった。

報告には宇喜田が下りてきた。

署長室では無線装置の音や電話、ファックスの音に混じって、指示を仰ぎ、指示を与える声が飛び交っている。その隅で、橋波と杏美は壁と一体化したように身を固くしていた。

堂ノ内から薬物の反応は出なかった。しかし植草明奈からは陽性との結果が出た。

今、取調室では堂ノ内が刑事課の面々から、責め立てられているだろう。

「会議室の方へは知らせた？」

橋波が言うのに、杏美は視線を上げて天井を見やる。向かいでは宇喜田が、むう、という顔をする。

三階の会議室に鈴木吉満警部補殺害事件の捜査本部が間もなく立ち上がる。捜査一課の刑事らが続々と集まってきていた。あとは幹部連中がやって来るのを待つばかりだ。

渋々のように首を振る宇喜田を見ながら、橋波も杏美もなんとなく顔を俯《うつむ》ける。できるものなら我々所轄の手で全《すべ》てを明らかにしたかった、そう願う気持ちは二階にいる刑事らとて同じだ。いや余計に強いだろう。足元で起きた事件を捜査一課に仕切られ、更には彼らの手で被疑者を挙げられたりしたら、面目も潰《つぶ》れるし忸怩《じくじ》たる思いに塗《まみ》れる。そんな思いが強すぎるのか、堂ノ内の調べはまだ刑事課の人間だけでしているらしいし、薬物反応の結果も一課に伝えていない。

花野らにしてみれば、植草明奈の件が鈴木吉満の事件とどこまで関わりがあるのか判然としない、という理屈を盾に取る気なのだろう。そんな子ども騙《だま》しで捜一をやり過ごすことなどできよう筈のないことは、花野自身が一番わかっているのに。そう思いつつも杏美も強くは言わない。

捜査会議が未《ま》だ始まっていないのをいいことに、ここぞと所轄ネズミは動き回っている。橋波はそうと気づいて眉《まゆ》を寄せるが、口を出すことまではしない。

宇喜田は敬礼をして、二階へと飛ぶように戻って行った。

「一体、どうなっているんだ」

橋波は冠水地区や応援の必要な地区がどんどん色分けされていく管内地図を見つめながら呟《つぶや》く。どっちの話かと思いながらも杏美は、自分の思いを口にする。

「薬物が植草明奈によって隠し持たれていたのでなければ、これはもう、担当した管理員のどちらかが与えたと考えるしかないのではないでしょうか」

「堂ノ内？」

杏美は頷《うなず》きながら「佐伯でなければ当然ながら」と目だけを地図へと向ける。

「だがなんのために？　花野さんが言うように、その、植草明奈とナニするためにと？」

そこで杏美は首を傾げる。こんな異常事態下の署のなかで、わざわざ薬をやってまでセックスしたがるだろうか。可能性がないとは言い切れないが、どこか釈然としない。

取調室での供述では、明奈は堂ノ内に拒絶され、それで頭にきて留置場から逃げたと言った。本人は房のなかで一人暴れたようなことを言っているが、状況からすれば、抱き合っている最中に、そんな話になったとしか思えない。そうであれば鉄格子《てつごうし》が開けっぱなしであったことも理屈に合う。つまり逆ギレした明奈が、上に乗っていた堂ノ内を払い除《の》け、房を飛び出ると、たまたま佐伯が異変に気づいて鍵《かぎ》を開けたのを勿怪《もっけ》の幸いとドアから飛び出した。筋は通る。

となると堂ノ内は常から薬を持ち歩いていた、ということになる。薬物反応は出なかったから常習ではないようだが、一体、なんのために。明奈とのセックスのために？

だいたい、どんな薬物なのだろう。まさか、署で保管している押収物《おうしゅうぶつ》ではあるまいなと、杏美はどんどん悪い方へと潜行しそうになる考えを振り払う。いや、今はネットで簡単に手に入る。危険ドラッグの類《たぐい》かもしれない。口から簡単に吸収できる。

総務係長の木幡は、ここしばらくの堂ノ内の態度がおかしいと気づいていた。それは堂ノ内が薬物に手を出していたことなのか、それとも植草明奈と関係を持っていたことなのか。その両方なのか。

堂ノ内に対する取り調べの結果はあとで訊《き》きに行くとして、橋波と共に取りあえずは三階の会議室を覗きに行く。

捜査本部で署長は、副責任者になる。一階の対策本部と三階を行ったり来たりすることになるだろう。

会議室の開け放った戸口に立つと、本部設置のために所轄の当直員らが、机や機器の設置を手伝っているのが目に入った。そこそこの人数が動いているのに妙に静かな気がするのは、事件そのものの異様さもあるが、窓の向こうの嵐の喧騒《けんそう》が被《かぶ》さっているからだろう。

夜の闇《やみ》とを仕切る窓には、会議室にいる全員の姿が映っていた。その姿には普段の威勢のいい雰囲気は見えない。

部屋の正面にあるホワイトボードの前に雛壇《ひなだん》が作られ、そこに一人細身の男が座っていた。その側《そば》には食堂で見かけた捜査一課の二人に加えて、新たな捜査員が二名、囲うように立っている。

部屋にいた全員が橋波に気づいて頭を下げた。雛壇に座っていた男が立ち上がって迎える。捜査一課の課長だと名乗り、橋波と話を始めた。それを見て杏美はそっと会議室を出た。

捜査本部に副署長の居場所などない。

階段を駆け上がり、四階の廊下に立つ。

少し前まで署員らが屯《たむろ》し行き交っていたが、今はほとんどが台風警備に出ていて、廊下は暗く静まり返っている。

右手にある柔剣道場、その向かい側には柔剣道顧問室。道場は刑事課、地域課の真上、顧問室の小部屋は二階留置場、三階会議室の真上に当たる。廊下を左に行けば浴室兼シャワールーム、その奥の突き当たりに女子更衣室。階段横には他の階と同じ給湯室やトイレがある。

廊下を見渡すが人の気配はない。女子更衣室には誰もいない筈だし、柔剣道顧問室は夜間鍵が掛かっている。柔剣道場からだけ、人の動く気配がした。

軽くノックし、引き戸を開けた。

柔道場と剣道場のあいだの戸は開け放たれ、境界を作るのは板の間と畳との違いだけになっている。大きく広がったスペースには寝具や装備品、食料や着替えの服やタオルが乱雑に散らばり、その隙間に蹲《うずくま》るように休憩を取っているらしい署員が見えた。

全員が杏美を見て驚き、すぐにわらわらと立ち上がろうとする。それを手で宥《なだ》めて、靴を脱ぐとなかへ入っていった。

待機休憩中、申し訳ないけどと断って、見上げる顔を見つめながら協力を頼む。

「まずは、ここに残っている者の部署と氏名をお願い」

杏美は刑事課から手に入れた署員の供述書を見、名乗りを上げる者と照らし合わせていく。そのあいだも、シャワー室から戻る者や出動から戻ってきたものらが合流し、またシフト時間で出て行く者もいる。落ち着かないが、今この状況でできることをするしかないと杏美は腹をくくり、みなの邪魔にならないよう、道場の隅の布団《ふとん》の上に腰を下ろした。

疲れていながらも強い目を向けてくる署員の顔はしっかり見て取れる。名前と部署がまだ一致しないが、みな知る顔だ。

捜査は刑事課の主導でなされるが、ここにいる連中も警察官だ。ひと通りのことは知る権利がある。杏美は現時点で明らかになっていることごとを簡単に説明した。留置場から植草明奈が逃亡したことは全員知っていたが、その後の薬物のこと、またそれに関して氏名は伏せるが、警察官が重要参考人として取り調べを受けていることを告げる。

一斉に呻く声が上がり、頭を掻《か》きむしる。顔を伏せる者もいる。

自分の所轄で、自分の同僚を巻き込んだ事件が起き、しかも同じ警察官による犯行の可能性があることに無念の思いがあるのだろう。悔しさというより、羞恥《しゅうち》ではないかと、杏美は署員らの顔を見て思う。その羞恥は時間と共に、怒りに変わってゆく。

ざわめく署員らに、もう一度、話を訊きたいと告げた。

「交通事故捜査係柏田《かしわだ》巡査です」

「夜、十一時過ぎ、シャワー室前の廊下で、鈴木係長を見たのね」

「はい。自分は出たところでしたのですれ違った程度ですが」と柏田巡査は応《こた》え、視線を流す。その先にいる地域課の係員が手を挙げる。「僕は係長と一緒にシャワー室に入りました。少しだけ話もしました」

概《おおむ》ね、刑事課の聴取録にあるのと違わない。だが、一人一人個別に訊くのでなく、その場で円陣になって聴き取ることで、内容が少しだけ違う広がり方をする。他の人間の話すことを聞いて、それによって触発されて浮かび上がることも出てくる。本人が気づいていなかったことに、他の人間の別の視点による指摘がなされて、そういうことかとはたとわかる場合もある。

また逆に、大勢の前だからこそ隠しておこうという思惑が働く場合もある。それを避けるために、刑事課の連中は面倒でも一人一人隔離して話を聞き出していた。その調書は今、杏美の手元にある。

それと杏美との問答で出る発言とを合わせれば、また違った景色も見えるかと期待していた。

「どんな様子だった？」

「はい。最初、交通指導係の二之宮《にのみや》主任と話しておられたのですが、そのあと、自分は同じ地域課なので、ご苦労さんと声をかけてもらいました。別段、いつもと変わらない感じでしたが」

杏美は頷くこともせず、黙って若い地域課の係員を見つめる。係員は、ちょっと迷いながらも、なにか言わなくてはと思ったのか、更に付け足した。

「自分は第一係で、鈴木係長とは係が違うのですが、こういう警戒態勢のときには普段滅多に会うことのない連中とも顔を合わせるから新鮮だなとも言われて、自分もそうですねと。すいません、不謹慎なことを言って」

「いいのよ。地域は三交代制だものね。じゃあひょっとして、鈴木係長はこの柔剣道場にも顔を覗かせたのかしら。シャワーを使うあとでも、前でも」

集まっている署員らは互いの顔を見合せ、それぞれ小首を傾げる。なかの一人が体育座りをしたまま、小さく手を挙げた。確か、生安課の巡査だ。

「柔剣道場に入られたのかまでは見ていませんが、近くまでは来られていた感じです」

「それはどういう意味？」

「僕がトイレに行こうと道場から出たとき、廊下からこちらへ向かってくる鈴木係長とすれ違いました」

「どの辺で？」

「階段の前辺りかと」

そのままトイレに入ったから、鈴木係長が道場に入ったかは確認していない。だが、階段を降りるような雰囲気ではなかったな、と指で顎《あご》をさすりながら首を傾ける。

シャワー室は階段を上がって左手にある。柔剣道場は階段の右手だ。階段を挟んでいるから、下の地域課へ戻るなら、階段を通り過ぎる筈がない。すれ違って、その後を確認していないから断定はできないが、階段に向かうのかそうでないのかはわかる筈だ。

すれ違った巡査の推測は、たぶん、正しい。階段の前を突っ切るのか、階段を降りるために体を返すのか、歩く勢いが違ってくる。そういう印象を与えたのなら、少なくともその時点では鈴木係長は階段を目に留めていなかったのだ。もちろん、そのあと気が変わってやはり階段を降りたかもしれないが。

「他にそのとき廊下にいた人は？」

その目撃した巡査が言う。「いえ、あのときは僕の他に誰もいなかったと思います」

「そう。ありがとう」

その話は、刑事課の調書には載っていない。杏美は赤ペンで書き込む。

滅多に会わない人間の顔を見ると話したのなら、戻る途中、柔剣道場を覗いてもおかしくない。鈴木吉満は金貸しをしていたが、人付き合いは悪くなく、特段、性格的に問題のある印象もない。会えば話をする人間も少なからずいただろう。

だが、柔剣道場に入ってきたのを見た者はいない。手元の調書にも、そういった記載はなかった。たまたま見落としたのか。だが、実際に係長と話をしたのなら、その者はそう申し出るだろう。

いや、違うか、と杏美はぷくっと頬を膨らませる。

貸した金の督促をされていたのなら、わざわざ係長と話をしたなどと供述はしまい。鈴木は柔剣道場の近くで、誰かに督促をかけようとしていたのではないか。スマートフォンで呼び出し、出てこいと言ったのだろうか。

だが鈴木は、貸した人間との接触には気を遣っていた。スマートフォンで督促する真似《まね》はしなかったし、電話で呼び出すこともなかった。必ず、人に見られないよう、本人に会って口頭で催促した。それなら。

前もって、約束していた――?

でも、柔剣道場では人目がある。どこか別の場所へ呼び出したのだろう。

となると怪しいのはやはり、駐車場か。犯行現場だ。やはり刑事課が言うように、四階で鈴木係長の目撃談を聞いたところで意味はないのだろうか。

けれど、鈴木が犯行現場に出向く姿をカメラが捉《とら》えていないのが気になる。鈴木だけではない、犯人の姿もだ。どこかカメラに映らないルートがあるということだ。督促相手と会うところを見られる訳にはいかないから、そういう抜け道みたいなのを見つけ出していた、若《も》しくはなんらかの操作をしてカメラを避けたとも考えられる。

刑事課はそっち方面に目を向けている余裕がないから、動機や機会の点に絞って犯人を絞り込もうとしている。所轄の刑事課なら仕方がないが、捜査本部が開かれ、捜査一課と合同捜査となるとその点もきっちり見定めないといけなくなる。

鈴木吉満は心臓を刃物でひと突きされていた。鑑識係の祖父江の話では、遺体は仰《あお》向《む》けに倒れていて、心臓に突き刺さる凶器の柄は真っすぐ上を向き、侵入口も真っすぐで、抵抗らしい様子も見られないということだった。まともに凶刃《きょうじん》を受けたと思われる。つまり相対しているところを襲われた。かなり油断していたと言えるだろう。しかし督促している場面で、そんなことがあるだろうか。

じっと息を詰めて見つめてくる視線を感じて、慌てて顔を向けた。

「ああ、ねえ、鈴木係長と個人的に付き合いのある人はいない？　どんな人だったのか、職場以外での印象を知りたいんだけど」

再び、署員は互いの顔を見合わせる。

少なくともこの場にいる署員は、例の『鈴木吉満警部補より金銭を貸与されていた者リスト』に名前は挙がっていない。と、信じたい。

「いい噂《うわさ》でも、悪い」と言いかけて、奥の方で目を向けてくる者に気づく。

杏美が促すと、恰幅《かっぷく》のいい三十代後半くらいの署員が、タオルで濡《ぬ》れた頭を拭《ぬぐ》うのを止《や》めて「又聞きでもよろしいですか？」と問う。確か、警備課の係長で辰巳《たつみ》という名だ。巡査部長のときに本部公安にいて、昇任後、うちの署に赴任したと聞いている。杏美がここに来る一年ほど前だ。

杏美が頷くと、濡れた髪を手でたくし上げ、そのまま考えをまとめるように動きを止めて黙り込んだ。再び視線を合わせると、噂ですがと断った上で、鈴木吉満が以前、署員相手に強請《ゆす》りまがいのことをしていたと言った。

その場がシンと静まる。辰巳係長は仕方なしに苦笑いをし「係長として働いておられたんだから、問題になるような話ではなかったと思いますが」とフォローにもならない言葉を続けた。

短い期間でも県警本部公安課にいた人間だ。全くの出鱈目《でたらめ》を今ここで口にするとは思えない。署員らの心の声が、そう呟いているのがはっきり聞こえる。

辰巳が言うことには、当時、鈴木係長は巡査部長で、マイホームをローンで買い、金銭的にはかなり締めつけられた日々を送っていたらしい。育ち盛りの子どもも二人いる。妻は体が弱く、働きに出ることも叶わない。鈴木の給料だけが生活の糧《かて》でお世辞にも豊かな暮らしとは言えない、が、それはどの警察官でも似たようなものだ。みな限られた範囲で、己の分に添うた暮らしをし、そのなかで楽しみや幸福を得ようとしている。

ただ、鈴木は人よりちょっと欲深いところがあった。ローンを抱えたのだから、小遣いが減るのは仕方がない。仕方がないが、たまには好きなものを食べたいし、好きなこともしてみたい。釣りや麻雀《マージャン》、他にも趣味があり、暮らしを彩《いろど》ることに熱心だった。

だが、それらは金がかかる。そんなところに、同僚が仕事でしくじったのをたまま知った。表沙汰《おもてざた》になれば処分があるかもしれないから、本人は隠そうとした。

鈴木は人のいい振りをして、一旦《いったん》は隠蔽《いんぺい》に手を貸し、無事やり過ごせてほっとしたところに、ちょっと金を貸してくれとねだったらしい。結局、全てバレてしまったのだが、外聞が悪いと強請られた方も強請られたとは言わず、鈴木も単に金を借りただけといって、借りた金のいくらかを返してケリがついたようです、と辰巳は話を締めくくった。

唖然《あぜん》とする署員らを前にして、杏美は黙って口を引き結ぶ。

花野が、杏美が過去になした処分事件の真相と引き換えに教えてくれたのも、そのような話だった。金貸し鈴木には、強請り屋鈴木というもうひとつの顔があった。それが動機となるかもしれないが未だ詳しいことはわからない、と花野は言葉を濁した。花野とて、この警備課の係長が話したような情報くらいは手に入れているだろう。あとは、この署でも同じようなことをしていたのか。していたとしたなら、強請られていた相手は誰なのか、だ。花野は、刑事課を総動員して真実の行方を追いかけている。

花野から話を聞いたとき、最初はまさかと首を振ったが、すぐに考え直した。あり得ない話ではない。

同僚相手に小金を貸し、利息を取って小遣いにする。そういう輩《やから》は一歩踏み込んで、人の弱みにつけ込むことにさしたる罪悪感など抱かないのではないか。金貸しをしている時点で、もう警察官失格だ。警察官である矜持《きょうじ》も警察官の本分も見失い、職務規程を逸脱した者に、更なる罪の重ね塗りがなにほどの痛みになるだろうか。

杏美はこめかみに指を当てそうになるのを堪え、目の前の署員の顔をしっかりと見た。

髪からシャツから全身をずぶ濡れにし、乾く間もなく再び現場に出て、台風被害を食い止めようと働く所轄の警察官らに、副署長が絶望を見せてはならない。悪いヤツがいるのなら、悪いヤツを捕まえるだけだ。被害者が悪いヤツでも、それを殺害したのはもっと悪いヤツなのだから。

「わかった。ありがとう」

杏美は強い声で応え、再び聴取を始める。

「気を悪くしないでもらいたいけど、犯行時刻のアリバイを立証できるのを再度確認したい。グリズリー花野に言ったのと同じになるだろうけど、安心して、わたしはグリズリーみたいに首を締めあげるような真似はしない」

微《かす》かに空気が弛む。口元に笑みが浮かんで、杏美も力を抜く。

四階で待機していた者のほとんどが、犯行時刻、互いを目にしていた。誰かが誰かを見ていたし、話をしていたりもした。せいぜいが、シャワールームに入ったか、トイレに行ったかくらいで、大した時間の空白はない。

ここにいる交通課も地域課も生安課も警備課も、それぞれちゃんといたと言い合う。

遺体発見後、防犯係の係長が青い顔をして鑑識係の祖父江を呼びにきたとき、その場にいた人間は全て聴取され、四階から動いていないのが立証されている。

「シャワールームやトイレに行く振りをして階段を降りることは可能よね」杏美は試しにと、石をひとつ投げてみる。

「そうですが、一階の受付前を通らねば駐車場にも玄関にも出られません」

応えたのは交通総務係の巡査長だ。地域課員以外、ここにいる全員が普段から当直当番をする。

当直体制ともなると日中より格段に人数が減るから、カウンター前や玄関から目を離すことも、ちょっと席を外すことで監視が行き届かないことも、なくはないだろう。

だが、今日に限っては違う。台風警戒でいつもより多人数が一階に屯していた。深夜ではあったが、いつなんどき出動がかかるか知れない状況下だったから、出動することのない当直員ですら、ある種の緊張に塗れていた。そんななかを誰の目にも触れずに通り抜けることなどできないと言い切る。

「でも、一階はそうだとして、二階、三階はそれほどではなかった筈でしょう？　例えば、二階の窓から飛び降りたとか」

「どこの窓でしょう」

すぐ側にいる係員、総務課の木村巡査がすかさず応える。言い返されて杏美ははたと困った表情を浮かべた。ここにきてまだ半年だ。署内の設備を全て把握している訳ではない。総務に勤めるだけあって、巡査でも応えに淀《よど》みがない。

「二階、三階の窓で人が抜け出られるほど開く窓は、各課にある引き違い窓ですが、ご存知の通り、各課の窓は表通りか横の通りに面していて駐車場には出られません。また廊下にある窓は駐車場に面してはいますが、みな突き出し窓で開く角度も顔を出すのがせいぜいです。階段踊り場の窓は嵌《は》め殺し。あと二階の小会議室、三階の会議室にある窓も駐車場側に向いていますが、どちらも外倒し窓で、上部が三十度ほどの角度で開くタイプなので人が通り抜けるのは無理です。トイレに関しては、シャワールームもですが、各階ともみなルーバー窓です。留置場内となると更に窓の開閉は防犯上格子付きで、最小限に狭められています」

「そうか。そういうことか。窓は無理ね」

杏美の言葉に、総務課の巡査は大きく頷いた。

周りを見渡せば、柔剣道場にある窓はみな天井近くか床近くにあって、格子の入った横長の引き戸窓だ。各課の窓は位置的にも論外だし、四階にある女子更衣室や柔剣道顧問室の窓なら引き違い窓で駐車場に向いてはいるが、四階から地上までだと十メートル以上は優にある。

ロープでも垂らせば降りていけないこともないだろうが、誰かを脅迫するために、若しくは殺人を行うために現場へ出向くのに適当なやり方とは思えない。だいたい壁を伝って降りるなど、台風という状況下では不可能だ。

二階以上の窓が無理だと考えると、やはり一階になる。一階にあるほとんどの部屋の窓は引き違い窓だ。人が出入りするのに問題はないが、それらの窓から出たりすれば、必ず駐車場のカメラに捉えられてしまう。

ただし、署長室の窓と総務課宿直室の窓から出た場合だけがカメラから外れる。だが、その署長室は今夜、どこよりも人で溢《あふ》れ返っていた。総務課の宿直室も同じだ。一階の当直員が控えるなかを通らないでは近寄ることもできないし、今日に限っては人が大勢屯していた。

うーん。思わず腕組みをしたまま唸《うな》ってしまい、杏美は慌《あわ》てて取り繕う。取り囲む署員らから、笑みが漏れる。

戸を叩《たた》く音がした。返事を待たずに開かれ、参集で出署してきたらしい、雨で濡れそぼった署員が数名、遅くなりましたぁ、お疲れ様ぁっす、と景気のいい挨拶《あいさつ》をしながら入って来た。そして隅で車座になっているのを不審げに見やり、その中心に、牢《ろう》名主のごとく座っている杏美の姿を見つけて、ぎょっとする。

呆気《あっけ》に取られた顔で棒立ちするのを手招きし、構わず任務に取りかかるよう促す。やがて交代時間がきましたからと、合羽《かっぱ》を手に持ち、数人の署員が杏美の顔を見ながら立ち上がった。

入れ替わりに現場から戻ってきた署員もいて、担当した場所を聞き、様子を尋ねると汗と雨でぐっしょり濡れた格好のまま、道路状況などを報告した。機材を取りにきたついでに着替えをして、なにかを食べようと思ったらしい。

伊智子が差し入れた天むすをここに持ってこようと杏美も立ち上がった。

そして、怪我をしないようくれぐれも注意してくれと言い置いて、柔剣道場を出た。

薄暗い廊下は道場の戸を閉めると、存外に密《ひそ》やかになる。

暗さのせいなのか、ここで鈴木係長の姿が目撃されたせいなのか、今の杏美にはわからない。

廊下の向こうから中肉中背の、ちょっと細面のどこにでもいるような男が歩いてくる。ひたひたとリノリウムの床を踏み、シャワールームからこちらへと向かって来る。湯を浴びたばかりだからか、額や首筋にうっすら汗をかき、タオルを手にしている。微かに上気した顔に表情はなく、通り過ぎる署員に形ばかりの挨拶を返す。やがて階段の前に差しかかるが、少しも歩みを止めることはない。

まっすぐ向かってくる。なにをしに、なんの目的で、誰に会うために。

鈴木係長は杏美の体を通り抜けるようにして行き過ぎ、姿を消した。思わず振り返ったが、柔剣道場の戸はぴたりと閉じられたままだ。慌てて顔を戻すが、向かいには柔剣道顧問室の扉があるだけ。

四階の用事が済んで、鈴木係長は階段を降りたのか。地域課に戻らずにどこを通って、風雨の激しい駐車場へと出たのか。

そんななかで一体、誰を待っていたのか。

夜、十一時過ぎ、警部補鈴木吉満はこの場所で目撃されたのを最後に、生きている姿は誰にも見られていない。

そのとき、けたたましく階段を使う音が聞こえて、思わず杏美は体を大きく跳ね上がらせた。

階段から現れたのは、刑事課の相楽の顔だった。

「副署長、ここにおられましたか。携帯を鳴らしていたのですが」

あ。雨に濡れたからと席に戻ったときにポケットから出し、ついでに充電用ケーブルに繋《つな》いで、そのまま忘れてしまった。

「どうしたの。なにかあった？」

「はい。花野課長からお伝えするようにと」

「そう。なに？」

「はい。ただ今、留置管理の佐伯悠馬巡査を緊急逮捕しました」

29

気色の悪い事件だ。

数時間前、花野司朗は、梅野にあるビジネスホテルの一室で一報を受けたとき、そう思った。その思いは今もって変わらないし、いっそう強まっている。

警察署内で、現役の警察官が殺害された――。

永く奉職し、刑事畑だけを歩き続けた花野にとっても前代未聞《みもん》の事件だ。

いつもの花野なら、事件発生の一報を聞けば怒鳴るようにして連絡係に問い質《ただ》していた。なのに、一瞬で頭に血が昇ったにも拘らず、あのときはなぜか冷え冷えと、まるで液体窒素でも噴きかけられたみたいな冷気に包まれた。風呂《ふろ》上がりのパンツ一枚の姿であったのが酷《ひど》く寒く感じられた。体からはまだ湯気がもうと立ち上っていたのに。

嵐のせいだったかもしれない。窓の外では獣の吠え声みたいな音がし、大きな力を持つなにかが雨の礫《つぶて》を投げつけているかのような有様だった。

冷え冷えとした感覚を持て余しながらも、永年培《つちか》われた経験から得た言葉が淀みなく放たれた。

すぐに署を封鎖しろ。複数名で出入り口を警戒させよ。防犯カメラをチェックしろ。わしが行くまで誰一人、ネズミ一匹署から出すな。逃げ道を遮断するんだ。

逆らう者がいれば、相手が誰であろうと、署長でも副署長でも拘束しろ。

着替えを済ませて迎えの車を待っているあいだ、花野の頭のなかにはくっきりと、現場の映像が浮かび上がっていた。そしてずっとスマートフォンを耳に当てたまま、現状を聞いては、その都度指示を与え続けていた。

庁舎とルーフ付きガレージとのあいだで、屋根も庇《ひさし》もない壁際《かべぎわ》。そこに刃物を胸に突き刺された中年の男が仰向けになって倒れている。

台風のせいで雨も風も尋常でない威力で吹き荒れている。残留していた証拠物は残っていないだろう。深夜の駐車場には誰もいない。現場はよく知った場所だ。官舎があり、バス格納庫があり、霊安室があり、ルーフ付きガレージがある。

出入り口は——次から次へと頭のなかに浮かび上がる。カメラの位置も把握している。常に点検を怠らないから動作に不備はないだろう。元々が、署への侵入者防止のためのものだが、今回は逆に署からの逃亡を図る者を見つける手段となる。

ただし、カメラには死角がある。塀間際は全て捉えているが、駐車場内に向けているカメラは一台しかないからだ。

署長室の裏手、ルーフ付きガレージとのあいだの通路だけはカメラの範囲に入っていない。

正に遺体が発見された場所がそこだ。

元々、場内に向けたカメラは出入りを確認するためのものだ。庁舎の敷地内で、よもやなにかが起きるとは誰も思わない。だから駐車場の出入り口や庁舎の裏口さえ捉えられていれば問題なかった。それを逆手に取られたか。

そこまで考えて、もしそうならこの事件の犯人は、とてつもなく嫌な野郎だ。そして間違いなくうちの所轄《しょかつ》で働く人間だ。恐らく、警察官。

花野は、盛大に水しぶきを上げながらホテルの玄関口に車が止まったのを見て、スマートフォンをポケットにしまった。

車は台風の洗礼を受けて走り出した。横風をくらい、思わずハンドルを握り締める運転係の巡査へちらりと視線を投げた。そのせいで巡査は余計に緊張して、顔を引きつらせる。普段なら後部座席に座るのに、花野は助手席できついシートベルトを締めて前方を睨みながら座っていた。

運転係は終始全身を強張《こわば》らせたまま、署の前に車を横づけした。

深夜の嵐のなかでも皓々《こうこう》と浮かび上がる玄関口を見て、一気に刑事としての感覚が湧《わ》き上がるのを感じた。幹部となってからは、捜査員らの報告を聞き、指示を与え、結果を待つばかりだったが、車を降りた途端、なぜか現場を走り回っていたときの高揚感が蘇《よみがえ》った。

必ず、わしの手でホシを捕まえてみせる。まるで刑事になり立ての血気盛んな若手が言うような陳腐なセリフが頭のなかを何度も旋回した。

玄関口のガラス扉に手をかけるが、鍵でも掛かったかのように開こうとしないのがわかって頭が沸騰《ふっとう》した。同時に、両脇《りょうわき》をくすぐられたようなおかしみも湧いた。

犯人はきっとこの建物のなかにいる。根拠もなくそう確信した。

獲物《えもの》はこのなかで息を潜め、胸の鼓動を手で抑えながらも、平静を装《よそお》い、じっと追手が行き過ぎるのを待っているのだ。

そうはさせるか。待っていろ。どこにも逃げられはしない。ここがお前の人生の終着点だ。

被害者は地域課第二係係長、警部補鈴木吉満。

当然、顔は見知っているが話をしたことはない。刃物でひと突きとは、まるで手慣れたヤクザの仕業のようではないか。抵抗したあとがないのはどういう訳だ。

現場は雨風で洗い流され、足跡はおろか血溜《だ》まりさえ消えた。

唯一《ゆいいつ》、鑑識係の祖父江が居残っていたのは幸運だった。ベテランの比嘉にはまだ遠く及ばないが、熱心に学ぼうとしている姿勢は好ましい。比嘉も可愛《かわい》がっている。当の比嘉は台風でさえなければ誰よりも早く駆けつけただろうに、今ごろ、どこかの道で足止めを食ってイライラしていることだろう。

比嘉だけではない。この台風のせいで、すぐに集まる筈《はず》の課員がなかなかやってこない。同様に県警本部の捜査一課も簡単には集まれないでいる。それはうちにとってはメリットデメリット半々だ。捜査一課の力量は花野も承知している。参戦してくればこれ以上強い味方はない。それが遅れていることは、事件解決の遅れをも意味する。が、一方で、うちの所轄で起きた事件を捜査一課との合同で解決するよりも、うちだけの力で片づけたいという気持ちがある。強くある。

捜査本部が立つことに文句はないし、必要なことは協力する。だが、それまでは、花野の刑事課が全てを仕切る。

順次、集まってくる捜査員らに発破をかけた。刑事課の四つの係全てを投入する。まず、第一発見者の尋問だ。宇喜田祥子に任せた。女性ながら、刑事課強行犯の主任を務め、その姿勢も感覚も頭もいい。剣道を永くやっていたせいで、その辺の若い男連中よりも背筋が通って芯《しん》もある。

主任としてきた当初は、部下をもつ立場に慣れず、どう引き回していいか考え過ぎて空回りしていたようだったが、すぐに責任と信頼のバランスをうまく扱えるようになった。それがまた本人の進化に繋がっていった。

ただ、酒に目がなく、部下との付き合いがいいせいか、度々、当直でないのに署に泊るらしい。屈託なく豪快なのはいいが、羽目を外されるのは困る。四階の女性用更衣室が当直の際の仮眠室になるが、当直員でない者が使う訳にもいかないから、酔って署に戻ってこられたときは困るんですよね、と部下が愚痴っていた。

刑事課には男性用の仮眠室があるが、まさかそこに眠らせる訳にもいかないし、どうしているのかと聞くと、剣道特練生をしているから柔剣道顧問室を使っているとあっけらかんと言った。特練生なら鍵のある場所も知っているし、一応、戸締りできるから大丈夫、とカラカラ笑う。さすがにそこは女なんだし、お前も独り者なんだから、と小言めいたことをひとくさり告げた。

その宇喜田が、佐伯が気になると漏らしたのだ。

佐伯をもっと調べたいと手を挙げた。いつもの事案とは違う。殺人事件であり、所轄だけで対応する特別な状況下だ。上司だ部下だと言ってはいられない。気になることや調べるべきと思うことは、遠慮なく課長に直々告げていい、その上でみなで検討するべしとしていた。女の勘などと訳のわからん理由づけはしない。誰もが認める主任刑事なのだ。

　その宇喜田が尋問の際の、佐伯の態度や、深夜わざわざ台風のなか馬券を燃やしに行くためだけに外に出たのが納得できないと言った。花野はひと言、なら調べろ、と言うだけだ。

　他にも頭を悩ませることは山積みだった。

　まず、現場にどうやって被害者や犯人が現れたのか、それが大きなネックとなった。更には、あの小うるさいハムスターがちょろちょろしたことだ。机の端を走っていても目に入らないような小ささでいながら、赴任したときから花野の視野を横切っては苛《いら》つかせていた。

　その理由はわかっている。

　花野にとっては、一緒に働く刑事仲間はかけがえのない宝だ。信頼するまでに時間はかかるが、ひと度、こいつは頼れるとわかったなら、どこまでもいつまでも信じ、任せられる。そうでなければ、刑事は眼前にいる悪意と立ち向かえない。後ろに立つ仲間を信じずして、刑事の仕事は成り立たない。

そんな信あるかつての部下を、あの田添杏美は退職に追い込んだと聞いた。

盗犯係の刑事は、以前、花野が直《じか》に指導し、何度も酒を酌《く》み交わした後輩だった。あやういところを助けてくれたこともあった。花野を心から信頼し、どこまでもついて行くと、酒に酔う度、子どものように公言する素直な男だった。

人づてに退職したことを知り、慌てて連絡を取ろうとしたが、なぜか行方が摑《つか》めなかった。仕方なく自らのツテを使って調べたのだが、誰からどう聞こうとも納得のいかないことばかりだった。

その上、今回のとんでもない事件に、あの女は知った風な顔でしゃしゃり出てきた。花野のすることなすことにいちいち口を挟む。副署長であれ、なんであれ、刑事経験のない者がなにを言っているかと言いたいし、実際、そう言ったがあの女副署長は花野を歯牙《しが》にもかけない様子で、好き勝手なことをしようとする。

しまいには直轄警ら隊まで使って捜査を妨害しようとしてきた。

さすがの花野も頭にきて、どんな手を使ってでも潰《つぶ》してやろうと思った。県内初の女性副署長だかなんだかしらんが、こうまで虚仮《こけ》にされて黙ってはおれないと、捜査する一方で根深く思うようになった。

そんなとき、木幡総務係長が呟《つぶや》いたのだ。

事情聴取をしたのち、席を立とうとしない木幡に目を向けた花野に「田添さんが嫌いですか」と訊いてきた。なんだ急に、と思いながらも「好きなヤツがいるのか」と逆に訊き返すと、木幡は細い肩をすくめて見せた。

「色々問題のある方かもしれませんが、優秀であることは間違いありません」

「そうか。わしとは意見が違うみたいで残念だな、木幡係長」

木幡はそのまま口を閉じることなく、いきなり以前監察にいたときのことを話し出した。驚いたことに、それは正に花野が気にしていたかつての部下のことであった。花野が杏美のことを快く思っていない理由が、その件にあるとなぜこの元監察官の男は知っているのか。眼鏡の奥の表情のない目を睨みつけるが、木幡は眉《まゆ》ひとつ動かさない。花野は食えない野郎だと胸の内で毒づいた。

「あの方がしたことは間違ってはいなかったと、わたしは思っています」

「どういうことだ。話に聞いていることとは違うというのか」

「これ以上は職務上、話せません。監察内での情報は門外不出ですので。お知りになりたいのでしたら、ご本人に訊いてください。ただ、あの件では、恐らく田添副署長も浅くない傷を負われたと思います。あの方はご自分の信念を曲げてまで、警察を守ろうとされた。そういう方だと推察します。わたしの個人的な意見ではありますが」

そう言って、木幡は席を立った。

花野は、その少しも隙《すき》のない背中を見送ったあと、部下に促されるまで黙って座り続けていた。

署長の家族に対する聴取結果を待ちながら、花野なりに木幡の言葉を思い返してみた。だから杏美が時間通りに刑事課にやってきて、報告を済ませて部屋を出たのを反射的に追ったのだ。

誰もいない交通指導係の部屋で、過去の顚末《てんまつ》を聞き終わったとき、花野はなお一層、田添杏美に対する忌々《いまいま》しさが募るのを感じた。

人の心は危うい。脆《もろ》いといってもいい。杏美は、この花野に向かって、そう告げたのに等しかった。そんなこともわからないのかと言ったのに等しかった。

己の部下だから、一度は深く信頼した人間だからというだけで安易に、疑いも不審もやり過ごしてきたというのだろうか。いつの間にか、そんな愚かな人間に、このわしがなっていたというのか。

平静ではいられなかった。したり顔のハムスターがいなければ、手近な書類や椅子《いす》を壁に投げつけていただろう。

ただ、そんな苛立つ心の裏側には、ホッとする気持ちもあった。真実を知ることは花野にとっては、どんな場面でも必要なことだった。それによってどれほどの痛みや傷を負おうとも。だから部下の背信を知らされてもなお、謎《なぞ》がひとつ消えたことによる安堵《あんど》が身に染《し》みた。

すっきりしたと思ったそんなときに、あの騒ぎだ。

留置場からの逃亡だと?

廊下を走りながら熱を帯びてゆく頭のなかで考えた。これはなにを意味するのだろう。なにが起きたのか、いや起きようとしているのか。

花野は階段を下りながら部下に指示を出す。

全《すべ》ての出入り口を封鎖し、人の出入りを一時的に中止しろ。この騒ぎに乗じて誰かがここから逃げようとしている、そんな虞《おそれ》が湧いた。ただちに署をフリーズさせるのだ。

幸い、台風被害の通報は入っていなかったから、署長、副署長らから文句が出ることもなかったし、恐らく花野がそんな真似をしていたことすら気づいていなかっただろう。捜査員に命じて、留置場に関わる人間全《すべ》てを監視下に置くようにさせ、随時、取り調べを始めた。

鈴木係長の遺族への報告は他の者に任せ、花野はすぐに刑事課に戻った。

宇喜田は植草明奈を監視しながらも、係員の佐伯からも目を離さなかった。一方で花野は、堂ノ内の取り調べと留置場内のカメラを精査し、醜悪極まりない事実を手に入れた。

しかも堂ノ内が地域課の鈴木係長と賭《か》け麻雀をする仲であることもわかった。鈴木が堂ノ内の秘密の遊戯を嗅《か》ぎつけ、脅していたとすれば。堂ノ内は否定しているが、動機としては申し分ない。

鈴木殺害をほのめかすと、堂ノ内は真っ青になって震え出し、千切れるかと思うほど激しく首を振った。血相を変えて否認し、そして犯行時刻は留置場勤務についていたと藁《わら》にでも縋《すが》っているような顔で訴えた。

なるほど。動機があっても機会がないということか。いや、待てよ。

留置場内はある意味密室だ。誰でも入れる訳ではない。入る必要のある人間しか入ることがない。台風直撃の夜に、留置場にやってくる人間がいるだろうか。あるとすれば上司に当たる総務係長くらいだろうが、今夜は木幡も一階に縛りつけられていた。実際、木幡を聴取したときも、犯行時刻よりずっと前に四階に前泊している署員の確認に出向いたくらいで、以後、一階から離れたことはないと述べていた。多くの目撃証言もあった。

だとすれば、僅《わず》かの時間、留置場を抜け出ていても誰にも怪しまれないのではないか。そして、それを植草明奈に知られていたとしたら？　余計なことを言われる前に、逃亡したということにして外に逃がそうと考えたのか？

捜査員は一同色めき立った。一時は、堂ノ内を逮捕しようとまで話が進んだ。

ちょっと待てとみなを押し留め、花野は再度、堂ノ内に問い質すことにした。隠さず全てを話せと一喝すると、堂ノ内は子どものようにしゃくり上げながらも、留置場から離れていないと繰り返した。しまいには、そんなことすれば誰かの目に留まる、きっと見咎《みとが》められる筈だと言う。

たとえ普段目につくことのない留置管理員でも、佐伯が休憩しているときに堂ノ内が署内をうろついたなら、不審に思われる。今夜のような異様な事態での当直であれば、二人揃《そろ》って勤務に就くことはあっても、二人揃って休憩を取るなどあり得ない。それは署員なら誰でも知ることだ。

まして佐伯は交代後、一階の総務課宿直室に出入りしているのだ。そのことは他の一階にいた人間からも供述を得ていた。多くの人間が詰める一階で佐伯が目撃されていて、同じ一階付近を堂ノ内がうろつくなど、確かに無茶にもほどがある。

一方で、犯人はおろか、鈴木自身もカメラに捉えられていないのだから、死角があるのだろうと進言する捜査員もいた。そこを通ったから、他の署員に見咎められなかったのではとの意見だ。

それに頷《うなず》きたい気持ちもあった。だが、違和感は残った。机に突っ伏して泣き崩れる堂ノ内を見ていて、こいつにそんな冷静かつ巧妙な真似ができるだろうか。永年の勘というほどのことでもない、大きな違和感だ。

やがて植草明奈が薬物を使用していることが判明した。

すぐに堂ノ内の身の周りを調べ、一階の休憩室にあるロッカーも調べさせた。だが、本人は元より、どこにもその痕跡《こんせき》はなかった。

そこに宇喜田が顔を赤くして戻ってきたのだ。

「課長、もう一人の留置人である男に、眠剤らしきものが盛られていた形跡があります」

かろうじて、なんだと？　とだけ呟いた。内心では、続ける言葉も失《な》くすほど驚いていたのだが。

捜査員を集め、説明させた。

宇喜田は佐伯に疑惑を抱いていたが、これといった進展も新たな情報もなく、中途半端《はんぱ》なまま指示に従い、他の署員の捜査に当たっていた。そんなときに、植草明奈の逃亡劇が起きた。

「あとになって、妙だと気づきました」と宇喜田は唇を嚙《か》みながら言った。

あのとき、刑事課の部屋のドアのすぐ近くにいたのが、宇喜田を始めとする幾人かの捜査員だった。

廊下から佐伯の叫び声を聞いて、すぐに飛び出した。そうしたら、階段を駆け下りようとする植草明奈の姿が目に入った。今、留置場に明奈が入っていることは周知のことだ。だから、逃げたのが明奈だとわかったし、すぐに追いかけた。

なんとか取り押さえて留置場に戻り、シャワーを浴びたいという明奈に付き添って、宇喜田は監視を続けていた。監視しながら、ことの顚末を振り返ったときに、タイミングがおかしいと気づいたと言う。

声を聞いてほとんど間を置かずに廊下に出たのに、なぜ明奈は階段をもう下りかけていたのか。

佐伯は戸を押し開けられたあと、明奈が階段に差しかかるまで声を上げなかったのか。そう思うと、いとも簡単に留置場の扉を開けたことにも疑問が生じる。いくら任に就いて間がないとはいえ、なかの様子もわからないのに無造作に開けるだろうか。

本人に尋ねたところで、きっとあれこれ言い訳するだろう。どうしようかと考えているとき、一号房にいる男が横になったまま眠りこけているのに気づいた。あれ？　と思った。これほどの騒ぎになっているのに、そこまで眠れるだろうか。単に無視して寝転がっているだけなのかと、応援にきていた署員にいって声をかけてもらった。ピクリとも動かない。聞き耳を立てると、規則正しい寝息が聞こえる。おかしい。

宇喜田は植草明奈の尿検査を済ませると、急いで留置場に戻った。

今度は、参集で出てきた別の留置管理員に頼んで強引に起こしてもらった。係員と共に、宇喜田は畳敷きの房のなかに入り、横たわる男の側《そば》に膝《ひざ》をついた。一号房の留置人は、気分が悪そうに目を半開きにしたまま、のそりと起き上がる。半身を起こすだけでも気怠《けだる》そうだった。

『いつから寝てたの』

男は長いあいだ考え、頭に手を当てながら、夜中に担当が二人になって、なんかそこそ話したあと、若い方が一人残って、とだらだら取りとめもなく話したあと、そうそうと言った。『えーと、確か、担当さんが時計を見て、まだ三時かとか言ってたっけ』

それから記憶が消えたと言う。激しい睡魔に襲われ、畳に体を横たえた瞬間、眠りに落ちた。植草明奈の逃亡劇が起きたのは三時半ごろだ。

「その少し前、佐伯からお茶を飲ませてもらったと言いました」

「そのお茶は？」――花野が問う。

宇喜田は首を振った。

「留置場にあるやかんは既に空になって綺麗に洗われていました。留置人からの要望があれば必ず飲ませる必要があるので、普通、切らすことはありません」

「つまり、佐伯が男の留置人を睡眠薬のようなもので眠らせ、その間、植草明奈に薬を与えてハイにさせ、そこへ色々堂ノ内に対する憤懣《ふんまん》が募るよう吹き込んだというのか」

「はい。その時間、堂ノ内は我々の聴取を受けており、三時二十分ごろ終わって真っすぐ留置場に戻りました」

そのあいだ、留置場内は佐伯と植草明奈、そして眠りこけていた窃盗犯だけだった。

「それから間もなくのことです、植草明奈の逃亡騒ぎが起きたのは」

もし、佐伯のしたことが宇喜田の言う通りなら、鈴木吉満殺害に対して、ひとつの線が浮かび上がる。

花野の周りで顔を突き合わせる捜査員らの表情が千変万化した。そうだったかと啞《あ》然《ぜん》とする顔、なぜ気づかなかったかという忌々し気な顔、騙《だま》されたと悔しむ顔、そしてようやく獲物の姿を視野に捉《とら》えたという興奮した顔。

佐伯は最初から鈴木吉満を殺害する目的で、深夜、風雨のなか傘を差して駐車場に出た。懐《ふところ》には刃渡り二十センチの刃物を隠し持って。

そして恐らく、ガレージのルーフの下で待っていた鈴木の胸を突き刺し、傘を放り投げてわざと泡を食った顔をして庁舎に戻り、遺体が外にあると注進した。

防犯カメラには、佐伯が傘を差して裏口を出るところと、慌てふためいて戻ってくる姿だけが捉えられていた。鈴木吉満の姿や相対している姿は死角に入って映っていない。

「だとしたら、植草明奈を暴れさせたのはどういう意図で?」

捜査員の一人が呟く。花野は頷きながら、宇喜田に目を向けた。

「それはもしかすると、署員に対する取り調べが始まって、徐々に追い詰められていると危機感を持ったからではないでしょうか。署内にいることで身を隠せると思ったのが、署から出られないことで逆に危うくなってきた。そこで明奈で騒ぎを起こし、それに乗じて逃げようとした、のでは」

「いや、むしろ、堂ノ内に疑いを向けさせようという思惑があったのじゃないか」強行犯係の係長が言い、花野も顎《あご》を引いた。

佐伯は、房内で堂ノ内がしていた密かな楽しみを知っていたのではないか。佐伯自身、植草明奈に誘われた可能性もある。騒ぎが起きれば当然、堂ノ内も調べられる。佐伯明奈の口から秘密がバレ、他にも色々怪しい点が出てくる。鈴木吉満と賭け麻雀をする仲であることも知っていたのなら、なおさらだ。

事実、刑事課は一時、堂ノ内逮捕へと傾きかけていた。

花野は宇喜田と数名の捜査員に命じ、もう一度、植草明奈を取り調べるよう指示した。

これから、佐伯の取り調べを重点的に行う。身辺を捜索し、物的証拠を挙げろ。

捜査員らが低く強い声で一斉に応《こた》えた。

植草明奈から、佐伯に関する証言を得たのは、それからすぐのことだった。

眠れないと言ったらマズイお茶を飲まされた。だが、それからすぐにいい気持になったと言った。

堂ノ内からセックスを拒まれたということも事実であり、そのせいで暴れたら鉄格《てつごう》子《し》が開いたというのも本当の話だった。佐伯は休憩を取るといって、留置場を出る直前、鍵《かぎ》を開けておいたのだ。そして明奈が飛び出して騒動を起こすのをじっとドアの向こうで待っていた。ドアに耳をつけてなかの様子を窺《うかが》っていたのだ。

佐伯の身柄を拘束し、その体を隈《くま》なく捜索した結果、パンツのなかから錠剤が入っていたと思われる空のシートが見つかった。

緊急逮捕を命じた。

取りあえずの容疑は、薬物の所持及び植草明奈に対する薬物供与。

留置場内にある物品は残らず証拠物として差し押さえる。やかんも湯飲みも綺麗に洗ったとはいえ残滓《ざんし》が見つかるかもしれない。本部科捜研に出せばきっと反応が出るだろう。

あとは佐伯と鈴木吉満との関係だ。

宇喜田に言って鈴木夫人に聴取させたが、佐伯悠馬という名に覚えはないらしい。借金を督促されてか脅迫ネタでも握られていたか。どちらにしても、今すぐ聞き込みのために動くことはできないが、ともかくあとは地固めだけだ。捜査会議が間もなく開かれるだろうが、その前に被疑者を確保できたことは、所轄の捜査員にとって大きな自信と安堵になる。これからの大きな糧《かて》にもなる。それはきっと合同捜査においてもて更に生かされるだろう。そうすれば動機も犯行状況も、謎に包まれていた現場への出現方法も全て明らかになる筈だ。そのことに一抹の不安も疑いも、このときの花野にはなかった。

ふいに短いブザー音が連続して鳴り響いた。

庁内放送の合図で、緊急時以外にこの音が鳴ることはめったにない。

「至急、至急。当直員を含む、署内にいる全署員は一階、対策本部前に集合せよ。管内における交差点各所で交通信号機が動作不能となった。そのため、通行保全のため緊急出動する。繰り返す、署内に残る全署員、出動の用意をして集合せよ」

花野は目を細くし、一緒に唇も真一文字に引き絞る。思わず右手で拳《こぶし》を作り、小さく上下に揺すった。――間に合った。

扉一枚隔てた向こうから、一挙に慌ただしい気配が立ち上った。

多くの署員が階段を駆け下りる足音と支度や準備する機材を確認する声、配置場所の状況を問う声、それらが台風の喧騒《けんそう》よりもけたたましく響き渡る。一階の声すらここまで届く。鍋《なべ》の湯が沸騰したかのような沸き立つ威勢が署内に満ちる。

その音を聞きながら、花野は立ち上がり、暗い窓へと目を向けた。

雨はまだ勢力を弱めることなく、棒のように真っすぐ地面へと降り落ちている。ただ、雨が素直に下へ落ちているのを見て、これまでの猛《たけ》り狂ったように渦巻く風勢が弱まっているのだと気づいた。ふとしたときなど、窓を揺する音もなく、ただ静かな雨音だけが耳に届いていたりする。

早く夜が明けるといい。明ければ台風は過ぎ去っているだろう。そうすれば、捜査員らが街中を走り回って、立件のための証拠を見つけられる。

パトカーのサイレン音が轟《とどろ》く。

署に残っていたPC3号だが、放たれたようにけたたましく鳴っていると感じるのは気のせいか。

花野は腕を組み、ホワイトボードへと目を向けた。

軽いノックのあとドアが開いた。見知った顔が会釈《えしゃく》しながら入ってきて、花野も軽く顎を振る。少し前に挨拶にきた県警本部捜査一課の刑事らで、佐伯逮捕の報を受けて三階の捜査本部から下りてきたのだ。同時に、取調室から宇喜田ら捜査員が出てきた。

その様子に憔悴《しょうすい》した雰囲気があり、花野はゆっくり腕組みを解いた。

「佐伯は今のところ完黙しています。ただ」

「なんだ」

宇喜田が妙な表情を浮かべたまま、続きを言いたくない素振りを見せた。

花野はちらりと本部の捜査員の顔を見、いいから言えと睨《にら》む。だが、なぜか口を開いたまま、身じろぎもしない。横にいる捜査員がおずおずと差し出した。

手にはスマートフォンがあった。

「佐伯のか。それがどうした」

「は、はい。ここに、その、植草明奈を逃がすよう指示したショートメールが入っていました。そのための薬も用意するとの文言も」

「なに？」

共犯がいるというのか。思わず花野から舌打ちが漏れた。

本部の捜査員も思わず駆け寄る。そして揃ってそのスマートフォンを覗《のぞ》き込んだ。

「誰からのメールだ。確認したのかっ」

は、はい、となぜかスマートフォンを持つ捜査員が後ずさる。

「誰の携帯番号からのものだ」

「そ、それが」

「なんだっ」

「電話番号は、あの」

花野が顔を赤くして迫る。怯《おび》えた目をした捜査員の隣で、宇喜田も目を泳がせた。

「た、田添副署長のものです」

30

「おうーっす」

比嘉時生《ときお》巡査部長は傘も持たずに玄関から走り込んできて、合羽《かっぱ》を着たまま運転してきたんだと言った。

その合羽を脱ぎながらカウンターへと近づくと、まず災害対策のため動き回る署員らに労《ねぎら》いの声をかけた。そのまま二階へと駆け上がろうとしたとき、ちょうど上階から下りてきた杏美と出くわし、比嘉は慌《あわ》てて挨拶《あいさつ》を口にした。

「お疲れ様です、副署長。遅くなって、あいすいません」

杏美は小さく頷くと「足止めをくっていたらしいわね」と言った。

「はあ、参りました。でっかい樹《き》が道路を丸々塞《ふさ》ぎやがって往生しました。所轄や市役所の連中がわらわらと対応してましたがどうにも埒が明かないようで、わたしが警察官で急いでいるんだと言うと、迂回路《うかいろ》を教えてくれたんですが、そっちも似たような有様で」

比嘉は郊外に一軒家を構えている。ここに出勤するには、いくつもの他管内を抜けてこなければならない。

「ひとまずはご苦労さま。事件のことは聞いているわね」

杏美の言葉に、比嘉は瞬時に引き締まった顔になり、強い目で見返しながら頷く。

「肝心なときにおれなくて申し訳ありません。これからすぐにご遺体の確認をします」と杏美の横をすり抜け、階段を上ろうとした。だがすぐに引き止める声がして、比嘉は持ち上げた片足を宙に浮かせた。そして促されるまま一階へと戻り、カウンター前を横切って奥にある食堂の近くへ身を寄せた。比嘉は裏口に目を向け、駐車場をちらりと見やる。

「遺体の確認はあとにしてもらって、ちょっとお願いがあるのよ」

「は？」比嘉は杏美の目を見ながら眉を微《かす》かに寄せた。

「主任にしか頼めないことなの」

杏美の目鼻に強い緊張が走っている、と比嘉は思った。なのになぜか口元にだけは、今にも笑みを浮かべそうなほどの弛さがあるのはどういうことだろう。

比嘉はこの赴任したばかりの女性副署長に対し、改めて妙な人だなという初見のときと同じ感想を抱いた。

女性で副署長まで昇ってきたのだから優秀なのには違いない。だが、どうもこれまで一緒に働いてきた女性警察官とは趣が違うようだと思った。

ある程度の地位に就くと、男性であれ女性であれ、読み過ぎるほど空気を読むか、逆に我が道を進むだけと突っ走るタイプのどちらかに分けられる。これまでにも女性の上司の下で働いたことは何度かある。その誰もが鑑識経験の永い比嘉に対し、それなりに気を遣い、敬意をもって接してきてくれた。間違っていたときや、方針を違《たが》えた場合はさすがに上司としての指摘はするが、それも穏便に互いの譲歩点を見つけるなど配慮してくれた。

この田添杏美は比嘉に対し、ひとつしか年齢が違わないせいか初手から親しげに接してきた。それでも上司というスタンスだけはなにがあっても崩さなかった。命令するときはするし、ときに強い口調で指示することも躊躇《ためら》わない。ただ、自分が間違っていたり、他の方策が優れていた場合は素直に認めた。

比嘉の仕事の内容など、恐らくなにもわかっていないだろうが、だからといってこちら任せにすることは絶対しない。知らないことははっきり知らないと言うし、わからないことはちゃんと説明して、なぜそうなるのか納得させてくれと言う。ある意味、面倒臭い上司ではあるのだ。

だが、説明しているときも興味津々《しんしん》の顔で聞くし、少しでも困ったことがあればすぐに二階の鑑識係の小部屋に入ってきて教えてくれと言ってくる。それが妙にワクワクした態度で聞いてくるのだ。忙しいときは断るが、そうでないときは比嘉もちゃんと相手をする。

そのうち相手をすることが、そう嫌でもなくなった。むしろ楽しかったりする。そんな風に比嘉に思わせる上司や女性警察官は、これまで一人もいなかった。

妙な人だな、だが悪くないんじゃないか、という印象が比嘉には芽生えた。

もっとも、花野刑事課長はどうも副署長を快く思っていないらしく、あからさまに敬遠しているので、比嘉も表立って杏美に肩入れすることはしない。あくまでも比嘉の上司は花野なのだ。信を置くのは、まず花野、そして次はと考えたとき、なぜか最近では杏美の顔が浮かんだりして、比嘉自身も困っている。

そんな田添杏美からの指示だ。

当惑しながらも、手招かれるまま僅かに体を寄せる。杏美より少しだけ上背がある比嘉は、軽く上半身を屈《かが》ませた。

そして、その内容とこの件は誰にも口外せず、花野にさえ黙っていろと言われるに至っては、さすがの比嘉も顔色を変えた。小さく首を振ってはみたが、杏美は強い目で突っぱねてきた。

「比嘉主任、これは命令です。この際、どんな躊躇《ちゅうちょ》も思い込みも持たないで。わたしの指示に従って、いいわね」

わかったわね、と念を押す。比嘉は少しのあいだ口を閉じていたが、仕方なく首を縦に振った。それを見て杏美は、ハンカチでくるんだものをポケットから取り出し、押し付けるように差し出してきた。

31

重い荷物を背負うかのように、比嘉は階段をゆっくり上がって行った。

その後ろ姿を見送って、杏美が署長室に戻るといきなり四方から喚《わめ》かれた。

「え？　信号機が？」

かろうじて言葉を聴き取り、地図のあるテーブルを取り囲むなかに体を割り込ませた。管内のあちこちに赤い×印が打たれている。

青ざめた警備課長から詳細を訊《き》き「じゃあ信号機がひとつも動作していないってこ

と？」と思わず声を荒げた。目を向けると、橋波が深呼吸するように肩を上下させていた。

木幡から更に詳しい事情を聞き、すぐに対策会議を始めた。災害対策本部では再び、嵐《あらし》のような喧騒が沸き上がる。対応に向かった交番の警察官と連絡を取り、状況を確認しながら広げた管内地図に忙《せわ》しなくペンを入れ続ける。ホワイトボードにも重点箇所がいくつも書き込まれてゆく。

たとえ台風の夜であっても、道路を走行する車両は皆無ではない。歩行者もいる。荒天のなかでは人は多くのことに気を取られ、安全確認が疎《おろそ》かになる。事故の起きる可能性は低くとも、一旦《いったん》起きたなら、それは必ず重大事故となるだろう。

「他にも通報が入っています。信号機が点《つ》いていないと」

「大きな交差点に絞れ」

「交通管制センターには確認しているか」

無線連絡に応答する声を聞きながら、管内地図に書かれた箇所に目をやる。緊迫した空気が室内を覆《おお》う。

「まずいな」

「署長」総務課長と警備課長が並んでこちらを窺う。橋波がそれを見て、杏美へと視線を向けてきた。

「田添さん」

杏美は顔を上げ、頷いた。「ここが限界でしょう」

署長も、誰もかれもが口を引き結ぶ。

佐伯悠馬が緊急逮捕された一報は、この場にいる者にはみな知らされている。犯人が逮捕された以上、最早署を封鎖したり、出入りを制限する必要もない。

「総員かけるか」

「そうするしかありません」

署長が総務課長に指示を与え、課長が木幡係長に促す。木幡は警備課員や地域係長らと共に配置の手配を始めた。それらの目途がつくと、木幡は署長室の外にある放送機器のある場所に行き、マイクのスイッチを入れた。

目の覚めるような大きなブザー音がし、一階受付にいた署員らまでもびくっと体を浮かせた。

「至急、至急。当直員を含む、署内にいる全署員は一階、対策本部前に集合せよ。管内における交差点各所で交通信号機が動作不能となった。そのため、通行保全のため緊急出動する。繰り返す――」

放送が終わるやいなや、どうという気配が立ち上がる。警察署にある人間の全てが活動したという証《あかし》でもある。階段から駆け下りる足音がし、互いにかけ合う声が響く。

一階の端にある交通事故捜査係では、既に全係員が出動していたから出てくる者はいない。二階から、唯一《ゆいいつ》残っていた交通指導係当直員の矢畑がおろおろと下りてきて、蛍光ベストを着けろと郡山係長に怒鳴られている。

署長室前に集合し始める署員らを見ながら、杏美はそっと自席に戻り、固定電話を回した。そして二言三言話して受話器を下ろすと、そのままカウンターを回って階段に向かう。

合羽の袖《そで》に腕を通しながら一段飛ばしで下りてくる署員の邪魔にならないよう、階段の端を選りながら、ゆっくりと上がった。

32

四階に上がると、薄暗い筈《はず》の廊下に強い光が落ちていた。

柔剣道場の戸が開け放たれ、なかの光が外に漏れ出ているのだ。開け放った戸からなかを覗き込むと人の姿はひとつもなく、ただ、乱れ落ちた衣類やさまざまの私物や食べかすが散らばっていた。

私物のズック靴がばらばらに転がっているのを見て、杏美は二つを揃えて戸の近くに並べ置いた。

この階には、他に柔剣道顧問室、浴室兼シャワールーム、女性用更衣室しかないから、道場に人がいないということは、もうこの階には誰一人いないことになる。

静けさが染み渡るとはこういうことを言うのか。

廊下の窓から外に目を向けると雨がバチバチと音を立ててぶつかっていた。こんなにはっきりと雨音がしているのに無音に近い静寂を感じてしまうのはどういう訳だろう。

ひたひたと足音がした。

杏美は窓を打つ音よりもその音の方が、強く重く響いているのに気づく。

やがて階段の縁から一人の男の顔が覗いた。

「遅くなりました」

祖父江誠は白の半袖Tシャツに作業用ズボンを穿《は》いていた。雨で濡《ぬ》れて何度も着替えたのだろう、鑑識係だから制服を着ている必要はない。袖から覗く腕は筋肉で盛り上がり、シャツを通して柔道で鍛え抜かれた厚い胸板が見える。

軽く息を吐いて杏美を見つめる顔には、緊急出動のかかっているときになんの用だろうと、困惑した色が見てとれた。体は立派でも経験が少ない分、感情を取り繕う術《すべ》は未熟だ。本人は気づかれていないつもりで何気に言葉を足す。

「出動がかかっているせいで、ここもすっかり空ですね」

祖父江誠は、身軽く柔剣道場のなかを覗き込んだ。言外に、忙しいときになんですか、という気持ちを込めているのも軽々しく聞こえる。そして、あ、そういえばと振り向き、笑みを浮かべた。

「比嘉主任が出署されました。たぶんご遺体の確認をされると思うので、あとで僕も手伝いにいきます」

「そう。でもその前にわたしの方の手伝いをお願い」

「はい」祖父江はしっかり頷き、直立姿勢で杏美に相対する。

「ねえ、あなたは柔道特練生だったわね」

「はい、そうですが」

「だったら、この柔剣道顧問室のドアの鍵がどこにあるか知っているわね」

祖父江は不審がる表情を浮かべた後、ゆっくり首を傾《かたむ》けた。杏美は、ふふっと笑いながら、お宅の宇喜田主任から聞いているのよと言った。

「彼女、深酒して家に戻れなくなったとき、ここに泊るんでしょ。以前わたしがいたときに出くわしてね、女性更衣室で寝ていいわよって言ったことがあるのよ」

「ああ」と祖父江も破顔する。「花野課長も宇喜田主任には注意されていたみたいです」

「そう。全くしようがないわね。まあ、今後はそういうこと止《や》めてもらうことにして、ともかくこの部屋の鍵は、すぐに使えるようどこかに隠してあるのでしょ」

「ええ、まあ」

「それ、貸して欲しいの」

「今ですか？　いいですけど、どうしてまた」

杏美が黙っているので、祖父江は肩をすくめつつも、顧問室のドア枠の上辺部にテープで留めてある鍵を取り、差し出した。それを小さな手で受け取ると、杏美はしげしげと眺めた後、ポケットにしまい込む。

「なにをするんですか？」

杏美の動きを目で追いながら祖父江が尋ねる。

一拍間を置いて、杏美は強い目を向けた。

「この部屋を封鎖して、現場保全するのよ。窓から降り込んだ雨の雫《しずく》くらいは拭《ふ》き取ったでしょうけど、隅々まで調べれば犯行の痕跡はきっと見つかる」

祖父江は一瞬目を見開き、すぐに細めた。「犯行とは、なんのことですか」

杏美は顧問室の前から離れると、祖父江と距離を取りながら正面へと回り込む。

「祖父江誠、あなたは鈴木吉満を殺害する意図で、この柔剣道顧問室の窓から突き落とした」

小柄だが筋肉質の男は、ほんの少し目を伏せ、そしてにこやかな笑みを浮かべながら顔を上げた。すいと道場の戸口近くへと寄ると、そのまま板の間の縁に腰を下ろした。

杏美はその様子を注意深く追う。

祖父江誠がなにをしたのかに思い至ったのは、花野課長率いる刑事課が鈴木吉満殺害の被疑者として、佐伯悠馬を逮捕したと聞いたからだった。

佐伯が鈴木吉満の殺害犯であれば、つまり佐伯が鈴木の胸にナイフを突き刺したのなら、全ての謎が解けると気がついた。

これまで誰もが明解な答えを出せずに悶々《もんもん》としていた最大の謎。防犯カメラに捉えられることなく、どうして鈴木吉満はあの現場に行けたのか。

署を囲む周辺の壁にはカメラがあり、塀を乗り越えて入る人間の姿はなかった。場内を映すカメラは、駐車場出入り口と裏口、可能性のあるパトカー乗務員室の窓と用務員室の窓、一階横の窓、その全てを捉えていたが、そこにも鈴木の姿はなかった。あとはカメラの死角になっているルーフ付きガレージと庁舎のあいだの道だが、そこを歩くためには、署長室の窓から出るか、隣にある総務課員用の宿直室の窓を使うしかない。

だが、署長室は人だかりがしていたし、総務課宿直室の出入り口も署長室の隣だから、誰の目にも触れず、地域課の鈴木が出入りすることは不可能だ。元来、地域課員が近づく場所でもないから、姿を現したなら間違いなく誰かが目にしただろう。怪しまれることなく出入りできるのは、総務課員。もちろん留置管理員の堂ノ内や佐伯も出入りできる。だが、佐伯がその窓から出る必要はなかった。

佐伯悠馬は第一発見者の振りをして裏口から堂々と出て、倒れている鈴木吉満の胸を真上から力いっぱい突き刺したのだから。

そう、鈴木吉満はその時点で既に現場にいた。恐らく瀕死《ひんし》の状態で横たわっていたのだろう。指一本動かす程度の抗《あらが》いもできない、そんな状態だったに違いない。だからこそ、ナイフは深々と、ぶれることなく真っすぐに心臓に突き立てられた。

「第一発見者の佐伯がナイフで胸を刺した実行犯であれば、現場に向かう姿はちゃんとカメラに捉えられているから問題はない。あとは被害者がどうやってあの現場にやって来たのか、なぜカメラに捉えられていないのか、という疑問だけが残る。鈴木係長だけ、なぜ現場に向かう姿を捉えられていないのかと考えたとき、ひとつのルートが現れることに気づいたわ」

それは上から、と杏美は指を上に向けた。「犯行現場を真下にする、庁舎の上階の窓のどこか」

鈴木の胸にナイフが突き刺さっていたことで、一度も一階へ下りていない人間にはアリバイが成立していた。だがそれが崩れたのだ。むしろ二階より上にいた人間が怪しくなる。

そうなった途端、浮かび上がってきた一人の男の顔があった。

遺体には転落の形跡が歴然とあった筈なのに、そのことに言及しなかった。示さねばならない立場で、それに気づくのが仕事であったのに、なにひとつ言わなかった。そしてその人物は、四階からずっと動いていなかった。

祖父江は両膝を立て、その上に肘《ひじ》をのせて石の塊のように動かない。

「あなたが係長を突き落とし、佐伯が身動きできない状態のところをナイフで殺害した。でも、それは二人が示し合わせたものではなかった。違う?」

　杏美が言っても、祖父江誠は微動だにしない。

「二人が共犯だとは思わない。だって二人もいて、こんな危なっかしい犯罪をするとは思えないもの。警察署のなかで殺人? それがどれほど無謀なことか、警察官であるあなた達が一番よくわかっていることだから。あなたは恐らく、あることで鈴木係長に脅されていた。それで思い余って、四階の柔剣道顧問室の窓から突き落とした。柔道特練生であるあなたなら、一人でも充分にできたことよね?」

　そう言っても祖父江は白けた表情で、黙って杏美を見返すだけだった。そこにタイミングよく携帯電話が鳴った。

　杏美のではなく、祖父江誠のズボンの尻《しり》ポケットからだ。杏美が出るように促すと、祖父江はふてぶてしく睨みつけてきたが、鳴り続ける音に仕方なく応答する。そして耳に当てたまま、杏美へと顔を向けた。

「比嘉主任?」そう呟《つぶや》くと電話に集中して、はい、はいと返事をする。

　祖父江が携帯電話を耳から離したのを見て「わたしへの伝言? なんて?」と問うた。祖父江はしばらく思案し、迷った末に尖《とが》った目を返してきた。

「――好きにしてくれて、大丈夫、と」

杏美は小さく一度だけ頷く。「ありがとうと比嘉主任に伝えて。ああ、もう切っちゃった？　いいわよ、わたしが四階に上がっていることはご存知だから」

祖父江の目がきりきりと釣り上がっていく。携帯電話をポケットに戻そうとする、その指先が微かに震えている。

「今の伝言はなんのことですか。比嘉主任はなにを伝えたんですか」祖父江の声音に焦《あせ》りが滲む。

「うん、比嘉主任に内緒で調べてもらったのよ。出署するなり、いきなりの頼みごとで驚いていたけど。うちの所轄《しょかつ》で扱った事件の証拠品管理簿をね」

柔剣道場の入り口に座り込んだまま、祖父江は引きつった笑みを浮かべた。それがなにを意味するのか察したようだった。杏美も大きな笑みを見せる。

「パソコンに入力されている数量が上手に書き換えられていたとしても、比嘉主任は実際に現場で見て、手で触れて確認している人だから、その違いに気づける。あなたの親といってもいい年齢だけど、その記憶力はプロならではのものよ。薬物の数量が実際に押収した量と違うと教えてくれた。今の電話の意味はそういうことなのよ」

祖父江が乾いた声で尋ねる。どうして。

「どうしてあなたが証拠物を横領していると思ったか？　植草明奈に薬物反応が出た

と聞いて、もしかしたらうちの署の押収した薬物が使用されているのではと考えた。誰でも思うことよ。だけど鑑識係のあなたが操作していたなら、誰にも気づけない。気づけるとしたら、それは同じ鑑識係の比嘉主任だけと思った。だから頼んだのよ」

比嘉は祖父江誠に疑惑があると言っても、なかなか信じようとはしてくれなかった。だから立場に物を言わせ、有無を言わせず従わせるしかなかった。背を丸めながら階段を上る後ろ姿を思い出して杏美は唇を噛んだ。

「それで祖父江誠」杏美は目を怒らせる。「そうして横領した薬物はどうしたの。自分で使った？　違うか。見た感じ、そんなバカでもなさそうだから、売り捌《さば》いて副収入にでもしていた？」

祖父江がニヤつきながら「だって、警察の給料だけじゃ、足らないですよ。ぜんぜん。色々楽しいことをしていたんで」と開き直るように言う。

頭のどこかが破裂しそうだった。口を弛《ゆる》めたまま祖父江が立ち上がって、一瞬で緊迫した空気が広がった。この半年、同じ職場で見てきた筈の男が、見知らぬ人間へと姿を変えた。杏美は視線を当てたまま一歩下がる。

そのとき、バタバタバタッと足音がした。階段を駆け上ってくる数人の音。杏美は大きく息を吸い込んだ。握った手を開き、そっと胸を撫《な》でおろす。やはり一人で相対するには限界がある。感じている以上の緊張が覆いかぶさっていたと気づいたのは、階段からあの花野の顔が見えて、思わず嬉《うれ》しいと思ってしまったからだ。

「これはどういうことだっ」

大きな熊《くま》が怒りに包まれた形相で吼《ほ》える。杏美はその顔を満足げに眺め、祖父江へと視線を流して見せ、口早に言う。

「祖父江誠は、事件捜査で押収した薬物を横流ししていた。そのことをどういう訳か鈴木吉満に気づかれ、脅された。それで今夜、お金を渡すとかなんとか言って柔剣道顧問室に呼び出し、窓から突き落として殺害しようとした。恐らくね」

祖父江は殊勝な表情を作ると、同僚である刑事課員らへと顔を向けた。

「確かに、副署長のご賢察の通りです。ですが、殺害しようなどとんでもないです。それだけは誤解です。鈴木係長から金を要求されていたこと、今夜、こういう台風の夜だと、僕と会っていてもおかしくないからと呼び出されたことは事実です。人目につかないからと柔剣道顧問室を勧めたのは僕です。鍵を開けておくから、待っていてくれと言いました」

「鈴木係長はなんの疑いも持たずに来たの？」

杏美が思わず訊くと、来ましたよと力説した。

「もちろんですよ。だって穏便に話し合うつもりだったんですから。僕は金で済む話ならと思っていましたし、鈴木係長とはこの先、協力体制を結べるなら却《かえ》って都合がいいかとさえ考えていましたよ。だけど、話がこじれてしまったんですよ。ああ見えて、鈴木係長は想像以上に欲深い人で、あんな人だとは思わなかったな。それで段々と興奮してきて、しまいには空気を入れ替えようと開けた窓の側で揉《も》み合うことになったんです。そして気がついたら係長は地面に……本当に、もうびっくりして。なんでこんなことになったのか、今でもどうしてこうなったのかわからないですよ」と、悲嘆に暮れた顔をしてのたまう。

杏美はその顔を瞬《まばた》きもせず見つめた。

「どうせ柔道技でもかけて鈴木係長の動きを制圧し、抱えて窓から落としたのでしょう。あなたが冷静であったということは、そんな際でも、携帯電話を盗むのを忘れなかったことでもわかる。鈴木係長の殺害は計画的なものだった」

階段側に立つ花野を含めた刑事課の面々は、声も出せずに固まっている。杏美が更に言う。

「そして鈴木係長が転落したのを、たまたま二階の留置場の運動場にいた佐伯悠馬が気づいたのよね」

ここにきて祖父江はなんのことですか、とポカンとした表情を向けた。杏美は目を瞠《みは》り、ぎりぎり唇を引き結ぶ。

鈴木吉満を窓から突き落としたことは認めるが、それ以外は白を切る気か。

深夜、なにかが落ちてきたことに、二階下の運動場の窓際《まどぎわ》にいた佐伯が気づいた。そして小窓から強力なハンディライトを照らし、地面にいる鈴木を見つけたのだ。

杏美は署長官舎で聞いた橋波真織の供述を思い出していた。

あのとき、真織は眠ろうとしていた官舎の二階の窓に稲妻のような光が走って驚いたと言った。あれは稲光でなく、佐伯が動かしたライトの光だったのだ。

祖父江は佐伯が階下にいたことに気づいていなかった。鈴木は死んだものと早合点し、怪しまれないうちにすぐに柔剣道場へと戻ったのだろう。

やがて鈴木吉満の遺体が発見され、祖父江が呼ばれた。

そして雨のなか、見下ろした遺体は心臓をひと突きにされていた――。

これが、祖父江誠にどれほどの衝撃を与えたか。

冷たい雨に打たれ、激しい風になぶられながら、懸命に考えただろう。そして、第一発見者が留置管理の佐伯だと知って、すべての合点がいった。

「あなたは留置場にいた佐伯が鈴木の転落に気づき、あろうことかナイフで止《とど》めを刺したのだと思った。そしてそのことを逆手に、共犯関係を結べるのではと考えたのでしょう」

ライトの灯りのなかに、見知った鈴木吉満の姿を見たとき、留置管理員の佐伯悠馬巡査は驚いただろう。だが、誰にも危急を知らせることなく口を噤《つぐ》むことを選んだ。なぜなら、佐伯悠馬自身、鈴木係長から借金をしていて、執拗な督促に悩まされていたからだ。ここで鈴木が死んでくれれば勿怪《もっけ》の幸い、全《すべ》てが丸く収まるとほくそ笑んだのだ。

だが、微かな不安が佐伯の胸を過《よぎ》った。鈴木は本当に死んだのだろうか。凄《すご》く気になった。だから、タイミング良く休憩に入ったのをいいことに一階の総務課宿直室に行き、窓から外を覗いた。窓から外に出たのではなく、鈴木が生きているかどうかだけを確かめたのだ。

不幸なことに、鈴木には息があった。佐伯は慌てた。

このまま放っておいたら死んでくれるかもしれないが、もしかしたら誰かに発見されて助かるかもしれない。万が一、助かって回復したら、鈴木はどうするだろう。二階の窓から灯りを向けた者がいたことに気づいていたとしたら、それはきっと佐伯だと思うに違いない。襲撃犯は元より、鈴木は自分をも告発するだろう。

転落したと知っていながら放置したとしたら、これもある意味殺人だ。どれほど悩んで考えただろう。杏美は、それほど長くは躊躇しなかったと今は思っている。

佐伯はすぐに宿直室にある自分のロッカーから馬券を取り出し、給湯室にあるナイフを手にして裏口から駐車場へと出た。そして息も絶え絶えの鈴木の、その心臓に止めを刺したのだ。

その場所がカメラの死角に入っていることは知っていたし、知っていたからこそ、そこまでの罪を犯す気になったのだろう。

そして、そんな佐伯の行動を見切ったのが祖父江だ。

四階の柔剣道顧問室の暗い窓辺に立っていた自分の姿は見られていない。なにせ佐伯のいた留置場運動場にある窓は床に近く、そこから下を見ることはかろうじてできても、二階上にある顧問室を見上げることは無理だ。だから、そのまま様子を見ることにしたのだ。

祖父江は両手を忙しなく振りながら、必死の形相で否定する。

「違います。共犯なんてとんでもない。佐伯くんが鈴木係長を刺したことだって想像すらしていなかった」そして両腕を抱くように身を縮めると、赤くした目を床に落とした。「……僕は確かに、この柔剣道顧問室の窓から鈴木係長を突き落としてしまいました。ただ、それは興奮して、思いがけずそうなってしまったことで、副署長が言われる計画的な犯行だなんてとんでもない。本当です、これだけは信じてください。僕は、ただただ怖くなって、自首することもできず、誰に言うこともできず、ひたすらに怯えていたんです。そんなときに」

鈴木吉満がナイフで刺し殺されていると知って、天地がひっくり返るほど驚いたと懸命に言う。

杏美はさきほどから押し黙ったままの花野へ視線を向けた。その強張《こわば》る顔を見ながら思った。

花野は全く疑惑を抱かなかったのだろうか。ここまでの悪意に気づかないまでも、祖父江に対しなんらかの疑いか、違和感くらいは持っていたのではないか。

遺体を検死したのは鑑識係である祖父江誠だ。だが花野も他の捜査員も遺体を間近で見ている。他にも傷があるのに気づかなかったのだろうか。

ナイフが胸にしっかりと突き刺さっていることから、殺害現場が駐車場であることは動かしようがないと考えたのか。それとも新人ながら、鑑識係として熱心に職務を遂行する祖父江を花野は信頼し、そんな己の洞察力に自信を持っていたのか。多少の見落とし程度なら、あとからくる比嘉主任が正すだろうという安易な考えも、花野の頭のなかにはあったかもしれない。

　祖父江は転落による損傷が頭部にあることを故意に隠した。なぜならナイフで死んだとなれば、四階にいた祖父江に疑いはかからないからだ。

　頭部付近の血溜《だ》まりが雨に流され、心臓からの出血が全身を覆って紛れてしまったことをも己の利とした。署内での殺人、しかも暴風雨のなかでということで、遺体をまともに見る余裕が誰にもなかった。結局、ナイフによる死亡と鑑識係である祖父江によって断定されたことで、それ以外の事実は隠蔽《いんぺい》されてしまった。

　一時的にはうまくいっただろう。だが、所詮《しょせん》その場の思いつきに過ぎない。ナイフで刺殺されたことを強調する余り、他に目立った外傷がないとまで断じてしまった己のしくじりに気づいて、祖父江自身、愕然《がくぜん》としたのではないか。全身の打撲まではわからなくとも、頭部に傷があることは歴然としている。そのことが明らかになるのにそう時間はかからない。比嘉主任も鈴木係長の遺族も、急ぎこちらに向かっていたのだから。どちらが先に着いても、遺体を再び確認することは避けられない。そうなれば、誰かが頭の傷に気がつくだろう。

　祖父江は、第一の難関をなんとかクリアしたものの、新たな難問が迫っているのを感じ、不安を募らせた。

ベテラン鑑識員の比嘉なら、祖父江が判断した死因以外に転落の形跡があることにすぐに気づくだろう。更には、そのことを見落とした祖父江に対し、疑惑を抱くかもしれない。ただ比嘉なら、殊勝な顔で動顚《どうてん》していたと弁解すれば、叱咤《しった》だけで済ませてくれる可能性はある。だが、花野を誤魔化すことは絶対無理だ。

そう思ったら、いてもたってもいられなくなった。

遺体をなんとかしなくてはならない。

ここで、祖父江は鈴木の胸にナイフを突き刺した男、佐伯を思い出し、利用できないかと考えた。

鈴木吉満を殺害せんと四階から突き落としたのは祖父江だが、息のある鈴木にナイフを突き立て殺害したのは佐伯だ。祖父江は佐伯のしたことを知っていたが、佐伯は四階から突き落とした犯人が誰であるか知らなかった。犯罪者の立場としての分は多少、祖父江に有利だった。

「携帯電話からショートメールを送り、片棒を担《かつ》ぐよう佐伯を唆《そそのか》したのでしょう。適当な場所に薬を置いて佐伯に取りにこさせ、それで植草明奈をハイな状態にさせる。佐伯は更に、暴れるようけしかけることもした」

そんなことを男性房の留置人に知られる訳にはいかない。たとえ房が離れていても万が一のことがある。だから、こちらもやかんに睡眠薬を入れて眠らせておいた。

「そしてまんまと明奈を逃亡させ、霊安室へと向かわせた。もちろん、興奮した明奈に霊安室なんて考えがある訳ないから、あなたがうまく誘導したのでしょう。当時、正面玄関前には刑事らが立っていたから、明奈がカウンター前を通って廊下を真っすぐ裏口へ向かうだろうということもわかっていた。そして、駐車場に走り出てくる明奈のために、わざと霊安室のドアを開けておいた。追いかけられている明奈が、ドアの開けられた建物へと逃げ込もうとするのは当然で不思議ではない。遺体を見て明奈はすぐに飛び出しただろうけど、それでも構わなかった。あなたは明奈の仕業に見せかけて、遺体に傷をつけることが目的だったから」

祖父江は顔いっぱいに驚きを浮かべ、挙句、信じられないと乾いた笑い声すら上げた。

「副署長、よくそんなバカげたこと思いつけますね。僕がそんな真似《まね》をする筈がないじゃないですか」

両手を振り上げ振り下ろしながら、気弱な青年のように神経質に歩き回る。

「だって、僕は鈴木係長を殺してはいないんですよ。転落させてしまったのは事実です。それは認めます。でも殺してはいない。殺害したのは、留置管理の佐伯でしょう？　ナイフは佐伯が刺したんだ。それとも佐伯は、明奈を使って遺体に傷をつける手助けをしろと、僕に、祖父江に指示されたと言っていますか？」

留置管理の佐伯悠馬は完全黙秘を貫いている。

聴取の時点では、鈴木吉満があの現場に現れたルートが見つかっていなかった。佐伯は上から落ちてきたことを知っていたが、そのことさえ黙っていれば、犯罪の立証に大きな傷ができ、それが己の罪の成立を妨げるのではと、窮鼠《きゅうそ》なりに考えたのだろう。

そして祖父江誠も、ここに至って少しでも罪が軽くなるよう足掻《あが》き始めている。その様子を見て取った比嘉が祖父江に怒りの目を向け、忌々《いまいま》しそうに吐いた。

「あとから遺体に傷がついたことにして、それで転落を誤魔化そうなんて、愚の骨頂だ。素人《しろうと》ならともかく、そんなことすぐにバレる」

他の捜査員も杏美も大きく頷《うなず》く。

「そうよね。きっと解剖すればわかったでしょう。でも、そうなったらなったで、台風だからとか、鑑識の仕事に不慣れだからとかいって言い逃れするつもりだったのじゃない？」

花野が杏美の方へと顔を向けた。

「お宅の携帯電話が使われたようだが」

杏美は子どものように唇を突き出し、小さく左右に首を振る。

「雨に濡れたのを拭き取ったあと、机の上に置いてそのまま忘れてしまったのよ。きっと祖父江が一階のどさくさに紛れて盗んだのね。わたしが情報屋のように、祖父江を利用していたことを忌々しく思っていたのかしら。鑑識係としてＩＴの講習を受けている祖父江に、わたしの画面ロックを外すのなんか訳なかったでしょう。実際、誕生日の数字を使っていたから」

これに懲《こ》りて、ロック解除の暗証番号はもっと複雑なものにするわと呟く。

「ただ、指紋だと年のせいか、なかなか反応してくれないのよね」と言うのに、花野が苛《いら》ついたように嚙《か》みついてきた。

「その携帯は今どこにあるんだ。あんた、ちゃんと保管しているんだろうな」

花野の考えていることは承知の上だという風に杏美は口角を上げ、そのまま視線を比嘉へと向けた。比嘉がポケットからビニール袋に入れられた携帯電話を取り出し、掲げるように持ち上げた。

「少し前に手渡され、指紋を確認してくれと言われました」

比嘉は花野にそう言い、黙っていた申し訳なさからか僅《わず》かに目を伏せた。杏美は祖父江の前に立つ。

「佐伯があなたからのメールに素直に従ったのは、互いが共犯関係になることで事件を複雑化させることができると思わせたからだった。そして万が一、佐伯が捕らえられ、メールのことを気づかれたときのために、共犯者がわたしだと思わせようと画策した。あなたが刑事課の情報を流すことに協力的だったのも、わたしと花野課長を対立させて捜査の進行を遅らせる目的があった。全く、呆《あき》れた大バカ者だわ」

祖父江の顔がさっと朱に染まり、悪意に満ちた目が杏美を睨《ね》めつけた。その視線を跳ね返す。

「対立があるから捜査が滞るだろうなんて考え、単純極まりない。犬猿の仲であろうと、意見の相違があろうと刑事が事件解決への最速最短の道を踏み誤る訳がない。そんなこと本気で思っていたとしたなら素人、いえ素人以下、無知蒙昧《もうまい》の極みよ」

どこかに力を入れているらしく祖父江の眼が充血してゆく。それを見て杏美は一度、言葉を止めて深く息をした。

「ともかくショートメールの送信内容を見て、わたしは取りあえず証拠品として保全することにしました。そして比嘉主任に確認してもらった」

液晶画面を繰るのに手袋をしたままでは難しいものね、指紋が付着している可能性は高いと思ったからと言い「比嘉主任、どうでしたか」と、大きな目を当て、強い口調で問うた。

比嘉は大きくしっかりと頷くと「いくつか指紋が検出されました」と応《こた》えた。

祖父江が血走った目をさっと比嘉に向け、唇を引き上げる。強張りながらも笑みを浮かべた。ふうと大仰な振りで脱力すると、小さく鼻で笑い、かっと目を見開いた。そして厚い信頼を一身に受けているベテラン鑑識係に対し、嘲《あざけ》りの言葉を吐いた。

「冗談じゃない。でっち上げて僕を嵌《は》めようとしたって駄目ですよ、比嘉主任。そこから僕の指紋なんか出る訳ない。それは僕が一番良くわかっている。あー、ひょっとして、ちゃんと拭き取ったから、とかなんとか口走らせて自爆させようとか考えました？　あはっ、ベテラン鑑識の比嘉主任にしてはなんとお粗末な。ダメダメ、そうじゃありませんよ、違いますよ。そこに僕の指紋がないのは、単に副署長の携帯電話に指一本触れたことないから」それだけのことですよ、と可笑《おか》しそうに笑う。

杏美は祖父江のしたり顔を眺めた。この男は己の策に溺《おぼ》れて余計なことを口走る愚かさが身に付いてしまっているのだ。比嘉も同じように感じたらしく、目に憐《あわ》れみを湛《たた》え、ゆっくりビニール袋を下ろした。

「……携帯電話からじゃないぞ、祖父江。お前の指紋が出たのは、この携帯電話の充電ケーブルからだ」

比嘉は反対側のポケットから別のビニール袋を出して持ち上げた。なかには白いケーブルが、丸い輪を作るように入れられている。

「ケーブルのコネクタから部分指紋が検出され、お前のものと一致した」

凍りつく祖父江。訳がわからないという風に忙しなく顔を左右に振り始めると、徐々に顔面の皮膚が引きつり、目玉が飛び出てくるような異様な顔つきへと変わっていった。

こんなシンプルな引っかけでも、かかるときはかかるのだなと杏美は感心する。

祖父江が杏美の携帯電話を勝手に使ったのは間違いないが、恐らく指紋など綺麗《きれい》に拭き取っていると思った。だが盗み出すとき、充電用ケーブルを抜かずに持ち出せはしないから、その際どこかに指紋が付いた可能性があると思った。

人目のある一階での盗みだ。焦る気持ちも緊張もあっただろう。ケーブルの指紋まで気が回らないかもしれない。だから比嘉には電話とケーブルと、そして念のため机の周辺も指紋採取するよう依頼していた。

比嘉は複雑な表情のまま、ビニールの上から携帯電話を撫でている。

杏美は安堵《あんど》の息を吐く。咄嗟《とっさ》に振った策略を比嘉主任はちゃんと受けてくれ、祖父江から『一度も携帯電話に触れていない』という言質《げんち》まで引き出してくれた。

花野が目を細め、その巨体をゆらりと動かした。突き刺さるような視線を放つ。

「祖父江」

存外に静かな声で呼びかける。だがそんな花野の口調の意味するところを知っている刑事課の連中は、一斉に構えるように軽く背を曲げ、全身に力を漲《みなぎ》らせた。

杏美はこれから始まることの邪魔になってはいけないと、その場から離れようとした。

「動くなっ」

花野の叫び声を聞いたのと、視界に入った先にいた宇喜田の顔に恐怖が過ったのが同時だった。

祖父江が跳ねるように伸びあがり、背を向けた杏美に襲いかかった。

いきなり首に腕を回され、冷たいものが喉《のど》に当たる。両手が後ろでひねり上げられ、強い力で摑《つか》まれた。

杏美からは見えないが、どうやらナイフのようなものが首筋に当てられているらしい。

態が般若《はんにゃ》の面を着けたかのように、これまでと形相が一変した。刑事が本気で怒りに包まれるとこれほどの迫力を持つのかと、なぜか冷静に感心する気持ちが湧《わ》く。

「どけっ。殺すぞ」

祖父江が怒鳴る。小柄で華奢《きゃしゃ》な杏美など軽々と扱えるらしく、あっという間に場所が反転し、階段の側へと近づいた。

祖父江は杏美の首に切っ先をめり込ませ、本気であることをアピールする。そんな真似をせずとも、祖父江誠が躊躇《ちゅうちょ》なく人を殺す人間であることは充分承知している。杏美の脳裏には、怒りのまま鈴木吉満を暗い窓から突き落とす祖父江の姿が目に浮かんだ。

若い鑑識係は、迸《ほとばし》る感情を制御することが苦手とみえる。追い詰められると、それがどんな悪手でも、噴き上がる感情のままに行動してしまうらしい。今も、鈴木係長を突き落としたことに対し、殺人未遂で済むかもしれないのに、新たな殺人を犯そうとしている。逃げ延びることだけを考え、ただ激情に押し流されているだけなのだ。抑えきれない怒りが、常識も理性も人としてあるべき本性をも凌駕《りょうが》してしまっていた。

いたたた。腕をひねり上げられ、杏美は小さく呻《うめ》く。

階段を下りながら、どんどん絞めつけられてゆく。絞められているのは拘束された身体《からだ》なのか、命の結び目が引き千切られようとしているのか。

恐怖というよりは、悔しさが先に立つ。命を失うかもしれないという状況にいながら、抵抗ひとつできないことの苛立ちが全身を駆け巡る。わたしは警察官なのだ。そんな思いが祖父江に察知されたようで、更に絞めつける力が増した。息ができなくなって目を瞑《つぶ》る。

そのまま引きずられるように一階まで下りた。そこでようやく力を弛められ、金魚のようにパクパク息をし、ひとしきり咳《せ》き込む。目に涙が滲《にじ》む。

花野が、じっとしていろ、と声に出さず目で指示する。瞬きで、了解と返事する。

「祖父江っ」

「もう逃げられんぞ」

「バカなことするなっ」

テレビドラマで聞くようなセリフが飛び交う。しかし、それ以上の言葉もない訳で、また、それが犯人に届くこともない。そのセリフは、刑事らが自身を鼓舞するためのものなのかと、杏美はまた新たな考えに至る。

一階のカウンター前を横切るとき、案の定というか、大きなどよめきが起きた。

ほとんどの署員が出動していたが、対策本部に詰めている幹部や数人の当直員らがいて、目の前の異様な光景に絶句している。署員らが狼狽《うろた》え、慌《あわ》ただしく動き回る。すかさず刑事らが手で制し、軽はずみな行動を諌《いさ》めた。

副署長っ、副署長っと叫ぶ声がする。

「田添さん――！」

橋波の悲壮感溢《あふ》れる声が聞こえた。あいにく首を摑まれているので、顔をそちらに向けることができない。それでも声がすぐ側《そば》で聞こえるから、恐らく、その場にいる全員がカウンターに取りつき目を見開き、歯嚙みしているのだろう。

更に、杏美は祖父江に引きずられるようにして廊下の奥へと向かう。

玄関を使わないのは、そこの扉が観音開きのガラス扉だったからか。表の様子が窺《うかが》えないから、ひょっとして警察官が待機していると考えたのかもしれない。

「きゃっ」

廊下を辿《たど》っている途中、最悪のタイミングで人が現れた。

用務員室で休憩を取っていた鈴木夫人だ。トイレにでも行こうと出てきたのか、眼鏡の縁に指を添えたまま、ぎょっと立ちすくんだ。大きく見開いた目で杏美を盾にした祖父江を見、更にその手にナイフがあるのを見て、甲高い悲鳴を上げた。

その突発事態に祖父江が動いた。杏美を裏口の方へと投げるように放すと、鈴木夫人の襟首を摑んで前へ引き倒した。狭い廊下に倒れた夫人が捜査員や署員らの動きを阻《はば》む。もたつく署員らを見て祖父江が奇声を上げ、裏口へと駆け出した。

その前を杏美は逃げる。

今もまだ雨の降り続いている駐車場へと飛び出した。外へ出た瞬間、異様な金属音が聞こえてきて、ぎょっと振り返る。

祖父江が廊下にあるボタンを押し、裏口を塞《ふさ》ぐグリルシャッターを降ろしたのだ。そしてナイフの柄尻《えじり》で開閉ボタンを壊し、自分は下りかかったシャッターの隙間《すきま》から駐車場へと滑り出てきた。

花野を含めた捜査員らがシャッターに取りつくが間に合わない。シャッターのパイプを揺さぶりながら大声を上げた。狭い裏口に血相を変えた顔がいくつも並ぶのが見え、すぐ前には祖父江誠が狂ったようにナイフを振りかざして迫ってくる。

「おらぁ、祖父江、貴様ぁー」

「早く開けろっ。シャッターを開けろっ」

「副署長っ、逃げて、逃げてくださいっ」

言われなくても逃げる。雨が弱まり、風もさほど感じなくなっていた。塀際にある霊安室が目に入り、小さなコンクリート造りの建物が格好の隠れ場所のように浮き上がって見えた。取りついてドアノブを握るが、どうあっても回らない。鍵《かぎ》が掛かっている。先ほどの植草明奈の件で施錠《せじょう》したらしい。

パニックを起こしかけ、すぐに右手のルーフ付きガレージの方へと顔を向けるが、あっちは行き止まりだ。慌てて左側を向いて署長官舎を見る。

そうだ、官舎がある。だがすぐに、伊智子らを巻き込む虞《おそれ》を感じて躊躇した。その一瞬が、踏み出そうとした杏美の数歩先に祖父江の体を滑り込ませることになった。

杏美は唾《つば》を飲み込んだ。忙《せわ》しなく瞬きしながら、じわりと後ずさる。風が収まりつつあって、多少雨で視界は悪いが問題なく動ける。祖父江との間合いを測りながら、なにか武器になるものはないかと視線だけで探した。

「祖父江、ふざけるなぁっ」

「副署長ーっ」

遠い声がして思わず顔を上げると、二階や三階の窓に署員の顔が覗《のぞ》いていた。二階の小会議室の、角度三十度ほどしか開かない窓から生安課らしい課員が下りようとし始めた。それは無理だろうと思いつつ、いや署員の心配をしている場合ではないと思い直す。視線を戻した途端、凄《すさ》まじい気配を感じ、雨や風とは違う冷気が吹き寄せるのを肌が察知した。咄嗟に仰《の》け反《ぞ》る。

祖父江がナイフで切りつけてきた。ひっ、思わず声が出てよろける。同時に額に冷たい痛みが走った。前髪がなかったら、もっと深く傷ついていただろう。慌てて飛び退《すさ》るが、後ろには壁と霊安室しかない。

祖父江がまた笑う。目の焦点が合っていない。

「こうなったら、やるとこまでやりますよ。どうせ逮捕されて刑務所に入るんだ。だったら殺未みたいな半端《はんぱ》な犯罪より殺しですよ。副署長殺しですよ、これって凄くないっすか」ケラケラと笑い、ナイフを弄《もてあそ》ぶ。

「バカなことを。祖父江誠、あなたは警察官よ。警察官であることを思い出しなさい」

「そんなもん忘れちゃいましたよー。第一、警察官がなんだってんです、鈴木係長もとっくに警官じゃなかったですよ」

杏美は両腕を浮かしたまま左へ右へと細かに足踏みし、逃る隙を探す。祖父江の笑みが固まり、腕が振り上がった瞬間、杏美は咄嗟に後ろに下がって体を折り曲げた。壁際に車の洗車用なのか、青いバケツが転がっている。素早く手にとると、祖父江に向かって振り回した。

たちまち叩《たた》き落とされる。それでも僅かの間《ま》ができたからと杏美は横跳びするように地面を蹴《け》った。蹴ったつもりだったが濡れた路面に滑って派手に転倒してしまった。転がったまま杏美は祖父江誠を見上げた。

振り上げられた手の先でなく、じっと悪人の顔を見つめた。わたしも警察官だ。覚悟はしている。しているが、恐《こわ》い。

ナイフは体のどこを裂くだろう、どんな痛みが走るだろう、と考えたら自然と目が固く閉じられた。瞑った瞬間、暗闇《くらやみ》でなく、白い滲みが目の奥いっぱいに広がった。痛みではなく光が当たるのを感じた。目を開けると眩《まぶ》しさが突き刺さってきて、思わず顔を背ける。

車のライトだった。

それも大型バスのヘッドライトだった。

祖父江はその光をまともに受けて、一瞬、動きを止めた。瞼を痙攣《けいれん》させながらも目を瞑らないよう堪えている。左手をかざして光を遮りながらナイフを持つ手を再び振り上げた。その瞬間、鈍い音がして祖父江が蛙《かえる》のような声を上げて後ろへのけぞった。そのまたたらを踏んで、奥の塀にぶつかるのが見えた。なにがどうなったのかわからなかった。

目の前の地面に赤白カラーコーンがコロコロと揺れていた。

出入り口のアコーディオン門扉《もんぴ》が開かないよう、楔《くさび》にしていたカラーコーンだ。大型バスを入庫させるために、門を開けていた隊員が咄嗟に投げつけたらしい。

悪態を吐《つ》きながらも祖父江はすぐに体勢を立て直す。側に落ちたナイフを拾い上げると上体を起こした。そこへ窓から出てきた捜査員らが駆け寄った。

祖父江は奇声と共にナイフを振り回し、近づこうとする者を払い除け、けん制する。顔と体は取り囲む署員に向けて、視線だけで地面に転がる杏美を捉《とら》えようとしていた。

祖父江から少しでも離れようとしたとき、杏美の顔のすぐ前になにかが勢い良く下りてきた。思わずひっと声を上げ、身をすくませる。透き通った壁が前後左右、次々と降ってきて地面を打つ。あっという間に黒い服の背が押し寄せ、ポリカーボネートの盾が杏美を取り囲んだ。

直轄警ら隊員数名が、対象者保護のための砦《とりで》、シェルターを作ったのだ。

盾をかざし、膝《ひざ》をつき、背を杏美に向けて屈《かが》み込む。盾は少しずつ重なり、上にゆくほど狭くなるよう傾け、頂点部分で重なっている。

花のつぼみのように固く、隙間なく、雨さえも落ちてこない。その狭い空間の真ん中で、杏美は体を小さくして息を吐いた。

隊員の体の隙間から、祖父江が腕を振り回して向かってくるのが見えた。が、盾に当たることもなかった。横から後ろから捜査員らが覆いかぶさり、たちまち組み伏せられ、全身が見えなくなった。他の署員らまでが、わらわらと折り重なるように倒れ込む。

目を向けると二階の窓から、今も署員が駐車場へ飛び出そうとしている。なかに橋波も混じっているのを見つけて、思わず眉《まゆ》を寄せた。

風雨の音が収まった駐車場には、警察官の怒号と喚《わめ》く声だけが谺《こだま》する。大型バスのライトを浴びた花野課長の姿が浮かび上がって見えた。表情は窺えず、黒いシルエットでしかわからない。それは大きくもなく、恐ろし気でもなく、ただ一人の刑事の姿であった。

コンコン。

頭上で音が聞こえた。

と同時に、すぼめられていた盾が花が開くように広がった。その中心にいる杏美を見下ろすように、上からヘルメットを被《かぶ》った顔が覗いた。

顔一面、泥に塗《まみ》れていてすぐに判別できない。

「副署長、大丈夫ですか。額から血が」その声を聞いてようやくそれと知る。

「――ああ、対馬、隊長」

その切れ長の目と白い歯が確認できるほどに、雨の降りは弱まっていた。

対馬が腕を伸ばし、杏美の両手を摑んで引き上げてくれた。なんとか立ち上がると、周囲にいた隊員らが砦を解き、一列に並んで一枚の壁と変わった。

「ありがとう。助かった」

上背のある隊長の顔を見上げると、険しい目つきで振り返っていた。その視線の先を杏美も追う。

盾の向こうに、祖父江が引き立てられてゆく姿があった。小柄で筋肉質の若い鑑識係は、手錠を嵌められ動きを封じられていてもなお、臆面《おくめん》もない態度で肩をいからせている。それがまた同僚の怒りと悲しみを膨らませる。様々な思いが交錯するのか、駐車場は思いの外静まっている。ため息を吐きかけて途中で止《や》めた。

杏美は署内へと戻ってゆく一団から目を離し、対馬の顔を見上げた。

「隊長」

「はい」

「例の少年は？　中洲《なかす》に、取り残された少年は、どうなりましたか」

隊長は気をつけの姿勢を取り、ようやく大きな笑みを広げた。

「無事、保護されました。現在、病院に搬送され、救急隊員の話では、打撲以外目立った外傷はないということです」

威勢良く敬礼をくれる。杏美にきちんと返礼する余裕はなかったが、それでも「良かった」と呟《つぶや》き、頷くことだけはできた。

肩の力を抜くとがくりと膝までもが折れ、対馬が慌てて腕を掴んでくれた。

風はほとんど感じられないほどになっている。

台風が通り過ぎて行ったのだ。

33

朝は呆気《あっけ》ないほど、普通にきた。

夜明けと共に雨はすっかり止んで、風もほとんど収まった。陽に照らされ浮かび上がった風景は、まるで台風などなかったかのような他人事《ひとごと》の景色だった。そうだった、と杏美は窓から射《さ》す朝陽に目を細めながら思う。台風一過はいつもこんな感じだったと。

駐車場の地面は濡れて色を変え、ガレージのルーフからは今も雫《しずく》が滴《したた》り落ちている。官舎の屋根が朝陽を跳ね返して細かな光を放つ。

陽光の威力は凄まじい。陰や暗がりを一掃し、雨風のあとの清められた空気を輝かせる。静謐《せいひつ》で清廉《せいれん》な時間を作り出す。

「お早うございます」

木幡が後ろから声をかけてきた。杏美は一階交通総務係の近くにある窓から、外を眺めていた。振り返って挨拶《あいさつ》を返す。

署内には多くの署員が戻ってきていた。それなのに、上の階のどこからも声は聞こえず足音さえも響いてこない。一階のカウンター内と対策本部となっている署長室だけが落ち着きのない、不穏なざわめきを立てている。正面玄関では部外者が数人、入り込もうとして警察官と言い合っている姿が見えた。

「どんな様子？」

警戒に立つ署員にチェックされているのはマスコミ関係者らだ。木幡は玄関扉から目を離し「まだまだこれからですよ。どんどん来ます」と言う。

「でしょうね」

先乗りしていた記者が、杏美と木幡の横を胡散《うさん》臭そうな視線を向けながら通って行った。今の杏美は制服を着ていないから、副署長だとわからなかったのだろう。ふっと気配が和らいだ気がして目を向けると、表情の乏しい木幡の目が、眼鏡の奥で愉快そうに笑っていた。珍しいものを見た気がして思わず目を瞠る。

記者が続々と入り込んできたため、署長室の観音開きの扉は閉じられた。

木幡と一緒になかに入り、まずは管内の様子を聴き取る。奥のソファでは橋波が疲れた顔で、花野を含めた課長連中と並んで座っているのが見えた。

その周囲には県警本部から集まった幹部や刑事らの姿があり、誰もが険しい顔つきのまま揃《そろ》って腕を組んでいる。黒っぽい背広姿に囲まれた署長の格好は、下は制服のズボンで上は白い半袖《はんそで》のTシャツ一枚だ。制服は窓から転げ出たときに汚してしまったらしい。

信号機はほぼ復旧した。交通の乱れがあるので、今も少し整理に立たせている。

「直轄《ちょっかつ》は一旦《いったん》、戻して構わない？」

杏美が言うと警備課長や交通課長が頷き返した。

未明における逮捕劇が終結するなり、刑事課員以外はみな台風被害対応の業務に戻った。直轄警ら隊も交通整理のため再び出動していた。

嵐《あらし》によって多くの爪痕《つめあと》が残された。市民が以前と同じ日常生活を送れるよう、安心して歩ける街に戻さねばならない。風雨に盾する必要がない分、細かで気持ちのこもる対応が必要となる。交代要員を得て帰ってきた署員は僅かな休息を取った後、またすぐ街へと戻って行くのだ。

対策本部である署長室には次々と現状報告がなされ、被害の詳細が明らかになっていった。市民の困窮を知ることでもあるが、徐々に落ち着きを取り戻しつつある手ごたえも感じ取れた。

ひとつひとつ復旧の報告を聞きながら、杏美は壁の時計を見る。

木幡から「間もなく当直引き継ぎを始めます」と告げられる。全体朝礼までには制服に着替えなくてはならない。署長室を出て、窓から官舎を見つめた。

夜明け間近、駐車場での騒ぎを聞きつけた伊智子らは、官舎のなかから様子を窺っていた。そして杏美の顔面が血だらけになっているのを認めると飛び出してきたのだ。慌てふためきながらも真織と一緒に抱きついてきて、いいと言うのに官舎に連れ込まれ、風呂《ふろ》に入れてくれ、怪我《けが》の手当もしてくれた。その合間に真織がふるまってくれた素朴な塩むすびが、心からおいしく思えた。

着替えがないから、取りあえず寝間着代わりにしていた半袖Tシャツと上下ジャージを更衣室から取ってきてもらい、身に付けた。伊智子がよくそんなものまだ持っていたわねと感心でなく、呆れた声を出した。

警察学校の初任科生だったときに着ていた臙脂《えんじ》色《いろ》のジャージだ。白いラインが腕の横と足の横に走っていて、背には紋章とアルファベットが白抜きで飾られている。濡れた制服は、伊智子が朝までに乾かすからと言った。

制服を取りに行く前に二階へ上がる。

右手の刑事課の扉はぴたりと閉じられたままだ。

そのことが、今も刑事らの本領発揮の最中であることを示している。所轄の刑事課員は、あれからずっと被疑者の取り調べに当たっている。幾人かは証拠固めのために既に外に出ているらしい。捜査一課はその応援のような形となった。

二階の、それ以外の部屋の戸は開け放たれ、廊下の窓から光が射し込んで、眩しいほどに床一面を明るくしていた。

一番奥の部屋をそっと覗く。

交通指導係の部屋には、夜通し立ち尽くした係員が戻ってきている。宿直室は別にあるが、当直員でない者まで入る余地はない。当然ながら、それ以外の係員はこの部屋で休むことになる。

床で寝転んでいるのが二人。椅子《いす》を一列に並べて、その上で胸に手を交差させ、まるでツタンカーメンのように器用に眠っている者もいる。奥の窓際《まどぎわ》の席では、椅子に座ったまま、机に突っ伏している係長の姿があった。

そっと足音を忍ばせ給湯棚に行き、杏美はその上に新しい茶葉の袋を置いた。官舎で手当てを受けているとき、台所にある真新しいものを見つけて伊智子にねだったものだ。いただきものだけあって、いいものだと言う。

開けたドアのストッパーのようにしてもたれて眠る若い巡査が足を伸ばしていた。その足をまたいで杏美は廊下に出る。

三階四階も同じようなものだ。特に四階の柔剣道場は暗い上に湿っぽく、妙な臭《にお》いもしてなにかの巣窟《そうくつ》のようになっていると木幡が言っていた。ヘタに上がって誰かを起こしてもいけないから、杏美はそのまま一階へと下りる。カウンター前を通り、今度は裏口に向かう。

「お早うございます」

三段のステップを降りて駐車場に出ると、声をかけられた。

朝陽の方角からだったから、眩しくてすぐに誰とはわからない。

更に進んでパトカーを洗浄している乗務員がこちらを向いているのに気づいた。

確か、十郷巡査だ。

パトカーのリア側から主任の沖野も顔を出し、挨拶《あいさつ》をくれた。ＰＣ２号の乗務員ペアだ。

「お早う」と杏美は応えながら側に寄る。

署内で起きた事件のせいで、台風被害の対応に出る警察官の数が限られた。手が足りないなか、交番の警察官やパトカー乗務員らは、懸命にその職務を全うしようとした。自分達が雨に濡れていることすら気づかないで走り回ったことだろう。

そんな二人が雑巾《ぞうきん》を片手に、休息を取ることよりもまず先に車の汚れを拭っている。

磨かれたフロントガラスが朝陽を弾《はじ》いた。目を細めながら杏美は「満足な応援もいないなか頑張ってくれたわね。疲れたでしょう」と言葉をかけた。

十郷は顔いっぱいに笑みを浮かべながら、どうってことないですと応え、すぐ真顔になって「大丈夫ですか」と自分の額を指してみせた。額だけでなく、擦りむいた両手の指や掌《てのひら》にも絆創膏《ばんそうこう》を貼《は》ってある。杏美も、どうってことないわと笑って応える。

「それが終わったら、ちゃんと休んで」

「了解です」十郷が威勢良く返事をし、沖野も笑みと共に頷いた。

二人に背を向け、杏美は署長官舎へと歩き出す。すぐ隣にある大型バス格納庫の方をちらりと見やる。

杏美をすんでのところで救ったバスは今も出動したままだ。二階の隊員待機室からも物音ひとつしない。朝礼が始まるまでには戻れるだろうか。少し休憩を取ったなら、すぐまた本来の仕事に取りかからねばならない。

間もなく、一日が始まるのだ。

うーん、と両腕を伸ばす。その姿勢のまま、空を見る。杏美はよしっと声を張った。

沖野は十郷巡査に目だけで促した。

十郷が怪訝《けげん》な顔をして振り返る。

田添杏美副署長の小柄な体が、疲れも見せずに歩いている。上下ジャージ姿だと、まるで体育の授業を受けにゆく子どものようだ。

「ああ」と十郷は思わず笑う。

あのジャージは十代から二十代初めまでの初任科生が警察学校で着るものだ。臙脂色が女性警察官用、紺色は男性警察官用。現場に出て職場で着るものはほとんどいない。サイズが合わなくなるのもあるが、なにせ背中の大きなマークが気恥ずかしい。馴染《なじ》みのある紋章があって、その上に半円を描くようにアルファベットの文字が記されている。

POLICE　WOMAN
田添杏美には、似合っている。

解説

吉野仁

二万四千五百八十七名。これが平成三十年度における女性警察官の人数だ(平成30年版警察白書より)。警察職員の総数はおよそ三十万人なので、全体の一割にも満たない。

もっとも、毎年千人をこえる数の女性が採用されており、女性警察官はこの十年で約一万人ほど増えている。あらゆるポストに配置され、キャリアを積んだのちに所属部門の幹部へ登用される者も少なくないようだ。

『女副署長』は、こうした時代を反映した本格的な警察小説である。

主人公は、田添杏美《たぞえあずみ》警視。警察官として三十三年勤務し、県内初の女性副署長として日見坂署へ赴任してきた。ある県の山際《やまぎわ》にある小さな郊外署だ。田添が副署長を任命されてから、まだ半年も経《た》っていない夏の日の一夜をめぐって物語はめまぐるしく進行する。その日は、大型の台風が接近しており、夜分になって台風被害対策本部が開設されるなど、いつもとは状況が大きく異なっていた。ただでさえ緊迫したその夜、衝撃的な事件が立て続けに起こっていく。

本作は、女性副署長が主人公をつとめるだけにとどまらず、同時多発的に発生した事件の捜査模様を丹念に追ったミステリーなのだ。なにしろここで扱われる最大の事件は、署内で起こった警官殺しであり、事件には不審な点が少なくなかった。さらに台風被害への対応にも追われるばかりか、署内でいくつものトラブルが発覚していく。こうした状況から、警察捜査小説の枠におさまらない群像劇が描き出されている。内に外にとてんやわんやの状態のなか、女副署長をはじめ警察署内の警官たちはもちろんのこと、県警の刑事、署長の家族など、さまざまな人物の視点から事件と警察署をとりまく状況が語られていくのである。

先にまず紹介しておかなくてはならないのが、作者の経歴だ。松嶋智左は、元警察官なのである。高校卒業後、専門学校を経て、警察官となった。六年半ほど勤めた最後の二年間は、白バイ隊員。しかも日本初の女性白バイ警察官である。とうぜん警察の世界をよく知り、それこそリアルな現場を見聞きした過去を持っている書き手なのだ。その体験が本作のあちこちで生かされていることは間違いないだろう。

警察官を退職後は、小説の執筆に取り組み、二〇〇五年に北日本文学賞、二〇〇六年に織田作之助賞を受賞した。そして二〇一七年に『虚《うつろ》の聖域　梓凪子《あずさなぎこ》の調査報告書』で第十回島田荘司選ばらのまち福山ミステリー文学新人賞を受賞し、単行本デビューを果たした。この小説は、元警察官でいまは探偵をしている梓凪子を主人公とし、姉の息子、すなわち甥《おい》っ子の死の真相を探っていく物語だ。そして、同じヒロインが登場する第二作『貌《かお》のない貌　梓凪子の調査報告書』は、刑事課に所属していた過去の時代が描かれている。梓凪子は、中国領事館の職員とともに依頼された人捜しを行っていくという異色作だ。

デビュー作は、学校内でのトラブルを探る一方で、不仲な姉との関係や複雑な親子事情が背景にあるなど、家庭内もしくは学校内の人間模様をめぐる私立探偵小説であったのに対し、第二作は国際的なスケールをもつ本格的な警察小説だった。ただ事件の捜査模様を追っただけではなく、背後で警察内部の縄張り争いが絡《から》むなど、警察内部の確執が取りあげられていた。

かつて現職の警察官だったからと言って、かならずしもすぐれた警察小説が書けるわけではない。もちろん正しい知識や現場のエピソードを知っていれば、リアルな描写に関しては有利だろう。しかし、実体験をそのままノンフィクション形式でつづった実録ものならいざ知らず、警察ミステリーとして読み手を愉《たの》しませるには、それだけではは足りるものではない。事件や謎《なぞ》の面白さをはじめ、登場人物の魅力、すぐれた構成やアイデアから生まれるサスペンス、アクションといった娯楽小説を生み出すための創意工夫が必要である。

今回、新たなヒロインをむかえて発表した『女副署長』は、前の二作がそなえていた特徴も含みつつも、警察小説としての濃度がはるかに増している。同時に、サスペンスとしての作りが格段にスケールアップしているではないか。大型台風が迫っているという舞台だて、メインの殺人事件の不可解さ、次から次へと起こるアクシデント、警察署内の権力バランスや軋轢《あつれき》など、つねに緊張感を保ちながら、先の読めないストーリーが展開されているのだ。じつをいえば読み始める前は、『女副署長』というタイトルから、女性幹部の警察官が抱える困難を強く前面に押し出した部分が主軸の話なのだろうと勝手に想像していた。もちろん、そうした面もしっかりと含みつつ、むしろここに描かれているのは、〈ひとつの警察署まるごと〉である。所属する警官たちばかりか、建物を含めたすべてだ。それらをあますことなく物語の中にぶち込もうとしているかのような書きぶりなのだ。

では、主役である田添杏美とは、どのような女副署長なのか。交通総務係の郡山《こおりやま》係長いわく、「頭はいいし、仕事もできる。独身で母親と同居していると聞く。短い髪に緩いパーマをあて、薄い化粧を施した容姿は歳《とし》相応で、無理に若作りをしていないのも好感が持てる」と持ち上げながらも、「だがいかんせん美人とは言い難い」と切り捨て、「ただ、垂れた目に愛嬌《あいきょう》があり、鼻から口元がすっきりしているのが好印象を与える」と結局のところ女性上司としてなかなか悪くない人柄であると認識しているようだ。読みどころは、警察官殺しの真相をめぐる捜査模様はもちろんのこと、女副署長の田添杏美が、押し寄せるトラブルの洪水をいかに防ぎ止め処理していくか、というところにあるだろう。〈梓凪子の調査報告書〉シリーズのように、若さと行動力で勝負するヒロインではないが、その分、経験を積んだ幹部警察官としての能力が、さまざまな局面で発揮されていくのだ。

そのほか、登場する警察官もみなそれぞれに個性的だ。なかでも刑事課長の花野司朗は、昔ながらの強面《こわもて》警察官幹部そのものといった人物だ。ほぼ刑事課だけで警察人生を過ごしてきた熊《くま》のような巨体の男。それまでの経験と実績にものを言わせ、刑事課ばかりか署全体を我が物顔で仕切ろうとする男である。もっとも彼を支持する部下は少なくない。頼りになる上司でもあるのだ。これまでほぼ男性で占められ、凶悪な犯罪をはじめ、さまざまな事件をあつかう組織だけに、花野のような男が求められるのも当然だ。しかし、女性警察官の増加が見られるように時代は変わりつつある。ここで花野は、単にヒロインの敵役というよりも、旧態依然とした警察を象徴している男にほかならない。

もうひとつ、本格的な警察小説として見逃せないのは、まじめで正義感の強い警官ばかりが登場するわけではないところだ。じっさい殺人を犯す警官はめったにいないだろうが、ちょっとした規則違反くらいならバレさえしなければ大丈夫という意識の者は、現実に少なくないのではないか。表に出ない軽微な事件を含め、警察内でも事件は起こるし、悪さをする警官はいる。

言うまでもなく、警察官の犯罪や事件に関するニュースは、絶えることなく報道されており、驚くばかりだ。とくに二十年まえに神奈川県警で起こった覚醒剤隠蔽《かくせいざいいんぺい》事件、その二、三年後に発覚した北海道警の稲葉事件や裏金事件などは衝撃的なものだった。多くの警察小説の題材となったことでも知られている。なにより、警察署の幹部や取り締まるはずの監察が事件をもみ消そうとする例が実際にあったのだ。そもそも誰もが罪を犯す可能性があるわけで、いかに立派な警察官であっても、なにかをきっかけとして犯罪者となるか分からない。もっとも身近なところに犯罪があり、つねに犯罪者と接する職業だからこそ、そうした罠《わな》にはまりやすいのだろう。本作では、署内の殺人をあつかった警察ミステリーだけに、一種の悪人が出てくるのは当然のことながら、ことさら悪徳警官の存在を強調するよりも、むしろ警察官であれ罪を犯すという人間臭さに著者は関心があるように感じられる。

また、署長の妻や娘が登場したり、万引きや泥酔《でいすい》保護の常習者である女性が留置所にいたりするなど、警察官以外の人間がさまざまな形で絡んでいる面も興味深いところだ。たしかに、警察署は、警察官のみで成り立っているのではない。大型台風の迫るなか、市民を助けるために出動する警官もいれば、その機に乗じて悪をなす警官もいる。もしくは、管轄《かんかつ》する地域の特色や建物の構造などを含めて、それぞれの警察署がもつ特殊性が絡む場合もあることを本作では示している。まさに〈ひとつの警察署まるごと〉に襲いかかった危機を迫真のドラマとして描いているのだ。

現代的な資質をそなえた頼もしい女副署長の活躍とともに、嵐の一夜をめぐる濃厚なサスペンスとして、圧巻の警察小説である。


（令和二年三月、ミステリー評論家）

本書は新潮文庫のために書下ろされた。

本作品はフィクションであり、実在の人物や団体とは無関係です。

女《おんな》副《ふく》署《しょ》長《ちょう》

新潮文庫　ま - 58 - 1

令和二年五月一日発行

著者　松《まつ》嶋《しま》智《ち》左《さ》
発行者　佐藤隆信
発行所　株式会社新潮社

郵便番号　一六二―八七一一
東京都新宿区矢来町七一
電話　編集部(〇三)三二六六―五四四〇
　　　読者係(〇三)三二六六―五一一一
https://www.shinchosha.co.jp

価格はカバーに表示してあります。

印刷・株式会社光邦　製本・株式会社大進堂

ISBN978-4-10-102071-6 C0193